W0184037

Les Bruits du cœur

DU MÊME AUTEUR

Journal d'une chic fille,
Albin Michel, 1985 ; J'ai lu, 2001

Crue et Nue,
Jean-Claude Gawsewitch, 2013

Je krach !,
Éditions du Moment, 2015

Grâce !,
Plon, 2016

EVA DARLAN

Les Bruits du cœur

Roman

CALMANN LEVY

CALMANN LÉVY
ÉDITEUR DEPUIS 1836

© Éditions Calmann-Lévy, 2020

Couverture
Conception graphique : Constance Clavel
Photographies : © Olivier Clertant

ISBN : 978-2-7021-8074-7

À tous les anges.

LES SAINTES-MARIES-DE-LA-MER

(Gabriel)

1

Elle n'aurait peut-être pas dû rester avec Camille. Ou du moins Camille n'aurait pas dû rester si longtemps. Ou peut-être aurait-il mieux valu qu'elle ne vienne pas du tout ? Pourtant, elle s'est totalement effacée pour se mettre à son service, jusqu'au moindre détail. Dans cette putain de clinique pour gros salaires, dans cette ouate opaque où tout est fait pour que vous oubliiez votre douleur en échange d'un gros chèque, Camille a été exemplaire. Comme d'habitude. Comme toujours. Camille est douée pour le malheur des autres, elle qui est si heureuse. Elle sait toujours comment faire, quoi dire, et à quel moment alterner la consolation avec la gestion des contingences. Elle est précieuse quand tout va bien et indispensable les jours de chagrin.

Pour une courte pause, Marie, essoufflée, s'appuie sur le bras de son amie. En une même silhouette vacillante, les deux femmes avancent à petits pas dans la venelle bordée d'ateliers d'artistes.

L'horreur a eu lieu le matin, mais l'après-midi a été assez gai finalement. Toujours grâce à Camille qui a rameuté les incontournables : Bob, évidemment, son mari, large épaule pour amie esseulée, Pascal, collègue, mille fois plus que collègue, ami imputrescible de Marie, et Johanna, grande Hollandaise solide comme un rock, comme un rock and roll, ajoute-t-elle, bloquée dans les années soixante, avec une concession vestimentaire aux années soixante-dix, macramé et pantalons pattes d'eph, voisine rêvée, silencieuse et dévouée.

Tous ont débarqué avec champagne, petits-fours, fleurs et montagnes de bisous. Avec doigté et délicatesse, entre blagues, délicieuses médisances et bulles champenoises, ils ont mis une ambiance d'amour et d'humour peu habituelle dans le service feutré de la clinique, au grand bonheur du personnel hospitalier pour qui les douleurs sont toujours synonymes de malheur. Ici, il est question de grande douleur, mais, classe et dignité obligent, le malheur, on s'y vautrera à la maison, ici, on se tient.

Ils se sont retrouvés dans le hall d'entrée digne d'un palace, et se sont juré de ne pas pleurer, de ne pas la saouler avec leur chagrin, leur compassion plutôt. Camille a passé la nuit sur un matelas à même le sol, hérésie dans ce lieu si chic, car Marie a eu l'étourderie de ne pas prévoir ce détail le matin du drame ; elle a accepté sans même discuter la première chambre libre dont disposait la clinique. Donc, Camille… par terre, à la dure.

— J'adore ça ! a-t-elle lancé à l'accueil pour détendre l'atmosphère.

Elle a donc essayé de dormir aux pieds de Marie, tel le Mamelouk ramené des campagnes d'Égypte, fidèle et à disposition. Essai non transformé.

Merci, Camille, mais maintenant Marie veut juste être seule, sans la pression du regard de l'amie, si bienveillant soit-il. Camille qui fait semblant d'être naturelle. C'est raté. Toute la tension de ces deux dernières journées se lit sur son visage, et son corps est raidi par les veilles.

Encore trois jolies marches de pierre et Marie retrouve son atelier et sa vie. Non, sûrement pas. Encore trois jolies marches de pierre et Marie sera face à une nouvelle vie, une vie qu'elle n'avait pas prévue, qu'elle devra inventer pour continuer à vivre, au cas où ça l'intéresse encore.

Camille cherche sa clé. Marie cherche ses mots. Elle envisage Camille. Camille qui régit tout, qui ne mérite pas ce qu'elle va entendre : laisse-moi. Ma douleur n'appartient qu'à moi, laisse-moi m'y confronter, la prendre de plein front, debout.

— … pardonne-moi, Camille, je ne veux pas te blesser… Je voudrais être seule. Tu as fait beaucoup pour moi, mais je…

C'est un soulagement. Il faut bien que Camille rentre chez elle après ces deux jours affreux, qu'elle se déleste de cette tension insupportable en se plongeant dans la houle de sa famille tapageuse et aimante.

— Pas de souci, ma chérie, t'inquiète, tu as tous les droits. Tu veux que je t'installe quand même ? Au cas où tu aies besoin de quelque chose ?

— D'accord, mais dans cinq minutes... Et sans m'en vouloir.

— Et sans t'en vouloir.

Camille est trop aimante pour se formaliser. Dans l'atelier, le désordre règne, témoin d'un départ précipité. Et aussi d'un certain détachement pour le matériel. Marie s'est posée sur le premier siège venu tandis que Camille s'affaire avec efficacité dans la cuisine en vrac. Elle a servi un thé à Marie, rangé ses vêtements dans son armoire, et avant même que Marie fasse preuve du moindre agacement :

— Voilà, j'ai fini. Va te coucher, regarde un film, appelle tes copains, appelle-moi, tricote, fais un Scrabble, appelle-moi, et de toute façon, je suis là demain matin.

— Non, si tu veux bien, tu es là quand je t'appelle.

— C'est pas ce que j'ai dit ? Repose-toi. Tu peux m'appeler à n'importe quelle heure, tu le sais. Appelle-moi.

Camille a enlacé Marie qui ne s'est pas levée, dans une embrassade inconfortable.

— Merci, ma Cécé, merci pour tout, là, j'ai juste envie de...

— Tu n'as pas à te justifier.

— ... Merci.

Camille part lentement, à regret, le cœur gros. Elle referme la porte, quitte la venelle, retrouve son vieux break sans âge, et là, seule au volant de sa guimbarde, se met à hurler toute la colère qu'elle n'a pas pu hurler avant, révoltée par la douleur de son amie et l'injustice de cette vie qui frappe n'importe qui, au hasard, pourvu qu'elle frappe.

Marie repousse la tasse du thé préparé par Camille, se lève lourdement, se dirige vers le frigo, débouche une bouteille de rosé, ouvre le tiroir de pharmacie et avale Temesta et Stilnox, précieux alliés de l'insupportable. Elle les fait passer avec la moitié de la bouteille de vin, puis, tout habillée, se recroqueville sur son lit en position fœtale et attrape un oreiller qu'elle serre fort sur son ventre, en consolation.

2

Marie a vécu son enfance comme un passage obligé. Rien de bien extraordinaire : un père absent, une mère effacée, le couple de ses parents s'enfonçait dans la grisaille chaque jour davantage. Des habitudes, peu d'échanges, le rythme de vie des gens qui n'ont rien à se dire. Ils avaient dû s'aimer, sûrement, mais combien de temps ? Ils ne se détestaient pas, du tout, et avançaient ensemble d'un commun accord, tirant au même rythme le poids du quotidien. Les jours, les mois, les années se confondaient. Impossible de dater un événement. Seul l'âge de Marie leur servait de repère. Tout était lisse et semblable, et Marie s'épanouissait dans la répétition qui rassure les enfants. Chaque jour en sortant de l'école, elle retrouvait sa mère qui cousait près de la fenêtre et posait son ouvrage pour le reprendre plus tard, après avoir donné son goûter à la petite qui répondait chaque jour à la même question : alors comment c'était l'école aujourd'hui ? Ce rituel était l'assurance d'un bonheur tranquille et pérenne. Alors, souriante et bavarde, Marie racontait en buvant son chocolat, inventait souvent, pour combler sa mère, sentant bien qu'elle était le seul divertissement de cette femme austère. Ou triste. Ou déprimée. Pas gaie, en tout cas. Une nature à attendre que le temps passe. Elle n'avait jamais fait de confidences à son enfant. À quel sujet, d'ailleurs ? Sa vie avait été limpide.

En Normandie, Claudine, fille de paysans, avait épousé Maurice, le garçon de la ferme voisine avec qui elle dansait les soirs de fête, et voilà. L'agriculture n'était pas du goût du jeune homme, au grand désespoir de son père qui pensait travailler pour sa postérité et transmettre à sa progéniture la notion de l'effort et la récompense qui va généralement avec. Maurice faisait un très froid constat devant le dur labeur de la terre et le maigre profit que son père en tirait. À le voir chaque jour trimer pour un salaire de misère, Maurice, malgré son jeune âge (mais avait-il jamais été jeune ?), avait développé un goût appuyé pour une vie plan-plan et se voyait bien fonctionnaire, rivé avec délice sur le rond-de-cuir si doux aux fessiers délicats.

Et quand, en 68, toute la jeunesse mettait le feu à un monde qu'elle voulait révolu, quand les hippies s'installaient par grappes dans le Larzac ou à Goa, Claudine et Maurice couraient vers la ville, et il ne leur fallut pas longtemps pour s'y fixer. Maurice entra à EDF comme on entre à l'Académie française, sous les yeux émerveillés de sa jeune femme qui ne réalisa pas que son époux avait brisé une grève et pris la place d'un dangereux gauchiste qui, lui, ne retrouva jamais la sienne. Maurice gravit lentement les échelons, la vitesse n'étant pas son fort, et ne comprit jamais pourquoi cette couleur jaune le suivait partout dans le murmure de ses collègues.

Consciente de la sécurité de l'emploi de son époux, Claudine se félicitait d'avoir fait le bon choix et pouvait envisager à son tour le tracé parfait d'une vie parfaite : régularité des horaires, régularité des salaires, sexe régulier le samedi soir parce que le dimanche on peut dormir, et si un malheur arrivait, pension de réversion confortable, elle était la reine du pétrole. Elle pouvait se coller à ses fourneaux et à ses broderies, coincée entre sa cuisinière Rosières et sa machine à coudre Singer. Très fiers d'eux, ils investirent le populaire quartier du XIVe arrondissement de Paris, s'installèrent au quatrième étage d'un immeuble sans charme en face de la gare Montparnasse et n'en repartirent plus jamais, oubliant que le temps passait et qu'il faudrait peut-être un jour changer le papier peint déjà fané qu'ils avaient trouvé sur les murs en 68, mais après tout, il était encore pas si mal, pourquoi faire des frais.

Marie fut accueillie avec joie, et voilà. L'histoire s'arrêtait là, voilà voilà. Le couple de ses parents était un modèle publicitaire pour une vie « normale » : papa travaillait et rentrait fatigué, maman s'occupait de la maison et de ses habitants, tout était en ordre. Comme dans le tiroir de la cuisine : il y avait une place pour les fins de bougies, une autre pour les bouchons, une troisième pour les élastiques. L'ère du

« on ne sait jamais », inculquée par des parents qui avaient souffert de la guerre, ne s'était pas éteinte avec l'avènement des Trente Glorieuses. Héritage de bouts de ficelle, gloire aux anciens.

Et Marie avait grandi en babillant dans une vie calibrée, et sûrement avec l'amour qui convenait.

L'ennui rend créatif, paraît-il. Ce fut vrai pour Marie. Quand elle avait fini ses devoirs et récité ses leçons à sa mère dans la cuisine qui baignait dans des odeurs de recettes fades, Marie allait crayonner dans sa chambre. Et un jour d'ennui trop grand, elle avait brisé le silence épais de la maison et fait à sa mère une demande qui paraissait incongrue et lui avait fait lâcher son ouvrage, geste assorti d'une ouverture de bouche qui marque en général la stupéfaction. Marie, de sa petite voix enfantine, avait proposé un échange artistique : moi, je dessine et toi, tu couds, d'accord ? Ne sachant évidemment pas quoi répondre, Claudine gagna du temps en refermant lentement la bouche, essaya de réfléchir pour avancer la réponse la plus adéquate possible, et devant le vide de ses réflexions, opta pour la première pensée venue : accéder au désir de sa fille qui ne demandait jamais rien. Transportée par l'acquiescement de sa mère, Marie fit la liste de tout ce qu'il faudrait changer : voilages, rideaux, tentures, nappes, coussins même, mais pas tout d'un coup, maman, bien sûr, pas tout d'un coup, petit à petit. Regarde, on pourrait commencer par ta chambre, ou la mienne, comme ça, c'est pas trop grave si on se trompe…

Les enfants savent tout de la manipulation.

Et, d'une façon tout à fait inattendue, Claudine se piqua au jeu. Elle n'avait jamais pensé à changer quoi que ce fût, ni dans sa vie ni dans sa maison. Elle suivit les enthousiasmes de sa fille et se rendit compte qu'elle adorait ça. L'appartement prit vite des allures d'atelier de confection, au son des derniers airs en vogue, la radio à fond : Balavoine, Michel Berger, Jean-Luc Lahaye, je t'aime, ça chantait, j't'aime, oh oui, je t'aime, ça riait, ça cousait, un vent de fraîcheur envahit la maison. Ça sentait les rires et le bonheur. Une rencontre mère-fille inattendue pour Claudine, inespérée pour Marie. L'enfant pensait les formes, leur ordonnance, leur destination, s'inspirant des revues de mode ordinaires pour elle qui l'était si peu, et Claudine devenait sa première et sa petite main à la fois.

La semaine se passait en coupes, patrons, essayages, et toujours revenait cette phrase : on pourrait voir ça mercredi, qu'est-ce que tu en penses ? Et quand le mercredi tant désiré arrivait enfin, l'excitation montait doucement depuis le matin et, le déjeuner avalé en hâte, les deux complices traversaient tout Paris pour se rendre dans le Temple du Froufrou, le Mausolée du Chiffon, le Sacré-Cœur de l'Étoffe : le marché Saint-Pierre !

C'était tout un immeuble dédié plus au rêve qu'à la frivolité. Pas moins de cinq étages proposaient tout ce qu'on peut espérer, désirer, inventer, imaginer quand on a le sens de la couture, de la créativité, comme Marie, et de la technique, comme Claudine. Un duo de choc.

Longeant l'entrée principale du magasin, sur le trottoir, les prix affichés sur les étals disaient la mauvaise qualité des coupons. Mais pour une doublure, un patron, ou pour les bourses les plus modestes, on arrivait à accepter le bas de gamme.

En entrant, au rez-de-chaussée, on trouvait les derniers arrivages aux meilleurs prix, les pièces soldées, les bonnes affaires, dans l'odeur des tables d'exposition de bois et des parquets chauffés par les piétinements.

La fébrilité qui étreignait alors mère et fille faisait place au recueillement lorsqu'elles pénétraient dans cette chapelle où couleurs et matières se mêlaient pour les étourdir. Elles survolaient les rayons, les rouleaux, les présentoirs pour dénicher précisément ce qu'elles cherchaient en fendant la foule.

Et quand elles avaient enfin trouvé leur bonheur, les bras chargés de sacs rebondis, elles montaient dans les étages. Les étages interdits, aux prix prohibitifs. Là, tout n'était que luxe, calme, etc. Là, on ne parlait pas, on échangeait à voix feutrée, on entrait dans la franc-maçonnerie des cousettes.

Chaque étage avait sa fonction. Le premier était celui du matériel, des parements, boutons, cordonnets, galons, strass, pressions, crochets, passepoils, ganses, cordons, yoyos, pompons, tricotins, fermetures Éclair, Velcro, baleines de soutiens-gorge, craies, loupes, ciseaux, aiguilles, épingles, élastiques, brandebourgs, tout, absolument tout pour réaliser son rêve.

À l'étage supérieur, c'était déjà du sérieux, il s'agissait de décoration d'intérieur : tissus lourds, épais, aux motifs riches et chamarrés, pour canapés, rideaux, dessus-de-lit, du kapok qui remplit les coussins, des mousses pour matelas. La plupart des vendeuses étaient des vendeurs, aux muscles plus développés pour retourner des rouleaux qui mettaient rapidement les femmes en arrêt de travail pour lombalgie.

Enfin, à l'étage le plus élevé, près du ciel, près des anges, on entrait au paradis. Illuminées par la clarté de nombreuses fenêtres, les vendeuses baignaient dans une atmosphère laiteuse qui les rendait belles comme des actrices de cinéma. C'était l'étage de la soie, des satin, crêpe de Chine, jersey, bourrette, georgette, taffetas, brocart, mousseline, organza, ottoman, shantung, et de la laine, des cachemires, mohair, mongolie, alpaga, vigogne, pashmina, mérinos, angora, chameau, yack…

Claudine racontait le tissage, les différents vers à soie, mais où avait-elle donc appris tout cela, elle qui venait de la ferme, ne lisait rien, ne sortait pas et n'avait jamais voyagé ? Marie découvrait quelqu'un qu'elle ne connaissait pas, qu'elle ne soupçonnait pas. Comment savait-elle faire la différence entre du shantung et de la bourrette, elle qui n'avait pour tout horizon que les travaux d'agrandissement de la gare Montparnasse et le marché du boulevard Edgar-Quinet ? Marie était stupéfaite, séduite, enthousiaste.

Sonnées par tant de beauté, elles sortaient silencieuses de ce lieu sacré pour toutes les couturières.

Alors, pour se remettre de leurs émotions, elles s'autorisaient une fantaisie de plus : dans un café alentour, elles s'asseyaient en terrasse, dans la complicité d'une désobéissance partagée, et commandaient une glace, mais une énorme glace aux parfums mélangés avec beaucoup de chantilly s'il vous plaît, et, en riant de ce qu'elles vivaient comme une incartade, elles se délectaient de ce qu'elles appelaient leur péché.

De ces journées de bonheur, Marie garda toute sa vie la nostalgie. Car elles ne se reproduisirent pas. Maurice s'amusa un temps de leur complicité joyeuse, puis vint un jour où… il ne s'en amusa plus du tout. Il fit les comptes, s'avisa des dépenses occasionnées par ces fantaisies bien inutiles, et ordonna que cela cesse sur-le-champ. Ce fut comme dans le film *L'Éveil* : une embellie sans lendemain. Marie avait touché Claudine au plus profond de son être, là où elle ne savait probablement pas elle-même ce qui se jouait, et le secret se referma sur elle, ne laissant aucune trace apparente, aucune cicatrice visible. La maison retrouva sa grisaille. Claudine continua de coudre à sa fenêtre sans un mot, et Marie retrouva sa chambre solitaire avec, au cœur, l'amour de cette femme rencontrée dans des montagnes de tissu et qui était sa mère, aimante et cachée.

C'est cet intermède qui fut la scène primitive de sa vocation. Pour retrouver ces instants de bonheur immense, Marie ne s'arrêta plus de dessiner, de peindre, tannant sa mère pour l'achat de pastels, de fusains, de papier Canson de tous ordres, de carnets de voyage où elle réinventa le Cachemire et la Mongolie.

Les années passèrent dans un silence routinier. Marie prit tout de même des cours de peinture à la mairie du XIVe, en espérant que les années passent vite pour pouvoir s'adonner entièrement à ce qui la transportait et l'aidait à respirer hors de l'atmosphère oppressante de sa famille. Quand elle peignait, elle vivait, elle courait dans les champs, elle s'élevait dans les airs, au-dessus de toute chose, regardait le monde en bas, si petit, et riait à pleine gorge de son rire d'enfant. Ouvrir les fenêtres, faire des courants d'air, se poser au milieu, et respirer, respirer.

3

Le temps passa lentement, sans fin, mais passa tout de même et, ce foutu bac en poche, tout naturellement, Marie présenta le concours des Beaux-Arts sous l'œil figé de ses parents, interdits d'avoir donné une artiste au monde.

Son père, le vieillissant Maurice aux promotions sans surprise, autorisa une seule année d'étude graphique, et encore, seulement pour avoir la paix. Une seule année qu'il décréta sabbatique. Il jugeait cette matière tout juste bonne pour des incapables, infoutus de se lever le matin pour se faire, comme lui, une vraie place dans la société.

Hélas pour lui, au bout d'une année, Marie rafla tous les prix et fut proclamée par ses professeurs majore de sa promotion. Contre toute attente, Maurice baissa pavillon et accepta dans un silence renfrogné que Marie poursuive ses études à condition qu'elles ne lui coûtent rien. Soulagée, elle obtempéra avec joie, et, d'enquêtes en baby-sitting, elle suffit à ses besoins. Elle avait pulvérisé le concours d'entrée grâce à une solide maîtrise de l'art figuratif qu'elle tenait des cours du XIVe, et cette première année l'initia à l'art conceptuel dans lequel elle s'engouffra avec sauvagerie. Star incontestée de ces quatre années d'études, Marie était bien décidée à manger le monde. Elle sortit du 14, rue Bonaparte illuminée par ses succès, ses diplômes et ses prix, et réalisa vite que les trois quarts de ses camarades filles allaient, comme elle, rester sur le carreau de la loi de l'offre et de la demande. Trop de femmes peintres pour trop peu de places pour elles, alors que durant leurs études, elles étaient plus nombreuses que les garçons. Marie vit le marché de l'art se fermer peu à peu sous son nez, donnant ainsi raison à son père qui la considérait avec commisération.

Elle mit toute son énergie à rester debout : elle fit le porte-à-porte des galeries qui lui opposèrent un refus poli, s'invita dans les accrochages de ses congénères mâles, sans autre succès que des compliments sur son minois et sa cambrure de rein, elle coucha même un peu, sans conviction, avec tel peintre connu qui ne fit rien pour elle, même pas lui donner du plaisir, ou tel critique qui l'invita à un week-end à Marbella. Elle finit par abandonner les ronds de jambe pour faire front, telle la chèvre de M. Seguin. De star, elle était devenue paria. Pas grave, il faut du temps pour s'imposer. Alors elle ouvrit son petit négoce et s'installa sur les marchés. Été comme hiver, elle étala sa production, à la merci des intempéries et des fins de mois de sa très modeste clientèle. Pendant des années, elle s'obstina, travaillant son sujet avec acharnement. Elle arriverait bien un jour à accrocher ses toiles quelque part, il fallait juste être patiente et tenir bon. Sa peinture évoluait, l'hyper figuratif était passé de mode, le conceptuel lassait par son souvent n'importe quoi, et ses recherches allaient de l'art des écritures au fouillis de ses rêves. Large palette assez confuse où le public ne se retrouvait pas. Elle non plus, qui, après une bonne dizaine d'années passées à lutter, posa ses pinceaux et accepta de rentrer dans le rang, au grand soulagement de ses parents qui souffraient pour elle.

Un client de hasard rencontré sur le marché d'Aligre, un certain Krishna qui montait sa boîte de pub, lui proposa d'illustrer sa première campagne pour les serviettes hygiéniques Nana. Effondrée et affamée, Marie rangea ses aquarelles, ses huiles et sa térébenthine, et alla vendre son art et un peu de son âme pour inciter les femmes à se pourvoir en serviettes plutôt qu'en tampons.

Elle était pourtant tellement belle, tellement intelligente, tellement douée, tellement solaire, mais elle n'avait ni les bons outils ni le bon sexe, les instruments de la réussite. Les artistes maudits sont admirables pour qui regardent leurs œuvres dans les musées longtemps après leur mort, mais qu'en était-il de leur vivant ? Quelle rage atroce de n'être pas reconnue, d'être sûre de son talent et se dire que personne ne vous envisagera jamais comme l'artiste que vous êtes.

Se dire qu'on est une ratée, qu'on passe à côté de sa vie et que la vie passe à côté de vous, Marie traînait ça depuis des années. Elle avait mis une croix sur ce qu'elle était profondément, vendu son âme aux marchands du temple, une douleur ravivée chaque jour par la vision de la médiocrité de certains artistes qui, eux, avaient réussi en sacrifiant à l'ordinaire, dans le meilleur des cas, ou avec peu de talent, pour les autres. Amertume réactivée chaque jour.

Le sentiment d'échec ne s'arrête pas là. Il tisse autour des êtres toute une gangue d'immobilisme. Celui qui ne réussit pas ne peut pas réussir, quand on veut, on peut, ne t'en prends qu'à toi-même, je te l'avais bien dit, etc, etc.

Du côté sentiments, elle avait bien compris que si on passait à côté de son couple à vingt ans, il fallait attendre longtemps, après, pour trouver la bonne personne : le temps de se marier, de faire des enfants, de s'ennuyer, de se tromper, d'en souffrir, de haïr l'autre, de se séparer, de s'en remettre, et enfin d'être prêt, peut-être, pour celui ou celle qu'on avait loupé à vingt ans. Mais le temps avait beau passer, à vingt, trente ou quarante ans, Marie n'avait jamais rencontré personne d'envergure.

Des amants bien sûr, des coups de cœur, des coups de corps, des petits bonheurs, des petites blessures, mais personne avec qui faire la route. D'aventures malheureuses en ennuis mortels, elle s'était presque fait une raison. Elle avançait seule, les dents serrées, en se disant que demain, sûrement…

Ses aventures sentimentales consistaient à chercher celui qui… et sa liste, pour être éclectique, n'en était pas moins triste : un négociant en vins et spiritueux, un psychanalyste, un employé de banque, un journaliste, un légionnaire, avec à chaque fois un enthousiasme qui ne reposait sur rien d'autre que son désir, suivi donc d'une inévitable déception.

« Tous les mêmes » fut sa profession de foi, même si elle savait qu'elle était seule responsable de ses échecs en plaquant ses désirs sur n'importe quel homme de passage.

Elle caressait les rêves classiques d'une petite fille élevée aux contes de fées : un joli mari, des enfants délicieux, une maison fraîche et accueillante. Toute la panoplie d'une vie réussie selon Charles Perrault avait eu raison de son esprit libre. Elle avait eu beau revendiquer l'inverse, ce schéma avait broyé toute tentative extra-normes. Elle avait voulu des aventures multiples ? Elle vivait donc seule. Elle avait choisi d'être artiste ? Elle était enchaînée au fragile statut des intermittents.

Mais la peinture, la Peinture, l'Art, le violent désir de créer qui la ravageait jusqu'à la nausée ne la quittaient jamais. Avec rage, elle avait accepté de se vendre pour vivre mieux, et reporté sa vie d'artiste à plus tard, une fois qu'elle aurait fait sa pelote, suffisamment pour se retirer dans son monde. C'est avec ce lourd fardeau de l'échec, cette faille, cette béance, ce gouffre, que Marie devait avancer. Échecs sentimentaux, échecs artistiques, elle ne savait plus très bien pourquoi elle se levait le matin. Une vie sans vie. Avec pour horizon d'arriver à tenir jusqu'au soir, finir la journée pour en aborder une autre le lendemain, semblable en tout point. Comme sa mère, avec un emballage différent. À quarante-deux ans, Marie ne se voyait aucun avenir à part celui de continuer à tirer la charrue de ses désillusions.

4

Quand elle emménagea dans son atelier, Marie ne pensait pas que ce serait pour si longtemps. Un entre-deux, disait-elle. Entre une rupture sentimentale et l'espoir d'un nouvel amour, définitif celui-là. Elle avait fini par quitter un journaliste politique, pigiste à ses heures très perdues et joueur de poker invétéré par ailleurs. Un bon à rien, avait dit son père. C'était vrai, mais il était beau, avait du charme, de la culture, de l'intelligence et une grande douceur. Avec toujours un projet d'avance, il pouvait faire illusion, et Marie s'était illusionnée. Il pouvait se dissoudre dans une soirée et revenir le lendemain matin, hâve et chiffonné, sentant l'alcool et le compte en banque en berne. Il avait eu un certain potentiel, qu'il avait laissé sur les bancs de l'école de journalisme. Comme toutes les femmes, Marie voulait changer son homme, et allait sauver celui qu'elle aimait en le libérant du démon du jeu. Bien sûr, elle n'y parvint pas. Elle avait tout essayé. La douceur, la complicité, la colère, les menaces, enfin tout l'attirail répertorié et inutile pour convaincre un drogué d'arrêter de se détruire. Combien de femmes ont été séduites par un cow-boy avec le projet d'en faire un fonctionnaire ? Les mauvais garçons restent mauvais garçons. C'est pour ce petit détail qu'ils nous ont séduites et c'est à cause de lui qu'on les quitte. Marie quitta donc son joueur impénitent sans autre regret que celui de ne pas l'avoir fait plus tôt. Cinq ans de perdus. Du moins, de pas gagnés. Elle quitta par la même occasion ce somptueux appartement haussmannien dont son ex avait hérité, pour un lieu transitoire au charme indéniable : un atelier d'artiste. Passer de cent cinquante à trente mètres carrés, pas évident. Comme on dit chez les pauvres : mieux vaut un petit chez-soi qu'un grand chez les autres. Ça se discute…

Sans garant et en falsifiant son dossier, Marie se réfugia dans cet atelier en se disant que, pour du provisoire, c'était très acceptable. Mais le propre du provisoire, c'est qu'il dure. Refusant l'inéluctable du célibat, Marie n'avait fait aucuns travaux d'amélioration dans cet atelier proposé comme « appart. de charme, clair, ht de plaf, poutres app. tout conf. ». De poutres, il n'y en avait qu'une et, si le plafond était moins bas qu'ailleurs, il n'en était pas haut pour autant. Le « tout conf. » se réduisait à une plaque de cuisson sans âge et un minifrigo bancal. Suivant son instinct qui ne lui disait pas grand-chose, elle décida de ne jamais cuisiner ni inviter qui que ce fût. Elle s'installa dans sa tanière en prenant bien soin de ne pas transformer le lieu en un paradis qui l'aurait incitée à n'en point partir. Et ce furent sept longues années de camping, avec le paradoxal délice de vivre dans un lieu hors du temps : la venelle avait une âme.

Vu de l'extérieur, l'immeuble sur rue n'avait l'air de rien : une façade comme une autre, un immeuble de six étages, ante-haussmannien, sans charme apparent. Mais en poussant la lourde porte de bois séculaire, on découvrait un autre monde.

Une cour aux pavés disjoints proposait une balade sinueuse entre des ateliers d'artistes. Semées par les locataires, des roses trémières avaient poussé le long du chemin parmi les plantations hétéroclites. Passiflore, rosier Pierre de Ronsard, hortensias, et beaucoup de n'importe quoi : sureaux, lauriers pas sauce, primevères… Mais la fierté des locataires était ce jasmin qui, exposé au soleil tout l'été, embaumait jusqu'à l'automne. Accroché à lui, le clou du spectacle : une vigne qui courait le long des toits, longeait les grilles des immeubles voisins et s'épanouissait jusqu'aux temps des vendanges. Car vendanges il y avait : en septembre, les habitants, conscients de la rareté de leur geste et ravis de cette originalité, prenaient leurs ciseaux et, perchés sur des escabeaux ou des chaises de fortune, coupaient, enchantés, les grappes gorgées de soleil. On vendangeait, on dégustait, on foulait en riant les grappes de raisin dans des bassines de plastique ou de cuivre, on buvait le jus, on gobait les grains, et on dressait une table à la diable avec des tréteaux où trônaient les récoltes du jour mêlées au vin rosé et autres boissons anisées. Il ne manquait qu'un jardin partagé et un compost fait maison pour être tout à fait à la pointe du parisianisme. Et une ruche, évidemment ! Le tout sous le regard de la tour Montparnasse. Comme un petit New York. Hypermode, hyperchic, hypersublime ! Les secrets des villes…

Dans ces ateliers dits d'artistes, aucun des occupants ne méritait ce titre. Car ici, d'artiste, il n'y avait pas. Sauf les chats peut-être, qui vivaient au rythme de leurs désirs, investissant la cour ou la boudant, selon.

Les locataires étaient comme Marie : un peu à côté de la plaque, pas trop carrés, avec des désirs de marginalité pas assumés. Ne pas être comme les autres, mais avec tout de même un joli confort. Il y avait de tout, un jeune au chômage, un notaire de province en mal de pied-à-terre, une étudiante en archi, un prothésiste dentaire, une mythomane, un pervers, une Hollandaise égarée, et Marie, à l'aise dans cet agglomérat hétéroclite. Vivre dans cet environnement était tout ce qui lui restait de ses rêves d'artiste.

Elle dort encore. La matinée est avancée. Son téléphone s'éclaire et vibre une fois de plus. Toute la matinée, des textos, des messages. Ce dernier vrombissement tire Marie de sa léthargie. Son corps tourne sur lui-même, elle regarde l'heure et le nom de celui qui insiste tant. Camille. Sept appels, sept messages au répondeur. C'est sept de trop. Laisse-moi tranquille, Camille.

Elle se lève, se dirige vers la salle d'eau. En revenant, elle ne devrait pas, mais elle s'arrête, c'est plus fort qu'elle, devant la petite chambre qu'elle a créée à la place de son minuscule bureau. Non, elle n'aurait pas dû. Elle se traîne vers sa table de nuit, reprend médicaments, alcool, et se recouche.

5

Martin Czerniak, qu'on prononce « Martine » en polonais, réjouissance assurée pour sa fille Camille, Martin, dit Tintin pour les copains et Titine pour les intimes, était arrivé en France après les émeutes de la Baltique en 70.

Ouvrier non qualifié mais politisé, il avait participé aux grèves des chantiers navals de Gdańsk menées par Lech Wałęsa dont, depuis la France, il avait vu la victoire en 80. L'armée avait tiré dans la foule et il s'était relevé de cette boucherie en jurant que plus jamais il ne revivrait ça. Il tint parole et, sans un adieu à personne, s'enfuit vers l'Allemagne où l'attendait Nicole, institutrice alsacienne et militante d'Amnesty International, qui le fit passer en France comme réfugié politique. Il ne la quitta plus et lui prouva sa reconnaissance en l'épousant. Elle, avait trouvé son héros et partagea avec lui la plus grande joie de leur vie : leur fille Camille.

Râblé, trapu, toujours gai et bon vivant, Martin était travailleur et droit. Il formait avec Nicole un couple de dessin animé : elle était fine, grande, et si son caractère était bien trempé, physiquement, elle paraissait fragile et douce. Olive et Popeye. Ils s'installèrent à Colmar où Martin créa son entreprise de travaux publics, terme bien pompeux pour un bricoleur qui avait décidé de réussir. Ce qu'il fit.

Il souffrit toute sa vie d'avoir fui son pays et dut attendre vingt ans pour que sa mère le rejoigne. Ce fut une femme malade qui arriva. Elle ne quitta plus son lit, dorlotée par un fils aimant qui l'accompagna jusqu'à sa dernière demeure quelques mois plus tard. Ils avaient eu le temps de retisser les liens que la terreur avait rompus. Camille avait dix ans et fit très peu connaissance avec cette femme qui passait son temps à pleurer de joie et dont elle garda un souvenir humide.

Marishka avait eu le temps d'apercevoir sa petite-fille entre deux sanglots et, rassurée sur sa postérité, put partir tranquille, ce qu'elle fit en souriant.

À la naissance de Camille, Martin avait été transpercé par un amour foudroyant et totalement inattendu. Dès le lendemain, il avait ajouté sur sa voiture et son papier à en-tête : « Czerniak et Fille, tous corps d'état ».

Martin se dévouait de toute son âme à sa famille et appliquait le dogme de tout bon révolutionnaire : « on change le monde d'abord, pour les femmes, on verra plus tard. » Il était l'homme, il commandait, sa femme devait lui obéir, point. Final. Nicole militait avec le MLF et la maison résonnait d'affrontements idéologiques sans fin qui s'achevaient dans un pugilat amoureux dont ils ressortaient calmés et follement heureux.

Camille, grande gigue maigrichonne et toujours en mouvement, un peu délaissée par ses parents pour la bonne cause, grandit dans le respect, l'admiration, la reconnaissance et l'amour pour et de ses parents. Mais tout de même, enfant unique, elle tournait en rond à la vitesse d'une toupie. Elle vécut alors par procuration et engloutit toute la bibliothèque de sa mère, puis du village et des médiathèques alentour. Elle était trop vive, trop rapide, trop intelligente. Il lui fallait de la nouveauté en permanence et de la stimulation intellectuelle. Elle fatiguait ses camarades, elle fatiguait ses professeurs, elle savait tout sur tout et dévorait le monde avec un appétit immense. Curieuse, toujours de bonne humeur, peu faite pour les études, elle les survola avec lassitude, et décida de fuir Colmar, à l'assaut de la capitale. Comme tous ceux qui n'ont aucune vocation, elle atterrit sur les bancs de la fac de droit. Ils étaient nombreux, et encore plus nombreux les garçons qui formaient un cercle autour d'elle. Avec sa nature de bonne vivante, riant de tout avec tout le monde, Camille pouvait passer pour une fille facile (et quand bien même ?) aux yeux de certains, brinquebalés par leurs hormones. La plupart se poussaient de l'aile comme de jeunes coqs et se battaient pour un bon mot et avoir le dernier avec cette rousse pétulante. La plupart sauf un.

Discret, un physique insipide, un visage plat dont on ne pouvait rien dire, il intervenait rarement, mais toujours à bon escient, et mouchait d'un trait bien senti les bruyants prétendants au Saint-Graal. Un pas en arrière, il ne cherchait pas à briller mais au contraire à la mettre, elle, en valeur. Trop pertinente pour ne pas le remarquer, Camille commença à s'intéresser de près à cet ovni qui, tout en restant lui-même, s'était mis à son service. Protecteur et partenaire, le rêve ! Un gros défaut : il s'appelait Robert. Un prénom qui faisait penser à la Libération, au plan Marshall, au rock and roll, au chewing-gum, un prénom de vieux en somme. Alors, elle décida que le vieux Robert deviendrait Bob pour l'éternité. Beaucoup plus chic, un peu anglishe, à la sonorité d'un rebond caoutchouté. Exotique. Bob le méticuleux, le sage, le responsable, Bob, complètement bluffé par ce torrent de vie qu'était Camille. Elle avait bien compris qu'avec lui, elle n'aurait pas de surprise, mais qu'elle bénéficierait d'un appui indéfectible et éternel. Ce qui arriva. Alors, devant l'évidence de cette complémentarité, laissant en plan la meute frustrée de ses prétendants, elle accepta de se marier comme si c'était un détail, et s'engouffra dans une vie de bonheur. La vie, c'était elle, le pilier, c'était lui. Et chacun se déployait avec jubilation dans les rôles qu'ils s'étaient attribués sans les choisir. Elle était les yeux de Bob pour la peinture, les livres et les arts, ses oreilles pour la musique, son nez pour les parfums, et son cœur pour les choix de vie. En échange, il lui construisit un écrin fait d'amour et de prévoyance dans lequel elle pouvait s'ébattre dans toute sa fantaisie.

Au lit, ils n'en savaient pas plus l'un que l'autre. Alors elle lui apprit son anatomie, et là où ses amies se plaignaient de partenaires approximatifs, Camille, obstinée, ne lâcha pas l'affaire avant que son chéri ne la comble absolument, parfaitement et durablement. Et Bob, lui, la gratifiait d'une éternelle admiration. Il était baba d'avoir cette bombe dans sa vie. Ma femme est épatante. Il l'aimait follement, se trouvant lui-même d'un profond ennui, ce que Camille lui confirmait aussitôt dans un éclat de rire.

À peine Bob reçut-il son diplôme d'expert-comptable qu'ils cherchèrent la maison de leurs rêves : dans la chic banlieue sud, jardin à la française et surtout sans travaux. Ils atterrirent donc à Villiers-sur-Marne, pas chic du tout banlieue est, dans une maison biscornue, un jardin en friche, et la perspective de travaux *ad vitam æternam*… Ils eurent en même temps le même coup de foudre : c'était la maison de la grand-mère d'un collègue de Bob, partie *ad patres* en laissant cet héritage bien encombrant dont personne ne voulait. Elle ne correspondait en rien à ce qu'ils souhaitaient mais c'est là qu'ils allaient planter leur tente, élever des enfants, si des enfants souhaitaient partager une vie de bonheur avec eux.

D'abord ils n'en avaient pas voulu, mais n'en avaient pas pas voulu non plus. Les enfants avaient donc choisi d'arriver au gré de leur irrépressible envie de vivre. Ils n'avaient été ni adulés ni délaissés, mais simplement accueillis comme une chose naturelle, comme s'ils avaient toujours fait partie de la famille.

Toujours en retard, toujours en vrac, toujours incroyablement pétillante et mal coiffée, Camille ne travaillait pas en échange d'un salaire, laissant cette corvée à Bob, mais elle travaillait au bonheur de ces quatre êtres qu'elle chérissait. Elle disait qu'un jour, quand elle serait grande et que les enfants seraient partis, elle serait brocanteuse. Dans cette perspective, elle ramassait tout ce qu'elle trouvait dans les rues les jours des encombrants. Tout ce qui pouvait se réparer l'attirait, ce qui rendait Bob perplexe quant à l'amour que Camille lui portait. Elle était originale, libre et inattendue. Elle aurait pu être anglaise. Avant le Brexit.

Camille rentre chez elle sans aucune légèreté. Marie n'est pas à ses côtés, à sa place, près d'elle, à la maison. Elle l'a abandonnée. Elle se connaît, elle ne pourra pas penser à autre chose jusqu'à ce qu'elle la ramène. Demain peut-être, demain sûrement. Elle a accepté de la laisser, mais pour ce soir seulement. Demain, elle repartira à la charge.

6

Marie avait quatre ans, Camille, huit, lorsqu'elles passèrent leur premier été à Lamalou-les-Bains. Lamalou ! Quel joli nom pour des enfants ! Tout doux, tout rond, facile à dire, facile à rêver. Tu vas où ? Je vais à Lamalou. Quel plaisir de prononcer cette gourmandise qui rappelle un bonbon, un air de comptine. Dans un conte, on pourrait très bien trouver des enfants qui habitent à Lamalou-les-Bains. Des enfants jolis qui prendraient des bains toute la journée et n'auraient pas peur du loup. Les filles adoraient ce nom, ce village, cette région, ces vacances, cette vie. Il y avait tant de soleil à Lamalou, tant de bains aussi. Leurs maisons de vacances, sur les hauteurs du village, étaient si proches, les jardins si pleins de secrets qu'il ne fallut que quelques jours pour que les enfants deviennent inséparables. Les Fournier avaient profité du CE d'EDF pour louer leur gîte, et les Czerniak, d'un bond spectaculaire dans la construction.

Le chant des grillons, les marchés sous la halle, la douceur de s'abandonner au rythme indolent du

Midi, Lamalou allait devenir le lieu sacré de la rencontre des filles, et le village du bonheur absolu *urbi et orbi*.

Et puis… il y avait le ruisseau. Le ruisseau qui coulait en contrebas du jardin de Marie. Lieu dangereux pour des parents inquiets. Il y avait un gouffre en aval, et l'interdiction absolue de s'en approcher. Mais au regard de la sagesse des enfants et après les avoir accompagnées longtemps, elles furent finalement en mesure d'y aller seules.

Heureusement que la grande était raisonnable, on pouvait lui confier Marie sans problème, elle était sage et réfléchie.

Non, Camille n'était ni sage ni réfléchie, mais elle avait compris que l'habit fait le moine et que faire semblant suffisait à être crédible. Donc, sous le regard de tous, elle marchait à pas lents, réfléchissait avant de répondre et choisissait ses mots. Et forcément, à chaque demande, l'autorisation était accordée. Camille prenait alors la petite par la main et marchait lentement jusqu'à disparaître de la vue des adultes. Alors, elles dévalaient la pente à toute vitesse pour arriver au ruisseau, essoufflées et radieuses. Pour plus de sensations, le jeu consistait parfois à s'enrouler dans la serviette de bain et rouler, rouler jusqu'au bord de l'eau. C'était un peu casse-cou, aussi on ne roulait pas vite ni de très haut. Mais le délice de l'interdit ajouté à celui du danger excitait les enfants au plus haut point.

Descendre au ruisseau, avoir un ruisseau comme compagnon de jeu quand on est enfant, c'est un bonheur sans partage. Chaque fois, il y avait ce moment de silence, de recueillement et d'harmonie avec ce lieu qui les accueillait. Elles entraient dans un monde parallèle où les fées et les elfes vivaient une vie joyeuse. La preuve : les libellules qui frôlaient l'eau dans leurs robes bleu métal, les vilains princes qui coassaient pour séduire les princesses égarées, les araignées d'eau qui ramaient si vite à sa surface… Aller au ruisseau, c'était entrer dans la fantaisie et le rêve.

— On échange nos sangs ? Comme ça, on sera sœurs pour de vrai.

— D'accord.

— Ça va faire mal ?

— Oui, un peu.

— Tant mieux, comme ça, ça comptera encore plus. Et on s'appellera pareil ?

— Ben non, ça, c'est pas possible.

— Pourquoi ?

— Parce que le nom quand on naît, c'est pour toujours, on peut pas le changer.

— C'est dommage, parce que le tien il est difficile. C'est quoi déjà ?

— Czerniak.

— Tu vois, c'est difficile. T'aurais dû t'appeler Fournier, comme moi.

— Mais non, c'est facile, regarde, ça s'écrit C-Z-E-R-N-I-A-K avec un C et ça se prononce Tcherniak avec un T.

— C'est trop compliqué. Tu peux pas choisir tes initiales, C. ou T., moi c'est M. F., c'est facile, toi en fait tu sais pas, parce que ça s'écrit pas comme ça se dit.

— Mais si, tête de têtard ! Camille Czerniak, ça fait C. C., mademoiselle M. F. !

— Oh, Cécé ! ça t'irait drôlement bien comme nom de sœur. Cécé, ça te plaît ?

— Oui, ça me plaît.

— Alors, on échange nos sangs, Cécé ?

Avec gravité et douleur, elles frottèrent longuement l'intérieur tendre du poignet sur l'écorce d'un arbre. Enfin, par de petites égratignures d'où le sang s'échappa avec difficulté, elles échangèrent le serment sacré de la sororité à l'infini-pour-toujours. L'instant était grave et l'engagement profond. Et puis, miracle de l'enfance, elles reprirent leurs jeux, sûres que leurs vies se dérouleraient comme un éternel été au bord d'un ruisseau.

Cette poésie souda leur amitié pour toujours. Camille et Marie étaient si indissociables qu'il paraissait insensé qu'elles n'aient pas grandi dans le même utérus. Elles avaient fini par s'inventer un langage, comme celui des jumelles, incompréhensible pour ceux qui n'appartenaient pas à leur cercle fermé, c'est-à-dire tout le monde, y compris leurs parents. Ils finirent par accepter d'être écartés de cette relation, et puisque les petites étaient occupées et heureuses, ils pouvaient tranquillement faire connaissance. Ce qui ne leur prit pas très longtemps. Autant les filles n'en finissaient pas de se découvrir et de s'inventer, autant les parents eurent vite fait le tour les uns des autres. Du bocage normand aux révoltes de Gdańsk, le lien fut difficile à établir. Ils n'avaient pas grand-chose à partager. C'est donc d'un accord tacite qu'ils ne se revirent jamais entre deux vacances, et d'un commun accord qu'ils se donnaient rendez-vous pour l'été suivant.

Les années filèrent comme le vent, et la malédiction du temps qui passe s'accomplit : désobéissant à leurs parents qui le leur avaient interdit, les filles grandirent.

Le ruisseau, c'était bien, mais la place du village, c'était bien aussi. Ça l'était moins pour les parents qui, à tour de rôle et en râlant, devaient les accompagner et poireauter en sirotant une limonade, une glace, ou un Fernet-Branca. Les autorisations devinrent plus compliquées. Il fallait négocier. Les jeux sur la place étaient pourtant bien innocents. En apparence. Celui que préférait Marie était « Filles attrapent garçons ». Les rires venaient de la gorge, c'étaient des cris de grande excitation. Et il s'en fallait de peu qu'ils ne deviennent des cris de plaisir. Enfantins, certes, mais déjà au contact. Filles attrapent garçons.

Camille, elle, loin de ces jeux de bébé, devisait plus calmement sur les murets de pierre sèche qui délimitaient l'agora, devant un parterre de fans, mâles pour la plupart. Regardez, on est sages, on joue toujours avec les mêmes. C'était vrai : c'est avec les mêmes garçons qu'elle disparaissait derrière l'église, dans ce coin mal éclairé du presbytère.

À l'usure, elles réussirent à forcer toutes les interdictions : ne pas parler aux garçons, ne pas sortir, ne pas flirter, ne pas aller en boîte, ne pas traîner tard le soir, rentrer à minuit, une heure, pas plus tard que deux heures, découcher…

Elles apprirent tant au cours de ces étés passés à grandir !

Le ruisseau restait cependant le lieu où elles se retrouvaient pour se dire leurs espoirs, leurs émois et leurs secrets. Il fut le témoin d'années de bonheur et d'insouciance. Un paradis pas perdu.

7

Agence de pub. C'est l'effervescence. L'agence « Tout Pour le Tout », dont les initiales T. P. T. continuent d'enchanter son créateur, est une des plus importantes du moment. Donc forcément avec beaucoup de compromissions. On mange à tous les râteliers, c'est le métier qui veut ça ! Mieux vaut ne pas être regardant quand on veut faire du chiffre. Les lobbies le savent, les industriels et les politiques aussi, ainsi que les publicitaires qui marchent comme les trois singes sans rien voir ni entendre. Mais qui parlent.

— Marie, c'est le troisième message. On t'attend pour prendre une décision sur le visuel Pampers. Réponds moi, *please* !

Krishna raccroche, très énervé.

— Fais chier ! *Shit !*

Krishna Lafont, à la réussite fulgurante, a pris ce prénom pour se singulariser. Pour cause de paraphe, il lui fallait garder le K. En fait, il s'appelle Kevin. Mais des Kevin, il y en a trop. D'extraction très simple, une mère femme de ménage, un père chauffeur routier, Krishna a honte de ses origines et évolue nimbé d'une revanche sociale évidente.

Lui est unique, et le monde doit le savoir. Il lui fallait un nom de guerre qui devait sonner, se retenir aisément. Lafont, pas très guerrier comme nom, mais Krishna, oui. Dans le métier, il est incontournable et doit être le seul à porter ce nom de divinité hindoue. Il ne sait pas que Krishna n'est que la huitième incarnation de Vishnou, qu'il est un dieu pastoral et que *krishna* veut dire « bleu sombre » en hindi. Il a seulement retenu que Krishna peut satisfaire 999 999 femmes en même temps. Et il s'y emploie.

Petit bémol à cette identité choisie : en signe d'affection et pour montrer leur proximité avec Krishna, beaucoup utilisent son diminutif, Krish. Ce qui explique que les nouveaux venus, voulant faire croire qu'ils sont entrés dans l'intimité du patron, l'appellent inévitablement Chris, prénom ma foi assez banal et loin de l'originalité tant désirée.

Physiquement, Krishna impressionne par son insignifiance. Pas très grand, pas très épais non plus, il a le cheveu blondasse, filasse et desséché. Bientôt, il sera chauve, il le sait. Il espère compenser ce physique neutre par une délicatesse vestimentaire tout à fait surannée. Pas de jeans déchirés ni de baskets collectors défoncées, mais la dernière chemise sur mesure dans cette soie rarissime rapportée du Rajasthan lors du dernier tournage pour les dragées Moka.

Face à la responsable produits, il avait tenu bon. Il ne voyait pas pourquoi changer cette coutume tellement ancrée dans les esprits qu'elle était devenue indiscutable : faire représenter les maux de tous les organes par des femmes. Tout ce qui avait trait au ventre, aux intestins, à l'estomac, aux humeurs, aux odeurs, le moche du corps, c'était pour les femmes.

Son dernier spot *successfull* conçu par Marie avec une feuille de route très stricte : une très belle, très blanche et très jeune femme arrive souriante à bicyclette, dévalant les pentes de montagnes indiennes au milieu d'une population de femmes très marron foncé, qui portent sur la tête et les hanches leurs fardeaux de bois et de nourriture. La jeune femme blanche passe en riant devant la caméra pendant qu'une autre voix féminine, donc très suave, distille le message : « Avec les dragées Moka, réapprenez à vivre. »

Il s'agissait de constipation.

La constipation, la diarrhée, tout ce qui a trait au caca, est traditionnellement attribué aux femmes. D'ailleurs, les Indiens, qui ont tout compris de la vie, de la mort et de la coiffure, ne destinent ce métier tant convoité qu'aux femmes : vider à mains nues les tinettes des villes pleines d'excréments. Elles descendent dans les fosses jusqu'à la taille, nettoient, frottent, vident. Elles font ça avec leurs petites filles, interdites d'école, car leur destin sera de faire comme maman : récurer les merdes des autres. Et le monde marche très bien comme ça, alors pourquoi changer ?

Ces minables harpies féministes se heurteront toujours au mur du prince incontesté de la pub, Krish *himself*. Non, les hommes ne sont pas constipés, ils ne font d'ailleurs jamais caca. Ils ne s'assoient jamais sur des lunettes en poussant pendant des heures, position méprisable pour un *warrior*. Aux femmes le corps, aux hommes la gloire. C'est *good* ! Et qu'on ne vienne pas lui parler d'écologie. Il ne déteste pas paraphraser Goering : « Quand j'entends parler d'écologie, je sors mon revolver ! » Ça le fait rire, et comme il a du pouvoir, tout le monde rit autour de lui. Écologie, empêcheuse de profiter en rond, d'assouvir puissance et croissance, les deux mamelles du capitalisme et de la réussite. Après moi, le déluge. Cher Krishna.

Malgré son jeune âge, il mène ses petites troupes tambour battant. Seule Marie lui a toujours échappé. Avec sa distance, sa nonchalance. Très douée, il ne le nie pas, mais jamais vraiment concernée par les challenges qui, lui, l'électrisent. Mais cette fois, elle pousse le bouchon un peu loin, Maurice. En cloque, pourquoi pas ? Bien que ce soit en contradiction avec une ambition quelconque. Mais absente, c'est inadmissible. Surtout sans prévenir. Si elle n'était pas si incroyable de talent, il l'aurait déjà virée. Depuis l'embauche sur le marché d'Aligre, elle avait toujours refusé le CDI qu'il lui proposait. Elle préférait l'aléatoire de l'intermittence.

Krishna est au bord de l'implosion.

— J'ai jamais vu ça, elle se prend pour qui ? Je viens, je viens pas, j'appelle pas. *Fuck !*

— Donne-lui d'autres produits à défendre que des couches, des lessives ou des serviettes hygiéniques. Elle se sentira peut-être plus considérée.

C'est Pascal, qui vient de s'inviter dans le bureau de Krishna. Armoire à glace, troisième-ligne de rugby dans sa prime jeunesse, adorable, sans ambition particulière, la bonne quarantaine, qui passe avec grâce au milieu des conflits parce qu'il s'en fout. Mais surtout, ne pas le provoquer, il est un peu vif à la riposte. Tout le monde le respecte et il aime ça ! Il vient de se marier avec Éric, de dix ans son aîné, un économiste de gauche largement reconnu. À dire vrai, Pascal n'aurait pas besoin de travailler, sauf qu'il adore « tripatouiller » dans la pub et qu'il ne veut surtout pas être un homme objet. Il tient ainsi la dragée haute à son mari, qui lui est reconnaissant de son exigence.

Une pichenette, et il envoie valdinguer Krish.

— Je te le dis, dès qu'elle a fini cette campagne, je la vire. *Motherfucker !*

— Elle est intermittente.

— Ça tombe bien, au moins, ça ne me coûtera rien de la virer.

— Ça te coûtera des clients.

Pascal a raison, mais fallait pas dire ça. Krishna explose dans une voix de fausset.

— Tu m'emmerdes !

Pascal, sourire en coin, sort calmement du bureau de Krishna et, royal et flegmatique, réintègre le sien, noyé dans un open space.

Il aime beaucoup Marie. La relation ne s'est pas construite facilement. Marie est plutôt du genre farouche, Pascal pas du tout, mais il a vécu l'enfer de la discrimination dans le monde du sport, et sait exactement où se trouve le curseur des relations harmonieuses. Avec Marie, il lui a fallu du doigté, de la patience, avant d'arriver à une complicité profonde et une entente rare dans ce milieu superficiel. Un peu comme tous les milieux, d'ailleurs. Pascal, à petits pas, avait fini par entrer dans l'intimité de Marie et s'était réjoui de son départ dans une nouvelle vie de soleil. « À condition qu'il y ait toujours une chambre pour moi, tu peux vivre où tu veux. On est d'accord ? » Marie avait topé et leur amitié avait perduré au-delà des distances. Comme Camille, Pascal encourageait Marie à peindre et à exposer et, beaucoup plus que Camille, il lui trouvait un talent fou, lui qui n'était même pas capable de dessiner une marguerite. Mais c'était un grand sensible, et il partageait avec elle la difficulté de se réaliser, bien qu'il y fût parvenu en troisième-ligne reconnu. Mais avoir été lui était aussi douloureux parce qu'il n'était plus. Il avait donc préféré rompre avec le milieu, refusé de représenter une marque de sport et choisi de s'enfoncer dans l'anonymat en émargeant chez Krishna où il n'espérait aucun autre avenir qu'une plaisante retraite au bout du compte.

Il prend son téléphone et appelle Marie. Répondeur.

— Chérie, c'est Pascal. Ça chauffe ici. Si tu peux donner de tes nouvelles, franchement, ce serait bien, il est en train de péter un plomb, pépère. Je t'embrasse. J'espère que tu vas bien quand même. Tiens-moi au courant. Bises.

Il va pour raccrocher puis se ravise :

— En fait, je vais passer te voir, j'aime pas ne pas avoir de tes nouvelles. Rebises.

Comme Camille, Pascal est inquiet.

8

Ranger ses pinceaux est une chose, ne pas les ressortir en est une autre. Il y a une impériosité à créer qui ne relève pas, par définition, du domaine de la volonté. Ça vous prend n'importe où, à n'importe quel moment, en dehors de toute raison, de tout jugement : vous devez peindre, ou écrire, ou composer, vous n'avez plus aucune faculté, plus aucun filtre pour faire la part des choses. Ça vous emporte, vous, et votre lucidité. Bien ou mal, bon ou mauvais, ça vous échappe et vous ne pouvez qu'accepter d'être envahie et accueillir ce spasme souvent douloureux tant qu'il n'est pas assouvi. On ne vous demande pas votre avis, vous n'avez pas le choix : vous êtes une créatrice. Marie était comme ça. Elle souffrait de créativité. Rien n'y faisait. Ni le temps qui passe, ni les diverses substances qui agissent sur l'anxiété pour vous transformer en loukoum, rien pour activer ou adoucir le deuil du renoncement. En vérité, elle n'était que le jouet de ses pulsions créatrices. Elle pouvait tout à fait y résister au prix de réelles souffrances, mais jamais les juguler ni s'arracher cette glande en trop qu'ont les artistes. Glande parfois bien gênante pour qui ne peut se réaliser. Être artiste n'est pas un choix. C'est un état.

Contre son gré, contre sa volonté, Marie peignait.

Le geste sûr, la technique sans faille, chaque soir, elle pensait avoir réalisé une œuvre miraculeuse, dictée par cette muse inconnue, l'inspiration.

Chaque nuit, elle sentait bien que, par cette œuvre-là, elle serait sauvée et qu'elle pourrait repartir à l'assaut des galeries.

Et chaque matin, elle était victime d'un violent effondrement narcissique à la vue de ce qu'elle jugeait être une croûte, lamentable et inutile. Elle jurait alors de renoncer à la peinture, pour toujours... jusqu'à la fois d'après.

Pourtant, il lui arrivait, sous l'impulsion de Pascal, de présenter quelques tableaux dans le décadent quartier de Saint-Germain-des-Prés. Elle-même n'y croyait pas, comment auraient-ils pu la reconnaître, elle qui ne faisait que s'excuser ? Se déprécier est rarement séduisant, et même les galeristes les plus enthousiastes finissaient par lui opposer un sourire poli et un regret feint. Avec sa propre complicité, elle ne réussit jamais à placer une seule de ses toiles.

Et pourtant, tourmentée, elle continuait de chercher, de comparer, de s'exprimer. Le malheur des artistes. Parfois, elle tentait une incursion là où rien ne l'appelait : elle s'essaya aux nus avec la complicité de Camille.

— Je n'y arrive pas.

— Dis que je suis moche.

— Au contraire, d'ailleurs je ne sais pas comment tu fais après trois grossesses pour être aussi fine.

— C'est parce que je m'en fous. Je n'y pense jamais.

— En fait, tu viens de dire le mot : je m'en fous des nus. Ça ne m'intéresse pas. Ces courbes, ça m'emmerde. Les hommes peintres disent leur désir du corps des femmes qui, moi, me laisse indifférente.

— Alors peins des corps d'hommes. Comme Michel-Ange ! Lui avait du désir pour eux, et tu vois ce que ça a donné.

— Tu as raison, à partir d'aujourd'hui, je vais peindre les corps de mon désir.

— Bob, viens voir ici, s'il te plaît !

— Camille, non, t'es folle !

— Je préfère qu'il se dessape pour toi plutôt que pour ses pétasses de secrétaires.

— Arrête, Camille. C'était il y a longtemps ! C'est incroyable que tu y penses encore.

— Je l'aime autant que j'aime mes enfants, infiniment, mais je ne lui pardonnerai jamais. Je n'ai plus confiance.

Bob entra, curieux et prêt à tout, comme toujours.

— Marie désire ton corps, elle veut le peindre. À poil !

Immédiatement, Bob fit voler son tee-shirt, et ce furent des cris et des rires en cascade qui clôturèrent cette tentative de nu.

9

Dans sa soif de s'imprégner des maîtres, elle séjourna plusieurs fois aux Pays-Bas, sillonna le Norfolk à la recherche de l'école de Norwich, compara les Tate Gallery de Londres, Liverpool et New York, elle fit retraite en Normandie, au Havre, à Honfleur, à Pont-Aven... Marie voyageait, naviguait et apprenait. Lumière diaphane au nord, contrastée au sud, couleurs laiteuses au nord, brutales au sud. Étudier les clairs-obscurs, un comble pour Marie qui peignait la nuit à la lumière électrique... Mais bon, les voies des artistes sont impénétrables !

Profitant d'un pont de mai, Marie arpenta la Camargue sur les traces des peintres du Midi. Entre Les Baux-de-Provence, Saint-Rémy, les Saintes-Maries-de-la-Mer.

En Arles, elle s'était imprégnée de la ville et de son atmosphère dont elle espérait beaucoup, car l'homme à l'oreille coupée la hantait. Toujours mettant ses pas dans les siens, elle se recueillit devant l'emplacement de la Maison jaune qui n'existait plus, puis, pour rejoindre les Saintes-Maries-de-la-Mer, traversa la Camargue au milieu « des vignes, des landes, des terrains plats comme la Hollande, d'immenses plans d'herbe avec des manades de taureaux et des troupeaux de chevaux blancs à demi sauvages et bien beaux ». Toujours suivant la correspondance de Vincent à son frère, elle voulut, comme lui, « voir la mer bleue sur un ciel bleu, cette Méditerranée aux couleurs changeantes dont on ne sait pas toujours si elle est verte ou violette, les cabanes blanchies à la chaux posées sur des sols orangés ».

Elle arriva aux Saintes-Maries-de-la-Mer où avait séjourné son peintre totem, au milieu d'un tumulte qui la surprit. Comme toutes les fêtes votives de la région, ce jour pourtant païen était consacré aux taureaux, aux chevaux et à la musique gitane, glorifiant la culture de tout un peuple fier de son histoire et de sa spécificité. Donc une ville pleine à craquer d'aficionados.

Les manadiers avaient organisé plusieurs abrivado qui partiraient chacune à leur tour de leurs enclos respectifs pour rejoindre les arènes : cinq, six kilomètres au galop, les taureaux encadrés par les chevaux, dans une formation compacte à la géométrie oblongue, manadiers en tête flanqués d'une vingtaine de cavaliers, gardians, amis et leur famille, filles comprises.

Le matin, sur le mode auberge espagnole, chacun avait apporté saucisses et viandes diverses pour les griller sur un énorme barbecue, le tout arrosé du vin fort du pays. Puis les taureaux, ramenés dans les enclos, avaient été sélectionnés. Moins d'une dizaine par manade, choisis selon leur âge, trois, quatre ans, et leur poids, deux cents, trois cents kilos au plus. Le jeu, très sportif et spectaculaire, consistait à les encadrer pendant leur trajet sans qu'un seul ne s'échappe.

Ce jour-là, entre mer et dunes, une vingtaine d'abrivados parties de leurs prés passèrent par la plage avant d'arriver en ville.

Dès que l'une d'elles apparaissait à l'horizon, de jeunes garçons, encore des enfants, se plaquaient au sol parmi les herbes sauvages en tentant de se rendre invisibles, pour surgir d'un coup comme des épouvantails face aux chevaux en espérant les effrayer. Avec un peu de chance, les chevaux, qui en avaient vu d'autres, prenaient peur, faisaient un pas de côté, et une brèche s'ouvrait, offrant aux taureaux l'occasion de s'enfuir, à la grande joie des jeunes qui se prenaient alors pour des héros.

Renseignée sur cette manifestation taurine inattendue dans sa quête picturale, Marie, aux anges, se faufila au premier rang des spectateurs contenus par des barrières de sécurité. Tous attendaient l'arrivée de l'abrivado et en espéraient un éblouissement quasi mystique.

À onze heures, un coup de canon annonça le départ des enclos. En réponsc, unc clamcur résonna dans toute la ville. Ils sont partis !

Sur la plage, la manade se resserre davantage. L'espace n'est pas grand entre les dunes et l'eau, les chevaux pataugent dans les flots et les taureaux, comprimés, découvrent la mer.

Ruisselante d'écume et de sueur, au bruit fracassant du galop, l'abrivado entre dans la ville par les tours de guet. Les sabots sonnent durement sur le bitume, les pavés. On peut les voir maintenant, ils sont là ! Tout au long de leur course folle, la foule vibre, frémit, hurle, retient son souffle ou s'agite. L'abrivado passe les premières maisons, les bêtes se pressent davantage les unes contre les autres, éperonnent les rues étroites, respirent à l'unisson dans un souffle rauque, la rumeur de leur course répond à la clameur de la foule, c'est une douleur dans le ventre, un spasme au diaphragme, un plaisir dans les reins, des frissons sur la peau, la certitude du danger si, par hasard...

On cherche les taureaux du regard, on se hisse sur la pointe des pieds pour les apercevoir au milieu des chevaux, tous fumant et soufflant, ramassant toute leur puissance pour ne faire qu'un, cornes en avant, épaules contre épaules avec des chevaux aux yeux exorbités, aux naseaux élargis par la fièvre du galop, montés par des hommes criant pour qu'aucun animal ne s'échappe, pour qu'ils ne soient qu'une seule et même bête et envahissent ensemble l'arène dans une formation unique, taureaux, chevaux et humains unis dans un galop infernal. Les taureaux baissent la tête, se serrent toujours plus contre les flancs des chevaux, contre les cuisses des gardians qui hurlent dans ce fracas de puissance, déchaînent les cris de la foule et c'est dans ce tumulte organique que la horde sauvage entre dans l'arène.

C'est fini, le spectacle est terminé. Sous les hourras, les taureaux regagneraient aussitôt leur enclos d'où, stupéfaits, ils rejoindraient, en camion s'il vous plaît, leurs prés chéris avec la sensation d'avoir fait un petit tour de manège bien impressionnant.

Marie, au premier rang, le regard peut-être plus aigu et les sentiments plus à fleur de peau que d'autres, fut bouleversée par ce qu'elle venait de voir.

Au passage de l'abrivado, l'image de *Guernica* lui apparut. Probablement par la fulgurance d'un déchaînement sauvage. Mais c'est par lui, par cet homme qu'elle fut éblouie. Lui qui, trident à la main, menait la fureur animale, étincelant, magnifique, commandant à plus puissant et plus dangereux que lui, Centaure magnifique, mi-homme, mi-bête, d'une beauté rare. Il était passé si près, il l'avait presque frôlée. Elle ne s'était pas reculée. Elle avait perçu la couleur de sa voix rauque, et cette odeur profonde faite de cuir et de sueur mêlés. C'était trop bref. Trop fort pour être si furtif. Elle voulait de toutes ses forces revivre cette sensation viscérale inconnue, aussi brève et forte qu'une jouissance. Elle voulait toucher, respirer cet homme tel qu'elle l'avait vu, chevauchant et hurlant pour l'éternité.

Bouleversée par la violence de son désir, statufiée par ses émotions, Marie resta là, devant les arènes, collée au sol, dans l'attente de celui qui finirait bien par sortir. Marie, la sage, avait été transpercée par la nécessité de succomber à la beauté et à la puissance de ce Phébus flamboyant.

Ce furent des instants suspendus où ni le soleil ni le vent ne vinrent à bout de sa patience. Elle était restée devant les arènes. Le revoir, c'est tout. Ressentir encore ce souffle de vie qui l'avait emportée quelques instants auparavant. Au contraire d'elle, cet homme-là réalisait chaque jour ses désirs, sans même en être conscient. Il n'avait pas choisi sa vie, elle s'était imposée, c'était comme ça, c'est tout. Il était né, avait grandi et vivait au milieu des taureaux, point. Il était un, rassemblé, une force qui allait, sans aucun doute, sans une seule pensée qui aurait pu le détourner de sa trajectoire. Elle, si incertaine de tout et surtout d'elle-même, voulait l'approcher, avec ferveur.

Si on baise la robe d'un saint, s'il pose ses mains sur votre tête, est-ce qu'on ne prie pas mieux ? En s'approchant de cet être d'airain, est-ce qu'elle ne se renforcerait pas ? Sans cesse au bord de la rupture avec elle-même, elle marchait à genoux sur la route des pèlerins. Le toucher pour prendre un peu de sa force.

Le voilà. Illuminé par l'adrénaline et les endorphines, invincible, il passa, sous le regard intense de Marie. La foule s'était diluée dans les rues et les bars alentour. Elle seule était restée là, figée, en contemplation de cet être mi-homme mi-cheval.

Pascal laisse un énième message sur le répondeur de Marie.

— Marie, pardon de te rappeler encore, mais je... je suis inquiet. Comme on dit : pas de nouvelles, pas de nouvelles ! Ne reste pas comme ça... Je suis là, on est là, tous... Je t'aime, Marie. Et je ne suis pas le seul. Appelle-moi. À tout à l'heure ?

Même sans interlocutrice, il a du mal à raccrocher, comme si lui parler sur son répondeur, c'est tout de même être avec elle.

La journée va être compliquée. Comment démarcher des clients quand son amie est au fond du gouffre ?

Pascal finit par craquer, enfourche son scooter, Grand Ours Brun sur un Piaggio petites roues, slalome dans les couloirs de bus et tambourine à la porte de Marie.

— Marie... t'es là ? C'est moi, Pascalou !

Pascalou, deux mètres zéro cinq, est au bord d'appeler un serrurier. Ou la police. Johanna, qui veille à tout, sort de chez elle.

— Salut, Pascal. Il faut pas t'inquiéter, je suis là et j'ai les clés. Si tu veux, je te donne des nouvelles régulièrement et je t'appelle au moindre souci, tu veux ?

Pascal se balance d'un pied sur l'autre. Lennie dans *Des souris et des hommes*.

— J'ai pas de nouvelles, personne n'en a. J'ai peur qu'elle fasse une bêtise.

— Je ne crois pas. Viens prendre un café chez moi.

— Non merci, je ne dormirai plus.

— Une camomille alors ? Un kir ? Un bourbon ? Un joint ? De l'héro ?

C'est tentant. Devant la porte obstinément fermée, Pascal abandonne et, un œil sur les fenêtres de Marie aux volets clos, il pénètre dans l'atelier de Johanna en baissant la tête pour passer la porte.

10

Gabriel avait vu Marie. Il était sorti des arènes avec les autres manadiers et il avait vu Marie, debout, droite, immobile. Son regard limpide, emplit de ferveur et d'un abandon peu communs, l'avait transpercé. Il n'avait pas le temps de s'arrêter, il fallait rentrer au mas pour remettre les taureaux au pré et ouvrir le buffet qui les régalerait tous. Mais tout de même, ce regard... Et cette femme qui paraissait si seule et semblait tout attendre de lui. Peu ordinaire et tentant. Il rejoignit les gardians qui rentraient au petit trot, eut la faiblesse de se retourner et la vit, toujours au milieu de la rue, qui ne le quittait pas des yeux. Curieux et flatté, il ne résista plus, donna ses consignes à la troupe qu'il quitta, rebroussa chemin, et revint vers elle, intrigué et sûr de lui. Il avait mis son cheval au pas. Un cheval blanc à la robe sûrement immaculée ce matin, sabots huilés, étrillé minutieusement. Un pochoir avait répété des motifs géométriques sur un flanc, et sur l'autre, un fer brûlant avait laissé la cicatrice boursouflée des chiffres de son propriétaire. À les voir ainsi, soudés l'un à l'autre, on aurait dit une créature mythique. Lui chaloupait au rythme sensuel de sa monture. D'un côté, de l'autre, lentement, comme une danse lascive, avec la complicité du cheval qui marchait tête baissée, nuque arrondie, crinière jusqu'à terre. Ces deux-là ne pouvaient ignorer leur beauté respective et commune.

Plus il approchait, plus il s'étonnait de cette femme qui l'envisageait sans ciller. Était-elle journaliste, touriste égarée, ou fan de manadiers comme il y a des fans de musiciens ? Pas d'ici, en tout cas. Prudent, il s'était avancé à pas comptés.

— Vous attendez quelqu'un ?

Sa voix était chaude, un peu rocailleuse, elle la connaissait déjà. L'accent était très léger.

Elle lui sourit.

— Je peux vous aider ?

— Oui… Non… Je… je voulais… vous voir, c'est tout.

— Me voir… moi ?

— Oui, enfin, je… Excusez-moi, c'est idiot. C'est la première fois que je viens ici et que je vois une manifestation taurine, et…

— Une abrivado, que vous voyez une abrivado.

— Oui, c'est ça, pardon, alors, bon, c'est…

— Ça vous intéresse, les taureaux ?

— C'est magnifique. Quand vous êtes passé, tout à l'heure…

Bon, elle n'y arrive pas. Certaines personnes, la première fois, sont très émues par la proximité des bêtes. Alors, il proposait une visite aux touristes, qui en ressortaient étourdis. Généralement, ces visites étaient payantes, mais parfois pas.

— Vous voulez venir voir la manade ? Je vous invite. Mais demain, parce que là, on a encore du travail avec les bêtes.

Phébus se penchait sur Esméralda. Il n'avait pas mis pied à terre et conversait du haut de sa monture, signifiant ainsi le peu de temps qu'il pouvait lui accorder. Elle, le visage tendu vers le ciel, lui courbé, pour être au plus près. Elle était touchante et simplement très belle.

— Vous êtes à quel hôtel ? Ou chez des amis ? Je peux passer vous chercher pour le déjeuner ? Ou dans l'après-midi ?

— Non, pour déjeuner, c'est bien. On peut se retrouver… je ne sais pas… ici ?

— Pas de souci. Alors ici à midi ?

— Oui, merci.

— Non, c'est moi.

À peine un appui sur les rênes, Pégase fit demi-tour. Non, encore un mot.

— Je m'appelle Gabriel.

— Et moi, Marie.

— Comme les filles d'ici. Vous allez aimer ce pays, vous verrez…

Et il était parti au galop, laissant Marie émerveillée et heureuse. Demain, il fallait attendre demain pour voir cet homme debout, face à elle.

Peut-être descendra-t-il de sa monture spectaculaire et s'avancera-t-il vers elle, fort et confiant. Demain.

Dans sa chambre d'hôtel, Marie passa une nuit blanche à sourire.

11

Camille a essayé de relâcher un peu la pression sur Marie. Elle a tenu deux jours, à tourner autour du téléphone, regarder sa montre, prendre et reposer ses clés de voiture pour finalement y aller et frapper à la porte de Marie. Qui ne répond pas.

— Marie, ouvre-moi… J'ai tes clés… J'entre !

Encore une seconde et Camille sort son trousseau. En passant la porte, ce qu'elle voit la bouleverse. Un désordre invraisemblable règne dans toute la maison. L'évier déborde de vaisselle sale, une boîte de raviolis ouverte et à demi consommée, une tasse à café encore pleine, deux bouteilles de rosé vides sur la table de chevet, des vêtements éparpillés, le tube d'anxiolytiques, tout pour conforter Camille dans ses inquiétudes.

Elle se dirige vers la petite chambre qui baigne dans la grâce des couleurs pastel. Là, tout est préservé : un berceau, un mobile musical, une petite commode peinte par Marie où des elfes jouent au bord d'un ruisseau, et tout un trousseau bien rangé dans les tiroirs. C'est triste à pleurer.

Le téléphone de Marie sonne sur sa table de nuit. Camille s'approche. Sept messages sur le répondeur. Tous de la même personne : Krishna. Camille écoute le dernier.

— C'est plus la peine que tu te pointes à l'agence la bouche en cœur. Tu fais plus partie de la boîte. *You're fired !*

Et avant de raccrocher, il ne peut pas s'empêcher de lâcher :

— Connasse ! *Fuck you !*

Camille est catastrophée. Un étau se referme peu à peu sur Marie, comme dans une nouvelle d'Edgar Poe. Évidemment, en ne donnant plus de nouvelles, elle ne pouvait pas espérer continuer à travailler. Krishna n'est peut-être pas de très bonne qualité mais il a des responsabilités et des *deadlines* à respecter. Quand elle s'était retrouvée enceinte et sans homme, il l'avait tout de même réembauchée. C'était assez gonflé de sa part, vu le congé maternité qu'il allait se prendre en pleine face. Il tenait à ce qu'elle réalise combien il la voulait dans son équipe, et à n'importe quel prix. Le prix était conséquent, et Marie, reconnaissante, avait juré qu'elle s'engageait sur du long terme et qu'elle signerait le fameux CDI que Krishna attendait depuis longtemps. Elle allait enfin être à lui. En gros, elle passait d'un homme à un autre, d'une possession à une autre.

Johanna pousse la porte ouverte de l'atelier. Le calme de cette grande femme a toujours intrigué Camille, si excitée en permanence. Le plat de la Hollande, sûrement. Rien n'est jamais grave, mais surtout, rien ne dure jamais. Ni le bonheur ni le malheur, ce qui lui donne un détachement heureux en toutes choses. Sœur Sourire. Tout de même, elle sait que là, le coup est rude. Elle fait ce que sa nature lui conseille de faire : rassurer, envisager le bon côté des choses, même si en l'occurrence, il est difficile à trouver.

— Faut pas t'en faire, Camille, elle va se remettre. Ça prendra du temps, mais elle va y arriver. Là, elle est partie faire des courses.

— Je vais l'attendre.

— Bien sûr. Si t'as le temps... Hier, elle est sortie prendre un café et ça a duré cinq heures...

Camille est abattue. Elle ne sait pas vraiment quoi faire.

— ... Je vais rester et ranger un peu.

— Comme tu veux. Sinon, j'ai toujours ce bon vieux rhum arrangé que tu aimes bien.

— ... Évidemment, si tu me prends par les sentiments... Tu as raison, buvons !

Quand elle rentrera chez elle, plus tard, Camille retrouvera sa famille qui, loin de cette tragédie, lui offrira la beauté de l'amour partagé.

12

À midi, Marie arriva devant les arènes. Il faisait chaud. Elle avait mis cette robe qu'elle traînait dans toutes ses pérégrinations artistiques, une robe bleue, fluide, qui bougeait bien, sans provocation. C'est-à-dire d'une bonne longueur et sans décolleté qui appellerait à un geste déplacé de ceux qui ne savent pas se tenir. S'habiller en prévision des mauvais comportements de certains. Une robe de voyage, sans risque.

Elle était en suspens, la respiration retenue, le cœur plus rapide que d'habitude, curieuse et sereine à la fois. Des hommes, elle en avait vu, elle en avait croisé, elle en avait aimé, elle en avait quitté, mais celui-là, comment dire… celui-là, elle était incapable de le définir, de se définir elle-même à cet instant. Comme si elle l'avait déjà rencontré, une sorte de certitude placide et affolée.

Placide et affolée… Bon, ça ne va pas du tout, elle est en pleine confusion. Respire, du calme. Le voilà. Non, voilà une voiture. À l'heure où tout fermait, négoces et bureaux, pour un long déjeuner provincial, une voiture seulement traversait la ville, du moins cette rue. Un Range Rover. Comme beaucoup de manadiers ici. Comment penser qu'il aurait pu avoir une autre voiture que celle-ci ? Un Range, évidemment. Voiture mythique des aventuriers, elle ne scintillait pas, elle servait, c'était un outil de travail. Elle portait les marques d'un utilitaire, poussière et boue mêlées, rugueux et attirant. Comme son propriétaire. Dis-moi quelle voiture tu conduis, je te dirai qui tu es.

Gabriel s'arrêta à sa hauteur. Il se pencha vers la fenêtre passager, latéralement cette fois.

— On y va ?

Pas bonjour, pas je descends de voiture pour t'ouvrir la porte, non, à la hussarde : on y va ! À la fois séduite et un peu chahutée, Marie se hissa dans le Range.

— Bonjour.

— Bonjour, Marie. Avec votre jolie robe, vous seriez quand même prête à aller déjeuner sur la plage ? Et après, je vous ferai visiter la manade. Ça vous va ?

Irrésistible proposition. Sur la plage ? Évidemment.

— Alors, si vous êtes d'accord, je vais vous emmener sur une plage… déserte. Et interdite ! Enfin, interdite pour vous, pas pour nous, pour moi. On est quelques-uns à avoir l'autorisation. Au cas où, j'ai pris tous les papiers. Parce qu'ils font des contrôles, tout de même. Ils ont raison. C'est une plage préservée, une sorte de petite réserve naturelle. Pas de touristes, pas de chasseurs, pas de pêcheurs, rien que vous et moi…

Un frisson de plaisir parcourut Marie. Il comprit que c'était oui.

— … et le panier pique-nique ! Si vous n'aviez pas été d'accord, je ne vous aurais jamais parlé du panier. Je veux bien un refus, mais je ne veux pas être ridicule.

Elle le savait, elle savait exactement qui il était, simplement en le voyant aux arènes. Sur la route, il commenta les différents paysages, les étangs et leurs oiseaux, les marais et leurs moustiques, les roselières si élégantes qui se balançaient au gré du vent, les coutumes, son travail, sa vie. Marie ne dit pas un mot. Elle écoutait avec avidité, en s'imprégnant de chaque seconde. Au-delà de l'exotisme, cet homme était incroyable.

Ils arrivèrent dans une zone sablonneuse où se mêlaient les dunes et les herbes folles. Une barrière douanière prévenait effectivement d'une interdiction à pénétrer dans les lieux. Elle fut vite soulevée par Gabriel et ils pénétrèrent enfin dans cette terre inconnue, vierge et silencieuse. C'était un moment rare, elle en était consciente. Une plage vide sur des kilomètres, des oiseaux tranquilles qui flottaient sur les vagues, pas de crème solaire, pas de poubelles qui débordaient, pas d'odeurs de merguez, seulement le début du monde.

— De toute la plage de dix-huit kilomètres, le seul endroit préservé, c'est ici. Vous voyez ces épis dans la mer ? Ils sont là pour protéger la plage, bien sûr, mais aussi pour permettre aux moules de s'accrocher par grappes. C'est notre déjeuner. Ça vous va ? Pas d'allergie ? On va pas se retrouver aux urgences ? Je vais vous faire une belle brazucade de moules grillées au feu de bois. Je vous laisse mettre la table ?

Sans attendre de réponse, en un seul geste très éloigné de la sensualité, Gabriel enleva tee-shirt et pantalon et se jeta à l'eau. D'un regard très peu dérobé, Marie put appréhender le corps de l'homme, sa stature, son envergure, sa musculature, en une appréciation mathématique et esthétique à la fois. À voir comme ça, le tout devait faire dans les un mètre quatre-vingts, et quatre-vingt-dix kilos superbement répartis. C'était un peu abrupt comme entrée en matière, mais ici, tout était différent, hors du temps et des convenances. Le corps de Gabriel lui apparut crûment, sans préparation, sans « attention, j'enlève le haut », mais dans une évidence qu'elle pressentait : sûr de lui.

Il entra dans l'eau, pêcheur-cueilleur, pendant que Marie tentait avec beaucoup de difficulté de détacher son regard de l'objet de ses désirs et de « mettre la table », c'est-à-dire de sortir du Range une glacière où elle ne trouva que du vin de pays et deux tomates du jardin. Spartiate, mais bio et en circuit très court.

Dans les dunes, en accord avec sa charge primitive, l'homme ramassa des brindilles, des branchages, construisit un âtre avec trois pierres, frappa son briquet à la mèche d'amadou et alluma un feu qui, transformé en braises, rôtit des dizaines de moules ruisselantes d'iode. Un goût venu du tréfonds de la mer envahit le palais puis le corps de Marie.

Cette grillade marine, ce paradis perdu, les parfums exhalés par le vent, le son du ressac, presque tous les sens étaient en éveil. Il ne restait plus que le toucher.

Marie fut vite ivre. De vin, bien sûr, mais aussi de liberté, de désir de vie nouvelle, d'avenir. Elle alla vers lui, posa sa main sur son épaule, en caressa les courbes, approcha sa bouche de la sienne, sentit la douceur des lèvres où elle s'attarda longuement en les effleurant d'un baiser léger. Il ne bougea pas. Il la souhaitait libre de faire ce qu'elle voulait, jusqu'où elle voulait. Elle voulait tout. Certain de n'être pas mal compris, et donc mal reçu, il répondit à son désir et prit les commandes pour le plaisir de Marie, qui s'abandonna entièrement et donna autant qu'elle prit. Puis ils se baignèrent longuement, dans la complicité des sens assouvis, et revinrent très tard, unis et rayonnants. Sur le chemin du retour, il n'y eut pas de bavardages. Des mains se croisèrent et se caressèrent, des baisers s'échangèrent brièvement, et la soirée s'écoula au mas de Gabriel, assez rudimentaire, à écouter Marie se raconter, son parcours, ses désirs et la lumière du Midi. Gabriel la regardait en silence, lui laissant toute la place pour s'exprimer. Elle rentra quelques jours plus tard à Paris, la tête à l'envers et consciente qu'elle allait, sûrement très rapidement, être face à un choix de vie. D'autant qu'elle trouva dans son sac un billet d'avion avec un mot : « S'il te plaît… »

13

Le bon côté de l'intermittence, c'est la liberté. Liberté d'avoir moins d'argent mais plus de temps. L'intermittence, c'est un choix de vie.

Pour faire un bon intermittent, il faut être claustrophobe. Ne pas supporter les limites, les cadres, la répétition des tâches, l'étouffement du quotidien, l'enfermement des horaires répétitifs. Un bon intermittent est un tzigane, un manouche, un Capitaine Fracasse. Il est celui qui montre la société future : pas de certitude de l'emploi. Marie était donc libre. Elle pouvait tout quitter d'une seconde à l'autre. Rien, absolument rien ne la retenait à Paris. Sa vie la désespérait, son travail l'effondrait. Mais le saut dans le vide l'effrayait. Est-ce que brûler ses vaisseaux était bien nécessaire ? Au cours des derniers mois passés à naviguer d'un point à l'autre de l'Hexagone, Gabriel avait beaucoup insisté pour qu'elle s'installe avec lui.

Dans cet espoir, il lui avait fait construire un atelier qu'elle avait payé, dans un souci d'équité. Son pécule servait enfin à quelque chose. Elle en avait profité pour financer la réfection de la petite arène bien défraîchie où Gabriel débourrait ses chevaux. D'abandonnée, elle était maintenant pimpante, et Marie était heureuse de participer au bonheur de son homme. Quelle belle occasion de le gâter, lui qui, en retour, lui offrait une vie éblouissante. Comment ne pas être amoureuse de cet homme qui se consumait, en totale adoration devant elle. Il la contemplait parfois avec une telle intensité qu'elle s'effrayait de la profondeur de ses sentiments. Elle n'avait jamais été aimée avec une telle ferveur, une telle profondeur, un tel abandon. Gabriel la bouleversait. Et elle n'avait jamais aimé de cette façon. Entièrement, totalement, avec une puissance qui la propulsait chaque fois dans son atelier, où elle trouvait enfin un sens à sa rage de peindre. Pour lui. Pour le séduire bien sûr, pour l'épater, mais aussi pour lui rendre grâce de l'avoir apaisée.

— Mais enfin, Marie, à quoi il ressemble ? Tu vas nous le cacher longtemps ?

Ses retours à Paris étaient de plus en plus difficiles et de plus en plus courts. Elle voulait pour l'instant garder son atelier, puisque Pascal réussissait à l'imposer sur des campagnes peu chronophages et très rémunératrices. En fait, ces séjours parisiens devenaient presque douloureux tant Gabriel et sa vie d'artiste au soleil lui manquaient.

Jamais, dans aucunes de ses amours inabouties, elle ne s'était autant abandonnée, ne s'était avancée, démunie et nue, offerte entièrement à l'être aimé. Il avait fallu toutes ces années blanches pour arriver enfin dans ce territoire de l'autre. Elle connaissait tous les horaires des transports pour Montpellier ou Marseille, jonglait avec les correspondances et s'épuisait financièrement. Il lui arrivait de faire un aller-retour dans la journée pour aller respirer quelques instants dans les bras de son homme. Elle se découvrit une façon d'aimer qu'elle n'aurait jamais imaginée. Et un jour d'amour éperdu, depuis Paris, elle lui avait envoyé ce mot :

> « Je ne viendrai pas cette fois, je ne descendrai pas de l'avion pour me jeter dans tes bras. L'amour que j'ai pour toi m'interdit l'ordinaire. Je veux que tu souffres de moi, que ton corps soit en manque. Je veux que jamais tu ne t'habitues à ma présence. Je veux que tu me cherches toujours, que tu sois inquiet, désemparé, perdu. Je serai ton souffle vital tant que tu le désireras, je vivrai pour toi, je peindrai pour toi, mais je te tiendrai en exil de moi pour que jamais nous ne devenions une habitude. »

Gabriel portait ses lettres comme de saints viatiques à même la peau. Il restait muet face à Marie, lui prouvant chaque fois qu'elle était la seule, l'unique, l'attendue, la déesse toute-puissante. Elle, l'aimait dans son intégrité, entièrement. Un couple étrange fait d'une artiste peintre et d'un manadier. Pourquoi pas, après tout ? Il y avait eu Edmonde Charles-Roux et Gaston Deferre, Benoîte Groult et son Américain, et tant d'autres.

Par lui, grâce à lui, le miracle eut lieu. Les vannes avaient lâché et Marie se laissa déborder par le raz-de-marée de sa créativité trop longtemps muselée. Ce fut une orgie de couleurs.

— Tu verrais ça, ma Cécé, ça dégouline de partout, c'en est écœurant. Je peins de la guimauve, de la barbe à papa, c'est entre l'art pompier et les fresques indiennes, ça n'a ni queue ni tête, c'est génial et je suis heureuse, tellement heureuse. Je vais quitter Paris et m'installer définitivement ici. Tu viendras ?

Depuis Paris, dans les transports ou d'un recoin du mas, Marie écrivait à Gabriel son amour infini, commençant toujours ses courriers par cette citation empruntée librement à de Beauvoir dans ses lettres à Algreen :

> « Je désire te connaître autant que je t'aime.
>
> Gabriel, je me donne à toi, entièrement, sans craindre le vide qui me happerait si tu me refusais. Je veux te faire une vie de lumière, un tapis de pétales doux à ta marche. Sois glorieux de toi, mon amour. »

Un jour que Gabriel avait passé à marquer ses taureaux, elle voulut le divertir en jouant à Messaline.

> « Ah ! Tes mains calleuses sur ma peau, griffonna-t-elle sur la table de la cuisine, ah ! cette odeur qui t'imprègne le soir, celle des bêtes fauves que tu

poursuis chaque jour… Je t'attends quelque part, nue et avide. Trouve-moi, et surtout ne te change pas… ! »

Il arriva donc sans délicatesse, puisqu'elle n'en voulait pas. Elle était à lui, entièrement, et voulait lui en donner des preuves. Alors, pour qu'elle lui appartienne de façon certaine et définitive, il lui proposa de porter sa marque, une marque indélébile. Comme un tatouage, là, à l'intérieur des cuisses, tout en haut, près du sexe. Seulement pour lui et seulement si elle le voulait autant que lui. À chaque instant du jour et de la nuit, il serait, lui, le seul maître de cette femme admirable qui l'aimait tellement, lui, le manadier, qu'elle s'était fait marquer comme un animal.

Comment ne pas accéder à cette requête, ne pas être volontaire, même, pour cette preuve d'appartenance au seul homme qu'elle ait jamais aimé ? Elle aurait voulu en avoir eu l'idée. Oui, Marie acceptait. Porter sa marque là où il le désirait. Restait à choisir le jour et l'heure.

C'est alors qu'elle décida de sauter le pas et de quitter sa vie à Paris. Avant de plier bagage, elle organisa une soirée « La Camargue sous la Tour », dans la venelle protégée où elle réunit ses proches pour présenter Gabriel qui fit le voyage pour assister sa belle et mieux l'enlever avec l'accord des siens. Il avait voyagé avec sa guitare et la soirée se transforma en un concert gitan qui fit chanter et danser tout le monde dans la courette parisienne. Au petit matin, heureuse pour Marie et désolée de son départ, sa garde rapprochée l'étreignit en jurant de la rejoindre vite. Ils lui souhaitèrent le plus grand bonheur du monde et se réjouirent qu'elle ait enfin trouvé l'homme de sa vie. Pascal fut désigné gardien-gestionnaire de son atelier, chargé de la sous-location.

Elle s'installa dans sa nouvelle vie comme dans un rêve, riant de son bonheur, peignant enfin les lumières de Camargue. Marie exaltée, folle d'amour, se donnant entièrement à celui qu'elle admirait et aimait au-delà d'elle-même.

La rencontre sensuelle initiée sur la plage put enfin s'installer confortablement et se déploya pour prendre une place tout à fait prépondérante.

Puisque Marie était maintenant à demeure au mas, en quelque sorte à disposition, ils pouvaient enfin s'enfermer des journées entières intégralement consacrées à faire l'amour. Jusqu'à la nausée. Où les corps demandaient grâce, où les visages se recomposaient selon un assemblage inédit. La découverte du corps de l'autre, ses réactions encore inconnues avant d'être trop familières, la frénésie de plaire et d'aller au-delà de ses limites, dans des zones encore ignorées, s'étonner d'un geste, succomber d'un murmure, explorer les ondes des sensations.

Mais un élément inattendu s'invita dans ces territoires amoureux : la vision de ces films où il n'est pas question d'amour ni de respect mais de domination sauvage et de soumission apparemment désirée. À la demande de Gabriel, il lui fallait annihiler toute réticence et faire comme eux, refaire le même chemin abrupt du sexe comme ces professionnels, se prêter à toutes les pénétrations réservées en d'autres temps aux prostituées, se faire fesser par amour, déchirer par adoration, inonder par dévotion, faire exactement comme le guide très peu spirituel des films classés, et sortir exténuée de ces corps-à-corps où l'on abandonne tout de soi. Y compris parfois l'estime et le respect dans certaines configurations qui flirtent avec l'extrême. Mais dans l'amour, rien n'est hors norme tant qu'on est d'accord, en harmonie, ensemble. Pourtant, parfois, le consentement a des limites élastiques. Gabriel émergeait de ces batailles en sifflotant, comme on sort d'une bonne séance de gym, quand Marie avait besoin de quelques jours pour se remettre. Elle n'était pas vraiment contre mais pas vraiment pour non plus, d'autant que le soutien des vidéos et autres sites Internet devenait systématique.

Bien sûr, elle avait déjà vu de ces films, projetés d'abord dans des salles « spécialisées pour vieux cochons » et qui s'étaient ensuite largement démocratisés, jusqu'à la très fameuse *Gorge profonde* qu'on allait voir en famille, le *Nouvel Obs'* sous le bras. Oui, elle en avait vu de ces films pour messieurs seulement, mais sans intérêt réel. Ce n'était pas la licence qui la choquait mais le traitement dévolu à ces femmes, esclaves sexuelles toujours à disposition, aimant apparemment les maltraitances, que des mâles surpuissants se partageaient. Gabriel présentait ces pratiques particulières comme une fantaisie, un partage de plus dans leur amour.

La première surprise passée, Marie avait accepté ces mises en scène comme une originalité de son homme, et ma foi, s'il fallait en passer par là, le plaisir était au moins toujours au rendez-vous. Ce n'était pas sa façon d'aimer, mais que Gabriel la fasse entrer dans les moindres replis de son âme la toucha profondément.

Le temps passant, les images montèrent en puissance et en violence. Mais elle n'en dit rien et, amoureuse, continua de participer à ces orgies par écran interposé, sans se demander encore comment dire non quand on a commencé par dire oui.

14

Marie rentre chez elle. Elle est sortie pour changer d'air, mettre en mouvement ce corps qui l'a trahie. Voilà plusieurs mois qu'elle est sortie de clinique et que sa vie s'est figée. Elle n'est plus capable de travailler. Pour l'instant, disent les amis qu'elle refuse de voir. Elle essaie de garder une hygiène minimale et évite soigneusement Johanna qui, elle le sait bien, la surveille en essayant de ne pas être intrusive. L'intrusion, ce n'est pas sa voisine, c'est la vie. La vie qui ne devrait pas exister. Elle la supporte comme un fardeau qui finira bien par disparaître.

Chaque fois qu'elle rejoint son lit-refuge, elle essaie à toute force de se dissocier de son corps. Ça marche parfois. Elle se concentre jusqu'au magma essentiel de son corps, ralentit sa respiration au maximum de ce qu'elle peut, révulse ses yeux, et parfois, le miracle se produit : elle s'élève au-dessus d'elle-même. Elle flotte, légère et sans douleur, comme on nage dans une eau pure, comme on revient à l'état fœtal. Le plus difficile est de rester longtemps. Mais même brefs, ces moments la soulagent.

Un shoot comme un autre.

Camille n'a pratiquement plus accès à Marie, qui lui refuse sa porte en douceur. Simplement, elle ne répond pas. Parfois si, la plupart du temps non. Leurs conversations se sont réduites à des echanges de survie. Ça va ? oui, très bien, tu as besoin de quelque chose, non, merci, j'ai tout ce qu'il faut, tu m'appelles quand tu veux, d'accord, je suis là tu sais, oui, je sais. C'est tout, rien de plus ne peut sortir de la bouche de Marie. Elle n'a pas payé son loyer depuis plusieurs mois, les lettres recommandées s'entassent sur la console de l'entrée.

Aujourd'hui, un courrier à l'en-tête d'un huissier de justice vient alourdir le tas de paperasses déjà conséquent. Aucune importance, aucun intérêt.

Il faudrait qu'elle arrive à respirer. Elle essaie d'avaler l'air qui ne dépasse pas l'entrée du larynx. Il faut qu'elle voit Camille, vite, tout de suite. Elle le sait, un moment chez Camille la sauvera. Elle s'extirpe de chez elle, de cet appartement qui l'englue, qu'elle ne peut plus quitter, dont elle se drape comme d'un manteau de cachemire souple et chaud. Un appartement bouillotte qui la séquestre sans demande de rançon. Comme une prise d'otage à Stockholm, il la retient, et elle s'abandonne à lui.

Marcher sans se retourner, chercher la voiture, la dénicher entre deux immeubles, là où c'est gratuit, regarder le niveau d'essence, suffisant, retrouver l'itinéraire tellement connu, étonnement oublié, se forcer à ne pas éteindre la radio tant aimée avant, aujourd'hui détestée, faire appel aux réflexes, se faufiler, accélérer, rétrograder, ne pas laisser passer, doubler, passer à l'orange devenu rouge à l'instant, s'engouffrer sur le périphérique, choisir la bonne file, à gauche quand ça circule bien, à droite dans les bouchons, ne pas louper l'embranchement de l'A86, penser à autre chose dans les ralentissements, fuir par la bretelle, zigzaguer, retrouver le calme dans les petites rues de banlieue et se poser enfin devant la maison de Camille. Elle saura écouter, même les silences, elle comprendra les soupirs, elle trouvera les mots, ceux qui apaisent, qui encouragent, qui enveloppent de douceur et d'amour, ceux d'une mère, d'une grande sœur, d'un appui inconditionnel. Elle l'a maltraitée ces derniers temps, pardon, elle ne pouvait pas faire autrement. Elle ne pouvait plus parler, plus penser, il lui fallait seulement retenir son souffle, essayer de garder un peu d'oxygène pour ne pas mourir. Aujourd'hui, l'oxygène s'est encore raréfié. C'est une opération de survie dont il s'agit.

Marie est arrivée, elle pourrait sonner, frapper, pas besoin, enfin si, deux petits coups très brefs, pour dire. Sans attendre, elle pousse la porte d'entrée au moment où deux bandes d'Indiens s'affrontent en hurlant, personne n'ayant voulu endosser les tenues honnies des cow-boys assassins. Les temps changent… Les tomahawks, les coiffes de plumes, les franges virevoltantes, il n'y a aucun doute possible : les enfants font une fête. Camille surveille le petit monde.

— Marie ! Quelle bonne surprise ! Oh, Marie, ma chérie, je t'ai appelée mille fois, que je suis contente de te voir ! Viens par ici, Maxime a dix ans, et comme tu vois, il a imposé un thème. Devine lequel ? Tu as bien fait de venir.

Marie a perdu l'usage de la parole. Elle regarde toute chose avec la distance d'une malade pour qui la vie serait une surprise permanente. Dans le chahut ambiant, Camille est mal à l'aise.

— Je t'ai invitée plusieurs fois, mais tu ne réponds à rien. Viens dans la chambre, la cuisine est impraticable.

Maxime passe en se traînant par terre, du ketchup sur le visage. Il s'accroche à la jupe de sa mère dans un râle.

— Maman, je suis blessé, au secours.

— Je suis désolée, mon cœur, je vais dans ma chambre avec Marie. À qui tu as dit bonjour, bien sûr. Et remets le ketchup à sa place dans le frigo, s'il te plaît.

— Non, j'ai trop mal, maman au secours, au sec…

Il s'écroule. Son frère passe en hurlant.

Camille est à moitié amusée, à moitié abattue, et tout à fait gênée. Pas autant que Marie.

— Je vais te laisser.

— T'es folle, t'es là, t'es enfin là ! Je suis vraiment contente. Assieds-toi… Je te trouve très bonne mine.

Non, elle ne lui trouve pas bonne mine du tout. Pâle, les traits tirés, amaigrie. Et toujours ces taches sur ses vêtements au niveau des seins.

— Tu as pris des changes ?

Marie ferme les yeux. Non, elle est partie comme ça, en oubliant que le lait coulait toujours.

La porte s'ouvre violemment. La horde investit la chambre. La consigne de ne pas déranger n'a pas marché, Maxime, ses frères et leurs copains passent en farandole.

— Je reviendrai, j'aurais dû t'appeler avant.

Camille a bien compris qu'elle ne peut rien faire pour la retenir. Elle tente de la serrer dans ses bras. Marie se dégage, se lève doucement et, doucement, s'en va, en laissant liesse et chagrin dans cette maison. Cette famille, en fait, n'est pas la sienne. Elle l'avait cru, elle s'est trompée. Elle referme la porte sans personne pour lui dire au revoir et reprend la route dans l'autre sens, sans autre but que d'aller se recoucher.

Elle respirera une autre fois.

15

Marie refait lentement surface depuis le tréfonds de sa léthargie hypnotique. Ouate de l'éveil. Le bien-être l'envahit comme lorsque, petite, la fièvre de la veille avait fait place à la douce faiblesse de la convalescence. Une jolie journée s'annonce, sans aucun doute. Elle s'étire lentement, un sourire s'épanouit sur son visage reposé, elle se retourne dans son lit, et là… toute l'horreur la transperce entièrement. Un coup au plus profond de son être, au plus intime de son ventre. Son ventre qui n'a pas su retenir le bien le plus précieux de tous. Cet arrachement, cette séparation pour toujours, ce déchirement organique, ce cri séculaire des femmes qui perdent leur enfant. Ce ventre qu'elle ferait mieux de poignarder, de sortir de son corps, ce traître qui lui avait promis le bonheur éternel de la maternité. Elle aurait voulu s'éventrer, par représailles, et pour en finir avec cette douleur insoutenable. Mourir aurait été moins douloureux. Il fallait maintenant vivre avec ça ? Mais c'était inhumain. Une agonie qui durera tout ce qui lui reste de vie. Pourvu que ce ne soit pas trop long, pourvu que la vie ne s'accroche pas à elle. Elle ne portera plus son enfant dans son ventre, ni dans ses bras ni sur son dos, mais dans son cœur, dans son cerveau, dans son âme. Toujours présent, toujours avec elle, quoi qu'elle fasse. Elle ne sera plus jamais seule. Ce sera désormais Marie et son enfant. Marie et son enfant mort qui marcheront dans la vie. Non pas côte à côte, mais l'un dans l'autre. Est-ce que son enfant restera toujours nouvelle-née, ou bien grandira-t-elle comme n'importe quelle enfant ? Prendra-t-elle possession de son corps pour se développer dans l'intérieur de sa chair, dans l'intérieur de ses bras, l'intérieur de ses entrailles, comme une seconde peau intérieure ? Il y aura l'épiderme, le derme et l'enfant. Grossesse intracorporelle sans délivrance. Oui, peut-être. Sûrement. Comment perdre quelqu'un qui fait partie de vous ? C'est impossible. Il devient vous, et vous devenez lui.

Marie bouge, titube, se lève comme elle peut. Mal jusque dans les os. Mal jusque dans la moelle. Trimballer sa souffrance comme un forçat. Être retenue, empêchée d'être autre chose qu'elle. Bonjour, je suis la douleur. Je fais semblant de vivre, de respirer, mais je ne suis que douleur. En finir avec ça, il n'y a qu'une seule façon de vaincre la douleur. Une seule. Pour que cette salope ne contamine personne d'autre. Gagner la partie contre le destin. Je refuse d'être assujettie à l'enfer, j'emmerde la douleur, je rejoins ma fille.

Marie ouvre les tubes d'anxiolytiques et de somnifères et avale tout ce qu'il reste. Voilà.

16

Elle est engourdie. Elle ne sent pas ses bras, ses mains, ses jambes. Elle ne peut pas se retourner dans son lit. Cette douleur dans la nuque. Ses yeux s'ouvrent un peu. Ah, oui, elle est là, elle reconnaît le plafond auréolé des taches d'une fuite d'eau que le propriétaire a refusé de repeindre. Une tache comme un nuage, les merveilleux nuages, les nuages qui passent. Elle est dans son lit tout engourdie. Impossible de bouger, épinglée là comme un papillon dans son cadre. Ce bourdonnement dans les oreilles, dans la tête. Les seins, elle a mal aux seins. Il faut se lever, il faut bouger, il faut… comment fait-on, déjà ? Comment fait-on, quand on peut le faire ? Attendre, attendre simplement. Comme elle a fait toute sa vie. Attendre le bonheur, attendre le succès, attendre l'amour, attendre. Ne rien provoquer, tout arrivera. Se lever. Non. Fatiguée, trop fatiguée. C'est son corps qui décide, ce n'est plus elle. Elle ne sent plus rien. Pourtant quelqu'un la pousse du côté gauche.

Ne bougez pas, on va vous soulever. Qui sont ces gens ? Elle a envie de vomir. Ne t'en fais pas, Marie, ça va aller. Camille ? Qu'est-ce qu'elle fait là ? Dommage, elle ne peut pas parler. Pas grave, avec Camille, pas besoin de parler. Ça lui donne envie de rire. Elle rit, elle rit vraiment. Mais dedans, à l'intérieur. C'est drôle de voir Camille à l'envers, comme ça, ça lui fait une drôle de tête. T'as d'gros yeux, Camille ! Elle n'arrive pas à lui dire, mais comme elle lui a répété depuis toujours, elle a fini par le savoir qu'elle a des gros yeux. Trop sympa, Camille ! Mal à la tête, pas ailleurs, non, sens rien nulle part sauf ma tête. Elle est légère, elle flotte, les bruits sont tout assourdis, comme s'ils venaient de loin, derrière un joli mur de coton tout blanc, ou de ouate, ou de cellulose. C'est apaisant. Dormir, rêver, peut-être. Y a trop de monde. Hou lala ça balance. Le plafond bouge, change, c'est le plafond de l'escalier, non de la cour, elle est dehors. Pas froid, pas chaud, sens rien, c'est agréable. Arrête de parler, Camille, j'entends rien. C'est agréable. Ma nuque. Oui, là, ça fait mal. Non, pas vraiment en fait. Des voix d'hommes. Ça tangue. Ça bouge. Ça bouge trop. Arrêtez, ça bouge, c'est pas bien !! Arrêtez ! Oh, merde, ça va pas. Je veux juste dormir. Dormir sans vomir, sans la ouate, sans balancer, ne fermez pas les yeux, madame, vous m'entendez, restez avec nous, ne fermez pas les yeux. Maman, ma petite maman si fatiguée, dis-leur qu'il faut que je dorme. Prends-moi dans tes bras, berce-moi, maman, oui, comme ça. C'est bon. Madame… Comment elle s'appelle ? Marie. Marie, restez avec nous. Non, je reste avec maman. Maman, encore les bras… encore les bras… maman… tout doucement, petite maman, tu leur diras pour les seins, maman.

17

Quelle importance, en fait ? Quand on vit ensemble, qu'on partage tout, y compris l'avenir, est-ce vraiment grave de savoir qui paye quoi ?

Marie avait objectivement mis de l'ordre dans la vie de Gabriel avec aussi, objectivement, plus d'argent que lui, qui n'avait rien. Elle avait commencé par de petites améliorations pour finir par de grands projets. Gabriel vivait pour ses bêtes, sa terre, et les gitans. Rien d'autre ne l'intéressait. Si, Marie. Tant qu'il chevauchait et la tenait dans ses bras, il se sentait invincible. Quant à la gestion, c'était une autre histoire. Ses finances se trouvaient dans un état proche de la banqueroute. Ce qui ne le dérangeait pas plus que ça. Là où les manadiers avaient pris le tournant du tourisme, transformé leur mas en chambres d'hôtes, proposant gîte et petit déjeuner à ceux qui voulaient découvrir ce pays béni qui leur donnait tant, Gabriel, lui, avait refusé de faire des compromis avec la terre héritée de sa famille. Pas de touristes chez lui. Moyennant quoi, il végétait quand les autres prospéraient. Il n'avait donc aucun moyen financier d'améliorer quoi que ce soit dans son habitat ni dans sa vie. Marie prit les choses en main et trouva un sens à toutes les économies qu'elle avait engrangées grâce à son travail de mercenaire. Dans l'arène entièrement rénovée, Gabriel débourrait les jeunes chevaux, et la création des trois chambres d'hôtes avait pour but d'améliorer l'ordinaire et d'envisager un avenir serein. Après avoir longtemps résisté, Gabriel, sans bien comprendre la démarche de Marie, avait fini par baisser pavillon et, à contrecœur, lui avait donné carte blanche. Après tout, c'était son argent à elle. Experte en communication, elle savait comment attirer les touristes et y parvint au-delà de ses espérances : loin de son atelier, ses journées se résumaient à faire du séjour de ses hôtes un petit paradis, et elle remplit ainsi son cahier de commandes plusieurs mois à l'avance. Elle finit par embaucher du personnel, qui engloutit tous les bénéfices du mas. Elle n'avait plus de temps pour rien, et Gabriel, mal à l'aise dans cet environnement qu'il n'avait pas vraiment choisi, rentrait de plus en plus tard. Morose, il s'installait dans le bureau, seul endroit tranquille, pour siroter un alcool de plus en plus fort. Marie commença à réaliser les conséquences de son enthousiasme et décida de stopper l'exploitation des chambres d'hôtes, qui ne serviraient plus à rien sinon à accueillir les copains venus de Paris qui squattèrent avec délice cette inespérée résidence secondaire. Elle avait investi tout son argent dans cette vie-à-la-campagne-avec-l'amour-de-sa-vie, rêve digne des poupées Mattel de son enfance.

Elle avait déçu Gabriel, de moins en moins présent, et elle s'était déçue elle-même. Ce qui n'empêchait pas les chaudes retrouvailles nocturnes où la tension montait toujours davantage et où les pratiques devenaient de plus en plus dérangeantes. Le plaisir était parfois là, mais est-ce que le plaisir est vraiment indispensable et obligatoire ? Il n'est pas impossible d'aimer sans jouir ou de jouir sans aimer, est-ce vraiment le plaisir qui fait l'harmonie, le partage et le respect ? Ces images finissaient par la hanter. La curiosité du début passée, le dégoût de toute cette chair étalée la rendait malade. Et Gabriel dérapait, parfois. T'aimes ça, hein, mon amour, t'es comme les autres, une petite pute, une vraie petite salope, c'est ça que tu veux, t'aimes ça, hein, tu en redemandes. Non, elle n'en redemandait pas. Elle ne comprenait pas ces déchaînements. Il n'y a qu'avec toi que je fais ça, notre amour est au-dessus de tout, tu me permets d'exprimer ce que j'ai en moi. Ben… c'était pas terrible, ce qu'il y avait en lui dans ces moments-là. Et ça faisait mal, souvent. C'était ça, l'amour fou ? À qui en parler ? Camille ? Non, Camille n'aurait pas compris. Pour la première fois depuis son installation, elle se sentit seule.

18

Le réveil est brutal, la chute est rude. Le monde est de retour. Et c'est douloureux. Elle sent chaque millimètre de son corps. Ce corps qui exprime maintenant la douleur de tout son être. Elle a mal partout. Rouée de coups. Elle est où ? Où je suis ?

— Tu es à l'hôpital, tu as fait une bêtise...

Elle se souvient. Elle est encore dans les brumes mais elle se souvient. La voix est faible, altérée par le lavage d'estomac. Rude parce que tardif. Le souffle est court, l'articulation approximative.

— Pourquoi tu ne m'as pas laissée ? Je ne veux plus être là.

Alertée par Pascal qui s'inquiétait du silence de Marie, Camille, cette fois, n'avait écouté ni Johanna ni la volonté de Marie d'être seule. Tant pis, ça ne lui plairait sûrement pas, mais elle forcerait la porte si nécessaire. Ce ne le fut pas. Marie s'était enfermée, mais pas barricadée. La clé fonctionna. Elle était entrée dans la pénombre de l'atelier sans savoir que Marie s'y trouvait. Elle avait d'abord vérifié si tout était à sa place. Oui, le bazar habituel. C'est dans la cuisine qu'elle avait vu les tubes d'anxiolytiques et de somnifères vidés. Un coup au ventre, une main qui lui serre l'estomac, elle avait pris un uppercut en plein cœur. Elle s'était précipitée, immédiatement glacée, vers le lit.

— Non, non, non, Marie, t'as pas fait ça. T'as pas fait ça, Marie. Marie, réponds-moi.

Trois enjambées pour atteindre le lit, retourner Marie qui ne bouge plus et la secouer, la secouer.

Un cri.

— Nooon, non, non, non t'as pas fait ça, c'est pas possible, c'est pas possible, c'est pas possible, tu entends.

Des mots répétés sans fin. Son téléphone. Le 15 ou le 17 ? Elle ne se souvient jamais. Le 17, les pompiers ? Le 15, le Samu ? Ou le contraire ? Le 15. Juste choix. Elle réussit vaguement à articuler l'adresse après d'affreuses minutes d'attente, elle décrit l'état de Marie, le nom des médicaments.

Elle ne bouge plus, elle ne bouge plus du tout. Venez vite, je vous en supplie, je vous en supplie. La voix est celle d'une petite fille, toute douce, tout sur le souffle. Une petite fille qui perd tout ce qu'elle aime, éjectée sans parachute dans la stratosphère. Mon Dieu, Marie, qu'est-ce que tu as fait ?

Elle est restée à son chevet. Bob a pris le relais à la maison avec les enfants et le quotidien, et elle est restée avec Marie, enchaînée par le cœur.

— Oh, Marie, je t'en supplie, ne me quitte jamais.

— Je sais pas ce que tu racontes, Camille.

— C'est pas grave, ça va aller, ne t'inquiète pas, ça va aller.

Deux murmures qui se répondent, pour ne pas déranger, pour que la guérison ne s'arrête pas en chemin. Camille est marquée par les larmes, la nuit blanche, la culpabilité et l'angoisse d'une fin tragique.

— J'ai mal aux seins.

C'est vrai, elle n'articule pas très bien, la bouche est sèche, mais Camille a compris. Comment lui dire que ça va durer, qu'on ne se défait pas comme ça d'un enfant. Vivant ou mort, c'est pareil, il est en vous pour toujours et vous êtes à lui.

— Ils t'ont donné un médicament pour arrêter les montées de lait. Il faut le temps que ça fasse effet.

Et parfois ça ne marche pas, elle le sait.

— Je suis trempée.

Elle soulève le drap des Hôpitaux de Paris. Sa blouse est tachée par de grandes auréoles.

Sa voix est pâteuse.

— Je suis fatiguée.

Camille lui prend la main, elle lui caresse les cheveux, le visage, repousse une mèche, mais c'est le cœur qu'elle voudrait remettre en place, enlever cette douleur qui terrasse Marie. Et c'en est une autre que de ne pas pouvoir souffrir à la place de quelqu'un qu'on aime. Comme si l'amour ne servait à rien. Donne-moi ton mal, laisse-moi souffrir à ta place, tu ne mérites pas une telle douleur.

— Ça va aller.

Comme Ferré, les mots des pauvres gens, ne rentre pas trop tard, surtout ne prends pas froid, ça va aller, Marie. Marie, tu as un avenir. La vie ne s'arrête pas comme ça, d'une seconde à l'autre, le malheur ne dure pas, tu le sais.

Mais ce n'est pas vrai, le malheur peut durer toujours. Des petits malheurs qui vous collent à la peau et vous empêchent d'avancer, et des grands malheurs qui vous figent pour l'éternité. De toute façon, elle n'écoute pas. Camille a toujours beaucoup trop parlé. Pour commenter, pour faire des projets, pour ne rien dire, pour faire du bruit, pour arrêter le temps qui passe, pour éloigner les soucis, pour bâtir un mur de mots contre les douleurs, pour dire des poèmes, pour détourner l'attention, pour…

— Tu veux rentrer chez toi ?

Quelle question ! Comme si elle pouvait avoir le moindre désir de quoi que ce soit. Comme si elle était capable de discerner un sentiment dans ce désastre.

— En fait, ils veulent bien te laisser sortir à condition que tu ne sois pas seule. Tu veux venir à la maison ?

Oui, la maison de Camille, ce n'est pas chez Camille, c'est la maison. Un foyer, une chaleur, des odeurs, des parfums, des puanteurs, la maison quoi. On macère ensemble et c'est bon.

Pourquoi pas ? Ça ou autre chose. Au moins, elle sera en famille. Elle est orpheline, Camille est son seul refuge, et désormais son toit.

19

Aux Beaux-Arts, on étudie beaucoup les corps, et celui des autres en particulier. Marie avait travaillé son sujet de près avec la plupart des garçons de sa promo, sans jamais abîmer son image de madone ni de première de la classe.

Elle avait essayé différents moyens de contraception et fini par choisir le plus angoissant d'entre eux : rien.

Certaines de ses amies avaient tenté le diable et arrêté la pilule « pour voir ». Elles avaient donc vu le saint Planning-Familial pour grossesses non désirées en jurant qu'on ne les y reprendrait plus. Marie fut tentée de faire la même chose mais n'en eut jamais l'occasion : les mois passaient et, rien, pas de retard en vue. Très intriguée et vaguement inquiète, elle avait demandé à faire des examens un peu plus approfondis que la routine gynécologique, et le couperet était tombé : malformation congénitale. Il fallait oublier la maternité et son lot de bonheurs et de tourments. Après des années de ravage où elle dut lutter contre son désir d'enfant, Marie finit par accepter ce qu'elle avait pris d'abord comme une malédiction et qui se présenta plus tard comme un soulagement quand elle observait la vie des jeunes mères autour d'elle. Elle, au moins, pouvait disposer de son temps, de ses projets, de ses nuits, de ses rêves, sans cette chose qui vous enchaîne et ne vous lâche plus jamais, jamais : un enfant.

Mais, tout de même, la douleur revenait régulièrement et il lui avait fallu une vie entière pour anesthésier son désir de maternité et dépasser sereinement les quarante ans qui en sonnent à peu près le tocsin. Elle était au clair avec ça, d'autant qu'elle n'avait jamais rencontré celui avec qui l'aventure aurait pu être joyeuse.

Aussi, quand elle sentit des tensions dans sa poitrine, qu'elle constata un retard qui devenait important, elle ne réagit pas plus que ça. La ménopause arrivait un peu tôt, mais elle s'était habituée à ne pas être comme les autres à ce sujet. Elle ne s'inquiéta pas non plus quand elle fut prise d'un impérieux désir de sieste quotidienne. Elle nota des inconforts digestifs, des nausées quasi permanentes. En fait, ça n'allait pas du tout. Elle se résolut à consulter. Son médecin parla d'allergie, de virus, lui prescrit une batterie d'analyses toutes plus complexes les unes que les autres en y incluant un test de grossesse franchement ridicule, à croire qu'il n'a pas écouté ce que je lui ai dit. Pas si ridicule que ça. Au milieu des résultats du laboratoire, tous excellents, une petite ligne lui fit l'effet d'une blague : test de grossesse positif. Mais non, ce n'était pas possible. Elle essaya de parlementer avec une laborantine qui lui expliqua que leurs tests étaient fiables à cent pour cent et qu'il n'y avait aucune marge d'erreur possible. Elle en conclut que le laboratoire avait dû intervertir des résultats et qu'il fallait tout recommencer.

Elle reprit donc rendez-vous avec son médecin qui se félicita de sa clairvoyance et tenta d'expliquer que bien imprudent celui qui peut poser un diagnostic définitif. Il avait vu des rémissions chez des patients qu'on disait condamnés, des guérisons spontanées de maladies chroniques, des grossesses chez des jeunes filles vierges, des pathologies inconnues emporter des gens en quarante-huit heures, franchement, rien ne l'étonnait plus et il se réjouit de la grossesse de Marie comme d'une bonne nouvelle médicale alors que l'intéressée, sonnée, n'arrivait pas à réagir. Elle sortit de la consultation en état de sidération. Comment se remettre la tête à l'endroit quand on a fait des efforts surhumains pour la positionner à l'envers ? Je ne sais pas. Je suis perdue. Je dois parler à Gabriel. Gabriel…

Mais Gabriel n'était pas un père, il était un amant, un homme puissant et rugueux, elle l'aimait de toute son âme mais ne le voyait pas donner un biberon ni changer une couche. Au contraire, il s'était plusieurs fois réjoui de son incapacité à procréer. Cette stérilité qu'elle avait vécue comme une blessure était devenue une qualité et Gabriel l'avait consolée de toutes ces années d'amertume.

Son hésitation à lui parler faisait écho à ses propres doutes. Il lui semblait impossible que cet embryon fût normal. Est-ce qu'il ne valait pas mieux en finir tout de suite plutôt que de se lancer dans toute une vie de chagrin ? Elle décida d'abord de ne rien faire, de ne rien dire et d'avancer dans ses réflexions.

Elle se rendit au cabinet d'échographie, prête à rien et envisageant tout.

Dans la salle d'attente, une population heureuse : des femmes seules, de jeunes et de moins jeunes parturientes, certaines avec leur conjoint, d'autres avec leur mère, un couple de femmes, toutes aux anges, certaines avec le masque, ce visage étrangement marqué des femmes enceintes. Marie, seule et la plus âgée.

Elle ne dit pas un mot à l'échographiste qui essayait d'engager la conversation et, sans succès, finit par faire l'examen du fœtus comme on fait celui d'une œuvre classée monument historique : avec componction et d'une voix feutrée. Pendant tout le temps de la consultation, Marie ne put que répéter en boucle ces mots comme un mantra : mais c'est pas possible, c'est pas possible, s'en tenant à cette phrase que le médecin comprit comme l'expression d'une catastrophe. Ce qui n'était pas tout à fait exact. Car dès que la sonde se posa sur son ventre, dans le silence du cabinet, on n'entendit plus que ce battement de vie : les bruits du cœur. Elle les connaissait ces bruits pour les avoir entendus cent fois dans des films. Mais là, c'était ceux de l'enfant qu'elle portait, non, pas encore enfant, du fœtus, de l'embryon, l'appellation changeant selon l'investissement qu'on y mettait. Elle fut traversée par un immédiat et violent sentiment de protection envers cet être qu'elle avait considéré comme un alien quelques secondes auparavant. Quelque chose d'animal s'était révélé en elle. Elle connaissait cette technique utilisée par les militants anti-IVG pour empêcher un avortement : s'attendrir sur le fœtus pour éveiller un sentiment de maternité. Mais là, il n'était pas question de ça. L'échographie avançait et Marie, dans son silence, se transformait en louve. En lui remettant le compte rendu, le médecin ne sut pas s'il fallait la féliciter ou lui donner l'adresse du Planning. Marie ressortit illuminée aussi bien qu'effondrée. La vie décidait pour elle. Restait l'annonce à Gabriel. Avec qui elle allait devoir composer.

Elle avait dressé une jolie table et préparé les mets préférés de Gabriel, pas très difficile à satisfaire culinairement, ça tombait bien, elle n'était pas fine cuisinière. Elle avait choisi un vin du pays, simple et fort, et voulait que l'annonce se fît dans le calme d'une bonne soirée. Gabriel rentra de bonne heure, souriant, fourbu et amoureux. Il vit les bougies, la lumière tamisée, la table de fête, apprécia l'attention de Marie et lui tendit un joli sac de papier blanc ceint de rubans immaculés. Moi aussi, j'ai pensé à toi. Elle fut très touchée, s'assit sur ses genoux pour l'embrasser. Ouvre ! Oui, bien sûr. Elle commença à défaire délicatement l'élégant coffret frappé aux chiffres de la boutique, qu'est-ce que c'est ? écarta le papier de soie rose poudré qui enserrait une boîte moirée ivoire, sortit la boîte de sa gangue *so chic*, l'ouvrit, se traça un chemin à travers d'autres feuilles translucides et, enfin, sortit un déshabillé de soie capiteux.

— Gabriel, c'est magnifique !

— Pour que tu ne portes plus tes vieux tee-shirts à la maison.

Elle rit, l'embrassa encore, elle était heureuse, oui, tout allait bien se passer.

— Tu l'essaies ?

Quand elle revint, il s'était installé sur le canapé et la regarda défiler en riant.

— Je te plais ?

Il baissa les lumières, prit le champagne sur la table, et, tout en trinquant, sortit d'un autre sac, beaucoup moins joli celui-là, des accessoires qui déroutèrent Marie. Et l'inquiétèrent un peu.

— Non, pas ce soir, Gabriel.

— Mais tu adores ça.

— Pas ce soir, il faut que je te parle.

— Tu me parleras. Pendant. Et après. Viens.

Il l'entraîna dans la chambre et, souriant et tout à fait déterminé, commença par l'attacher au lit.

— S'il te plaît, non.

— Tu es magnifique !

Il s'approcha et lui murmura :

— Parce que tu es à moi, rien qu'à moi, et que je fais ce que je veux avec toi. Tu m'appartiens.

— Gabriel, demain, s'il te plaît.

— Je sais que ça te plaît. Tu vas être heureuse comme jamais. Souviens-toi, la dernière fois, tu as adoré. Regarde, je te mets le même film. Pour toi seulement. Moi, je vais être occupé. Occupé à m'occuper de toi.

— Gabriel, s'il te plaît.

— Chuuut. Tais-toi, mon amour. Et régale-toi.

Il la bâillonna.

— Mon Dieu, comme tu es belle comme ça, comme je t'aime.

Il déchira la sublime nuisette de soie qu'il venait de lui offrir, et commença une séance où il mêla les insultes, les caresses, les baisers, les crachats, les mots d'amour, les claques, les fessées, et utilisa la plupart des objets achetés à cet effet. Il transpirait, râlait, murmurait parfois des mots incompréhensibles. Marie était terrifiée. C'était la première fois qu'elle le voyait dans cet état. C'était cet homme-là qu'elle aimait, pour qui elle avait tout quitté ? Et si c'était maintenant que se révélait le vrai Gabriel ? Elle était effrayée, elle avait mal. Emporté par son désir et sa folie de domination, il ne voyait pas dans quel état se trouvait Marie. Elle était comme une poupée de chiffon, ballottée au gré des fantaisies de l'homme qu'elle aimait. Elle pleurait, gémissait de chagrin et de douleur. Tout le temps que dura cet assaut terrible, elle essaya de l'arrêter, de crier non ! derrière son bâillon, de secouer la tête, mais rien n'y fit, il fallait qu'il continue, qu'il aille au bout. Alors, épuisée, elle renonça et essaya de se transporter par la pensée dans un autre lieu malgré les secousses imposées à son corps. Combien de temps cela dura-t-il ? Une éternité pour elle qui ne savait pas de quelle manière cela finirait, ni quand. Vint enfin l'acmé, le climax, dans un long cri rauque. Et il retomba lourdement sur elle qui étouffait, finit par se ressaisir, lui enleva bâillon et menottes, l'embrassa en la remerciant et commença à ranger les précieux accessoires sans lesquels il ne pouvait plus faire l'amour.

Marie s'échappa comme elle put et s'enfuit à petits pas douloureux dans la salle de bains pour se protéger enfin de cette violence. Elle aurait voulu se laver encore et encore pour faire disparaître toute cette fureur. Elle ne put que s'écrouler par terre, en sanglots, sans plus de force. Elle vit du sang sur son corps sans savoir d'où il provenait.

Derrière la porte, Gabriel s'impatientait.

— Chérie, je m'ennuie ! Viens, mon amour, ne me laisse pas un instant sans toi !

Il n'attendit pas et fit irruption dans la salle de bains, sans frapper, sans demander s'il pouvait, s'arrêta brusquement, la considéra de la tête aux pieds. Elle devait être pathétique. Il s'approcha lentement.

— Comme tu es belle… Tu me bouleverses. Si les autres te voyaient comme ça… Non, tu es à moi, ils ne te verront pas. Sauf si tu me le demandes.

Alors, on pourra en parler, hein ? Qu'est-ce que tu en dis ? Ce serait magnifique. Te montrer sans que personne te touche. Tu es la beauté. Ma merveille, c'est maintenant que tu es exactement toi. Tu veux qu'on se marie ? Moi, je veux. Dis oui.

Elle se jeta dans ses bras en sanglotant. Ce qu'il prit pour un acquiescement ému et qui n'était autre qu'un bon gros craquage.

Elle venait de perdre son amour, sa vie et ses rêves.

20

Arrivée chez elle, Marie, en un geste réflexe, appuie sur l'interrupteur. Pas de lumière. Dans la cuisine non plus. Ah oui, c'est vrai, un courrier ouvert par inadvertance menaçait de couper le courant sans un paiement rapide. Ah oui. C'est tombé dans les oubliettes. Elle ne comprend plus le sens des choses. Ni leur hiérarchie. Tout se mêle en une bouillie d'indifférence. Bof, pas grave. On peut vivre à la bougie. Elle s'écroule comme à son habitude sur ce lit où elle tâche d'oublier tout. Mais on n'oublie pas une plaie qui ne cicatrise pas. La brûlure est trop vive. Et pour le quotidien, elle n'a pas besoin de faire un constat : le crédit à rembourser, EDF, les loyers, les impôts, pas de travail… Elle est encerclée par les tentacules des impayés qui enserrent jusqu'à l'étouffement. Les dettes, les agios, les pénalités : la surtaxe des pauvres. Pas le droit à l'erreur, mort aux vaincus, dehors les faibles. La vie sans argent coûte cher. Un moment d'étourderie où on manque les échéances, et c'est la dégringolade. Un instant d'égarement où on s'est fait berner, et le monde vous tombe dessus.

T'as plus d'argent ? Tiens, paye donc un peu plus, ça t'apprendra. Il n'y a plus d'issue à la vie de Marie. Pas de bretelle de sortie, juste une voie de garage. Qu'est-ce qu'il lui reste exactement ? Une voiture, c'est tout. Une voiture pour vivre. Avant qu'ils la lui prennent. C'est pas mal, une voiture. D'autres n'en ont pas. Oui, c'est une bonne idée. D'ailleurs, peut-on appeler idée un élan irrépressible ? Ce n'est même pas une évidence, c'est, point. Elle se lève, tout est clair et simple, en fait. Elle va dans la salle de bains, se regarde un moment comme pour faire le point, le bilan de toute sa souffrance et de toute sa vie.

Ça va comme ça !

Ce sont les mots précis qui l'envahissent : ça va comme ça !

L'esprit tout à coup très clair, elle ramasse brosses à dents et à cheveux, dentifrice, savon, serviette de toilette, sort, et revient. Elle se voit dans le miroir telle qu'elle est : hirsute, hagarde. Elle ne veut plus rien de son passé, même plus d'elle-même. Surtout pas d'elle-même. Son geste est guerrier et rageur. Il ne changera pas grand-chose mais elle a besoin de se défaire de sa peau. Ou de quelque chose qui lui ressemble. Elle prend les ciseaux dans le placard et, comme le ferait un kamikaze avant le combat, comme le ferait un repris de justice pour tromper le monde et changer d'identité, elle coupe ses cheveux. Court. Elle n'a aucune idée de son image. Dans le miroir, elle se regarde sans se voir. C'est sûrement mieux comme ça. Elle doit encore changer ses protections : le lait de son enfant coule toujours de ses seins.

Elle va chercher un sac dans le placard de l'entrée, y jette tee-shirts, pulls, jeans, chemisiers, manteau, veste, baskets, elle arrache la couette de son lit, la plie tant bien que mal dans un autre sac, voilà, c'est tout, sa vie tient désormais dans une valise et un sac de sport. Elle s'arrête encore devant l'amoncellement de toutes ces lettres ignorées, avec réception, sans réception, lettres simples, EDF, gaz, eau, proprio, pourquoi ouvre-t-elle la dernière, celle de l'huissier ? Elle lit : à défaut du paiement par retour de courrier de la totalité de vos loyers impayés, nous nous présenterons à votre domicile afin de recenser vos meubles et biens mobiliers, etc. Elle est confortée dans son choix : elle prend la bonne décision. Elle ouvre la porte, hésite, retourne dans la chambre d'enfant pour y prendre une petite peluche et, cette fois, sans un regard ni un regret, sort de chez elle en laissant la porte ouverte.

Qui veut piller, qu'il se serve. Le don d'une pauvre aux plus pauvres qu'elle rejoint maintenant.

Elle jette les sacs dans sa voiture. Libérée du sarcophage. Encore un arrêt devant un distributeur. Les rapaces n'ont pas encore bloqué ses comptes, elle vide ce qu'il reste de l'épargne qu'elle gardait précieusement au cas où, et le cas où, c'est maintenant. Après les constructions de l'atelier, de l'arène et des chambres d'hôtes, il reste peu. Ça suffira. Sans un regard, sans un regret, elle jette son téléphone et sa carte de crédit dans une poubelle. Elle a brûlé ses vaisseaux, elle part, elle fuit, elle quitte tout et n'emporte rien de son passé. Sinon elle-même, hélas.

Elle prend la première rue. Ne rien décider, se laisser porter. La première rue, la première avenue, la première porte et la première sortie. Pas d'autoroute. Pour prendre l'autoroute, il faut savoir où on va et tracer, accepter d'être pris pour un imbécile en payant plusieurs fois des frais de construction remboursés depuis longtemps, mais comme elle n'est déjà plus dans le système, elle va se traîner sur les départementales et peut-être même les communales. Le hasard décide : direction l'ouest, les banlieues chics, les grandes banlieues chics, la province, nouveau havre de paix pour bobos dernier cri. Elle se laisse porter, enfin un peu légère. Elle bifurque vers le nord. Tout est possible. N'être plus enchaînée à son lit, à l'obligation de survivre selon des codes que d'autres ont décidés, ne rien attendre de personne, apprivoiser le lâcher-prise, faire connaissance avec la roulotte. Marie, nouvelle gens du voyage. Étretat ? Pourquoi pas ? Allons-y, allons voir la mer puisque la sienne n'a pas pu la consoler. Elle n'est pas très loin de Paris. En deux heures, c'est fait. Déjà, elle respire mieux. Laisser son cerveau au repos, fixer la route, se laisser bercer par le bruit du moteur, ne voir que la route. Un arrêt dans cette station-service à l'ancienne avec un être humain qui vous accueille, qui vous parle, pipi, café et on repart. Ne plus souffrir, s'abandonner au mouvement, larguer les amarres, se propulser, ne plus maîtriser le temps, la vitesse, renoncer au quotidien, accueillir l'instant, le moment précis. Thérapie de la route. Allons voir les falaises. De cités en villages, elle roule à son rythme, avec des interdictions contradictoires : quatre-vingts, quatre-vingt-dix, soixante-dix, cent dix, cinquante, trente, et arrive à la tombée de la nuit. Elle a mis quatre heures, peut-être plus, elle est sereine.

Sur la falaise, face au vent, raidie par sa résistance, debout, pour que chaque pore de sa peau soit pénétré par le souffle froid qui la glace déjà. Laisser entrer l'air, le souffle, pour qu'il purifie tout en elle et qu'elle puisse revivre enfin. Faire table rase du passé. Abandonner l'enfance, les parents, Camille, la peinture, les amours, les échecs, les échecs, les échecs, la Camargue, et cette horreur qui la ravage. Suffoquer de respirer face au vent. Repartir neuve, sans passé, sans nombril. Naître à soi-même. Se naître.

LAMALOU-LES-BAINS

(Moïse)

1

Après la soirée dite du déshabillé de soie, Marie tomba dans un état de sidération, sans plus de mouvement ni de pensée.

Un bloc dense avait envahi son cerveau. Compact. Tout s'était figé : sa nouvelle vie dans ce pays d'Oc où elle avait du mal à s'intégrer, cet homme adoré aux désirs avilissants, et cet enfant qui, tranquillement, était en train de prendre sa place dans son corps et son désir. Elle arrivait en fin de course, au bout du temps de la fécondité, et cette grossesse stupéfiante sonnait comme une revanche face à toutes celles qui l'avaient regardée avec commisération : la pauvre... Non, elle n'était plus la pauvre, elle était triomphante, elle leur disait, si je veux, quand je veux, et maintenant, oui, ça me va, à la dernière minute, au moment où le gong va retentir, je vous emmerde et je fais mon enfant à mon rythme et au sien. Elle se disait tout cela et son contraire, quelle folie de s'être aventurée avec cet homme incontrôlé, quelle folie de mettre au monde un petit dans ces vagues sismiques de violence et d'amour fou. Fou, oui, tout ce fatras était complètement cinglé. C'était un viol, et il n'était pas exclu qu'il ait pris ça comme une initiation, un enseignement à une sexualité sans limites. Le pouvoir du dominant.

Épuisée et brisée, elle avait passé la nuit dans ses bras, comme toutes les nuits. Non par désir, mais pour n'avoir pas à s'expliquer. Gagner du temps, laisser reposer le chaos pour que le calme prenne sa place. Elle avait besoin de silence pour réfléchir.

Au petit matin, ses idées étaient plus claires : elle devait absolument s'isoler, poser sa vie bien à plat, la regarder sans pression, sans concession, et prendre la décision qui conviendrait. Gabriel était parti en fredonnant. Ils n'avaient parlé de rien. Comme tous les jours, elle l'avait accompagné à la porte, et sitôt le Range disparu, elle avait composé le numéro de Camille.

Dans sa banlieue, Camille préparait les enfants pour l'école quand son téléphone sonna. Elle vit le nom du correspondant et se hâta de répondre.

— Marie ?

Un petit silence lui répondit.

— Aïe, aïe, aïe, Marie, tu vas pas bien… Tu veux que je vienne ?

— Non… je… je crois… que je vais rentrer.

Les mots étaient sortis tout seuls. Difficiles à prononcer, aveu d'échec, cœur arraché, amour-propre blessé, maltraitance, honte.

Camille ne comprenait rien du tout, l'histoire d'amour était tellement belle, du moins quand Marie la racontait... Mais fidélité oblige, elle était au garde-à-vous, prête à tout pour son amie.

— ... Je vais rentrer.

Il ne fallait pas la contredire ni trop abonder dans son sens, il ne fallait pas se montrer trop neutre non plus, il fallait être diplomate, négocier.

— Prends ton temps, prends ta décision, je suis là, je serai là. Je t'attends, je prépare ta chambre.

— Non, je vais rentrer chez moi... J'ai demandé à Pascal d'arrêter les locations de l'atelier... Je...

— ... Oui ?

— ... Je suis enceinte.

Quoi, enceinte ? Comment, enceinte ? C'était impossible ! Elle avait une malformation ! Toutes ses grossesses, Camille les avait passées à s'excuser, à dire combien c'était pénible, à essayer de ne jamais lui donner envie, à la protéger de la souffrance de ne pas pouvoir enfanter.

— Tu quoi... ?

— Oui. Je ne comprends pas moi-même, mais oui.

— Ah !

Ah ! C'est tout ce qui lui était sorti. Estomaquée. Ah, c'est super, ou ah, c'est catastrophique ? On pouvait l'interpréter comme on voulait, ça n'engageait à rien. Qu'est-ce que Marie avait envie et besoin d'entendre ? Surtout, ne pas se positionner avant la suite.

— Tu penses arriver quand ?

Silence. Il fallait tendre l'oreille pour discerner les mots.

— Je ne sais pas, je ne sais pas… Je suis perdue.

Elle avait attendu si longtemps un homme avec qui partager sa vie qu'elle n'avait eu que peu de discernement lorsqu'elle avait vu Gabriel nimbé de lumière au milieu de sa horde sauvage, aussi éblouissant que saint Georges combattant le dragon.

— Je ne sais même pas si c'est la bonne décision.

— Eh bien, n'en fais pas une décision. Tu montes à Paris pour voir tes potes et c'est tout. Et tu verras bien ce que tu fais. Tu n'es pas obligée de le quitter, tu peux prendre des vacances. Et si tu le quittes et que tu changes d'avis, tu pourras toujours redescendre le retrouver. Allez, viens, on t'attend tous.

Elle allait profiter de l'absence de Gabriel ce matin pour disparaître. Prendre l'essentiel, c'est-à-dire elle-même et rien d'autre, laisser ses tableaux, l'arène, les chambres d'hôtes, le compte en banque, elle ne voulait rien emporter qui aurait pu lui rappeler sa chute, son amour raté avec cet homme fou. Et surtout, ne pas se retourner.

2

Camille, entre deux êtres chers, n'a pas pu choisir. Son fils ou son amie, l'anniversaire de son fils ou le soutien de son amie. Le choix de Camille.

Elle a opté pour un entre-deux : écourter diplomatiquement la fête d'anniversaire et partir au plus vite chez Marie. Ce qui a pris une bonne paire d'heures.

Elle l'avait trouvée très fragile, tout à l'heure, toujours cet air perdu, mais bon, elle était venue, elle s'était sortie de son isolement, c'était déjà énorme. Vaguement coupable, Camille laisse la maison en vrac et les enfants devant la télé, repus de jeux et de gâteaux.

— Les garçons, je sors.

— Y a à manger ?

Toujours aller à l'essentiel…

— Dans le frigo. Papa arrive bientôt.

Et Camille s'en va sans que personne ne la questionne davantage. L'A86 est plutôt vide, elle slalome quand même, excès de vitesse, et dix-sept minutes plus tard, arrivée, garée sur une livraison, la moindre des choses. Code, la porte cochère, tiens ! La porte de Marie est ouverte, Johanna est à l'intérieur.

— Marie n'est pas là ?

Johanna est pâle. Respiration bloquée, Camille sent tout de suite la catastrophe.

— Elle a recommencé ?

— Non, je n'étais pas chez moi cet après-midi, j'ai rien vu. Je crois bien qu'elle est partie pour de bon.

Comment ça, pour de bon ? Qu'est-ce que ça veut dire, pour de bon ? C'est impossible, elle était à Villiers il y a quelques heures, et Johanna la surveille tout le temps, non ? Non, Johanna est lamentable. Elle a envie de la taper. En fait, elle est exactement comme elle le pensait : rassurante dans le vide, avec des grands airs de femme libre qui ne connaît rien de la vie.

— Oui, je vois bien qu'elle n'est pas là, mais partie... Peut-être faire un tour, sinon partie où, et qu'est-ce qui te fait dire ça ?

Johanna emmène Camille dans la salle de bains. Dans le lavabo, les cheveux épars de Marie.

Camille étouffe un cri. Johanna lui tend la lettre d'huissier ouverte, laissée sur le tas des recommandés.

— Tu as regardé si sa voiture était dans le coin ?

— Non, elle n'y est pas, elle a pris sa couette et quelques affaires. Et les clés sont là.

Camille appelle immédiatement.

— J'ai essayé plusieurs fois, elle est sur répondeur. J'allais t'appeler.

Camille essaie de réfléchir vite. Qu'est-ce qu'il reste à Marie ? Pascal, peut-être ? Oui, Pascal, sûrement. Elle appelle.

— Pascal, est-ce que Marie est chez toi ? Elle… Oui, je suis très inquiète… Oui, je vais faire ça. Oui, je te tiens au courant… Toi aussi, s'il te plaît. Au revoir…

Johanna attend.

— Il dit d'aller au commissariat… Mais qu'est-ce que tu veux qu'ils me répondent ? Elle est vraiment majeure et je ne suis pas de sa famille.

— Son mec de Camargue, Gabriel… Il serait pas revenu la chercher ?

— S'il a fait ça, je le tue. Non, elle aurait pas pris sa couette… Et sa voiture. Elle fait une fugue, Johanna, elle s'est barrée pour de bon…

— Je m'occupe des commissariats, toi des hôpitaux ? Mais honnêtement, je n'ai pas grand espoir.

Non, Marie n'est ni dans les hôpitaux ni dans les commissariats. Elle fait connaissance avec la vie qu'elle s'est choisie, à la marge. Face à la mer, elle regarde le mouvement des marées, le reflet de la pleine lune, la beauté des éléments. Paisible, au chaud dans sa voiture, elle s'endort tranquillement pour la première fois depuis longtemps.

3

Elle a longé la côte à son rythme, tranquillement. Elle est dans l'instant. Le passé est suspendu et le futur n'existe pas. Pas de projet, pas de rendez-vous, pas d'obligation. Elle s'est inventé une méditation permanente et spontanée : ici et maintenant. Élasticité du temps.

Elle se félicite d'avoir choisi, contre les avis de ses collègues et sous leurs moqueries, cette voiture qu'un garagiste lui recommandait parce qu'elle était increvable : toit rehaussé, deux places à l'avant, c'est tout, énorme coffre, quatre portes dont deux coulissantes, Diesel 1,9 l, couleur rouge, une Kangoo Express Extra dont personne ne voulait. Ç'avait été un coup de foudre. Franchement, les autres n'ont aucun goût.

Pour Marie, c'était la voiture idéale. Pour y mettre toutes ses toiles, pour déménager, pour se balader en bord de mer ou en forêt, ou pour la transformer en cabane pour les garçons. Inconfortable et pataude en ville, elle est parfaite en tout point dans sa fugue. Résistante, vaste, elle offre un refuge inattendu. Comme si Marie l'avait choisie en prévision de cette rupture spectaculaire. Tout de suite après le van Volkswagen, il y a la Kangoo Express Extra. Une fois les sacs bien rangés et les vêtements sévèrement pliés, Marie peut dormir en toute tranquillité et presque confortablement. Elle aurait pu en faire une campagne publicitaire pour remettre le modèle au goût du jour. Marie dans sa Kangoo Express, comme Barbie dans son van.

Pour se restaurer, c'est facile : les stations-service débordent de nourriture malsaine et variée. Elle choisit souvent les Nordiques : sandwich pain caoutchouc au saumon trop salé avec beaucoup de mayo et peu de crudités défraîchies. Très équilibré. Du café à profusion, de l'eau qu'elle embouteille dans les toilettes de hasard, des bains publics qu'on trouve, à sa grande surprise, un peu partout, franchement, faire la route ne semble pas très compliqué. Pourquoi a-t-elle attendu si longtemps ? Il lui manque de la lecture. Pour adoucir son quotidien, se replonger dans les classiques lui semble une évidence. Victor Hugo, Flaubert, Balzac, Zola… non, pas Zola, trop redondant avec sa misère à elle. Du romanesque, du romantique, de l'évasion. Dans la librairie où elle hésite, la vendeuse vient vers elle avec un large sourire, ouverte, sympathique. Elle l'aborde discrètement, avec délicatesse et la complicité convenue entre femmes.

— Si vous voulez vous changer, suivez-moi. On a des toilettes réservées au personnel, mais quand il y a urgence…

Douche froide, ramenée là tout de suite, dans sa douleur, écrasée sur le bitume. Le lait coule abondamment, les auréoles sont larges, elle a oublié ses protections ce matin. Fuir, s'en aller, c'est ce qu'elle fait de mieux ces jours-ci. Elle plante la libraire dans son élan et se sauve, recroquevillée sur elle-même, pour que personne ne voie. Comment s'échapper si elle ne peut s'échapper de son corps, si son corps la ramène toujours à l'inacceptable ? Jusqu'à quand ? Elle se précipite dans son refuge, enlève son sweat-shirt qui va rejoindre les autres, souillés d'un lait qui n'est destiné à personne. Elle double ses protections, enfile un pull trop chaud pour la saison, fait un paquet de son linge sale et se dirige vers une laverie.

4

Enceinte !!! Incroyable ! Camille était en état de sidération, envahie par des pensées fulgurantes et contradictoires, flirtant avec une implosion de cerveau. Les certitudes de la médecine... quelle rigolade ! Stérile toute sa vie, enceinte au finish. C'était plus qu'une surprise. Une déflagration, un tremblement de terre. Pendant que toutes les femmes autour d'elle se battaient avec les différentes contraceptions, souffraient des stérilets, des kilos pris grâce à la pilule, avortaient avec plus ou moins de séquelles, entre pilule du lendemain, aspiration et curetage, elle, Marie, se baladait le ventre plat, intègre et sèche. Qu'allait-elle décider ? L'amour qu'on donne et que ce petit être de vous vous rend, cet amour sans jugement, elle ne le connaîtra jamais si elle renonce maintenant. Et si elle ne renonce pas, quelle sera sa vie ? Sans compagnon ? Alors, une vie sans relais, sans soutien, sans aucun sas entre le monde et elle.

Camille ne connaissait que deux pères : le sien et celui de ses enfants, deux pères attentifs, aimants, présents, forts comme des haltérophiles, capables de soulever toute leur famille avec un seul petit doigt s'il le fallait. Des hommes, des pères comme eux, ne sont pas légion, est-ce que Gabriel aurait pu être l'un d'entre eux ? Être parent, c'est aussi renoncer et s'avaler une certaine dose d'abnégation. Il y a la vie d'avant et, tout d'un coup, la vie d'après pour toujours.

Orly. Marie sortit par la porte battante du Montpellier-Paris, les yeux gonflés cachés derrière des lunettes fumées.

Sans un mot, les deux femmes s'enlacèrent longuement.

— Tu n'as pas de valise ?

Bien sûr qu'elle n'avait pas de valise.

— On prend un café chez moi ? Après je te raccompagne.

Oui, voir la maison, respirer l'harmonie dans ce *no pain's land*, une pause avant l'atelier et cette réflexion dont elle ne savait pas vraiment ce qui en sortirait ni quelle route elle emprunterait. Camille prépara un déjeuner sur le pouce. En deux secondes, des farfalles au pistou fumaient dans l'assiette de Marie. Et Camille n'y tint plus.

— Tu as déjà pensé à ce que tu vas faire ?

— Tu veux dire si j'ai pensé à avorter ?

Cette éventualité, ce choix béni par les femmes, n'existait plus depuis son échographie.

— Et si tu veux savoir si je l'aime encore, je n'en sais rien. Peut-être, ou pas. Et si je vais lui dire, non, pas maintenant en tout cas, il n'est pas prêt. Du tout.

Comment annoncer sa paternité à un homme qui vous force ? Elle en avait l'intention, mais… avant.

— Ne lui fais pas un enfant dans le dos.

— Les enfants dans le dos, ça n'existe pas, Cécé. Les hommes qui ne se protègent pas ne peuvent s'en prendre qu'à eux-mêmes. Mais dans cette histoire, lui n'est pas responsable.

C'était l'enfant qui avait choisi son père. Elle allait se laisser guider par lui. Lui, tout petit qu'il était, saurait quand et comment. Elle attendrait que l'enfant décide. Petit moral tout de même !

— Je dois retourner travailler. Je n'ai plus rien. Si Krishna veut bien me reprendre ! Plus un sou… Le projet avec Gabriel était beau. Très beau. Et très cher. Je reviens au point de départ, l'argent en moins.

Et l'enfant en plus.

5

Les paysages défilent, la Manche, grise et soucieuse, le Cotentin, Cherbourg, et bientôt l'Atlantique, l'appel de l'infini, la promesse des nouveaux mondes, partir, traverser, se jeter depuis la pointe du Raz et nager vers là-bas, l'ailleurs enfin. Penser à Tabarly qui épousa les eaux tumultueuses de sa passion, la chic plage de La Baule et ses universités de droite, La Rochelle et ses politiciens de gauche, Rochefort et ses demoiselles, les kilomètres font place aux kilomètres, le temps passe, et la douleur ainsi suspendue perd peut-être du terrain.

Après plusieurs jours de nomadisme, pour changer, pour voir, comme au poker, Marie s'est offert un très bel hôtel au Cap-Ferret. Elle a eu la surprise de se sentir complètement étrangère à ce luxe, indifférente au bien-être qu'elle aurait apprécié auparavant. Cette pause était une erreur. Elle a dormi peu, inquiète d'avoir laissé son bien dans la rue où il aurait pu être pillé. Au moins, des draps propres. Une télé, aussi, qu'elle a trouvée incongrue et surtout inutile. Elle ne peut pas se concentrer, non, elle ne fait rien, regarde les paysages, s'arrête souvent, se laisse porter par le temps qui passe et qui efface tout. Pas sûr. Pas pour l'instant en tout cas. Elle a pris tout ce qu'elle a pu dans cet hôtel qu'elle regrette de s'être offert : l'argent n'est pas extensible et le sien très limité. Elle a tout pris : savonnettes parfumées, bonnet de douche (et pour quoi faire ?), brosse à dents de voyage, shampoing, après-shampoing, lait corporel, nécessaire de manucure, lustrage pour chaussures en cuir (… !), et tiens, allez hop, une serviette. Non, deux. Et des bonbons. Et tout le minibar.

— Vous avez pris des boissons dans le minibar ?

— Non.

Un sourire angélique. Elle a pris des boissons, des barres de céréales, au chocolat, à la noix de coco, des mignonnettes d'alcool, de Ricard, de whisky, de l'Évian, de la Badoit, des bretzels, des cacahuètes, oui, mais rien d'autre. Elle a laissé les boissons américaines avec des bulles et un goût de médicament.

Elle repart avec sa prise de guerre, amusée de ce geste qu'elle n'aurait jamais fait avant. C'était Camille qui pouvait faire ça.

Camille… Elle sait que Camille doit être affolée. Mais elle n'arrive pas à l'appeler. Plus de téléphone, restent les cafés, les restaurants, les portables des autres. Elle sait qui l'a obligatoirement appelée : Pascal, Johanna, Camille, Camille, Camille, Bob, Pascal, tiens, Krishna, Camille et Camille. Elle ne peut pas. Pas encore. Elle y arrivera un jour, elle arrivera à parler, à dire que tout va bien, qu'il ne faut pas s'inquiéter. Chère Camille. Mais non, elle ne fait pas partie du voyage. Raconter quoi, d'ailleurs ? Qu'elle roule ? Qu'elle s'arrête ? Qu'elle fait de l'essence ? Passionnant ! Une autre fois, plus tard, un autre jour. Elle comprendra. Et sinon, tant pis. En fait, plus rien n'a d'importance. Plus rien ni personne. Débranchée, elle est débranchée.

À Villiers-sur-Marne, l'atmosphère n'est pas exactement la même. Camille est tellement anxieuse qu'elle ne dort plus, ne ravitaille plus sa nichée, a perdu sa bonne humeur, sa fantaisie, et refait encore et encore les hôpitaux et les commissariats. Rien, personne n'a de nouvelles. Disparue. Comme quarante mille personnes par an, disparues en laissant en suspens la vie de ceux qui les aiment.

Ressent-on parfois le poids de l'amour des siens comme un frein à être soi, à se réaliser ? Camille refait la route de leur amitié. Et si elle était étouffante ? Et si elle prenait trop la place de cette mère tellement absente qu'elle en est morte ? Qu'a-t-elle, elle, Camille, comme responsabilité dans la disparition de Marie ? Et si la vision quotidienne du bonheur simple de sa famille empêchait Marie de vouloir autre chose que des rencontres médiocres ? Par peur de l'échec, on ne combat pas. Tisser, fil après fil, une relation paisible n'est pas donné à tout le monde.

Il faut non seulement rencontrer la bonne personne, mais aussi la reconnaître et accepter que chaque jour ne soit pas une fête. Camille et Bob s'épousent régulièrement, après tant d'années de mariage. Ils sont comme deux moitiés indissociables et parfaitement encastrées dans cette vie qu'ils ont bâtie, après tout, pas si facilement. Marie trouvait leur vie à la fois radieuse et ennuyeuse, faite d'amour, certes, mais de tant de répétitions qu'elles lui donnaient le vertige. Elle ne savait pas que le vertige est aussi un abandon délicieux et que les répétitions peuvent apporter l'extase. C'est ce que lui disait souvent Camille.

— Regarde les derviches tourneurs, ils en redemandent !

Non, pour Marie, chaque jour devait être exceptionnel. Erreur !

— Bob et moi, en fait, on donne un mauvais exemple aux enfants.

— …

— Ben, oui. Regarde, on est tellement heureux, ils vont penser que c'est comme ça pour tout le monde, se jeter sur la première fille rencontrée et croire que ce sera pour toujours. Donc, forcément, ils vont être malheureux. Je suis déprimée.

— T'as besoin de sucre. Un gâteau ?

— Non. Sauf si c'est au chocolat.

Et les inquiétudes devenaient une raison de plus de se réjouir.

6

Quand Gabriel rentra au mas, il s'étonna du silence. Ordinairement, il y avait de la lumière, de la musique. Marie l'attendait, apéro et petit plat, porte-jarretelles et séduction. Croyant à un nouveau jeu érotique, il la chercha partout, du salon à la chambre, de la cuisine au bureau, salle de bains, buanderie, chambres d'hôtes et jusqu'à l'arène, sans succès. Alors commencèrent les interrogations. Il l'appela cent fois et finit par trouver ce mot sur la table basse : « Ne cherche pas à me joindre, je vais essayer de t'oublier. » Piqué au vif, entre orgueil blessé et réel chagrin, il ne voulut pas sacrifier aux lamentations. Il savait que toutes les histoires d'amour avaient une fin, plus ou moins triste, plus ou moins tragique, celle-ci comme les autres. Les femmes étaient arrivées dans sa vie puis en étaient sorties. Il n'avait retenu personne. Une sorte de fatalisme, la malédiction des couples, rien ne tenait sur la distance, une de perdue... Il avait été fou de Marie puis s'était apaisé pour entrer dans une agréable routine. Elle était une bonne partenaire sexuelle, mais si elle partait, il ne la retiendrait pas. Il ne donnerait sûrement pas le spectacle d'un homme abattu, probablement trompé. Il n'avait jamais forcé personne. Il était libre et prônait l'indépendance. La relation avec Marie avait été idéale : elle était heureuse de rester à la maison, attachée à son chevalet et à l'amélioration du mas, qu'elle avait converti en structure touristique inattendue. Elle aurait été parfaite en hôtesse pendant que lui aurait continué sa vie de manadier. Elle ne voulait plus, OK. Il prit sa parka, remonta dans son Range et partit rejoindre ses gardians aux Saintes-Maries. Il ne dit mot à personne de cet abandon et renoua avec sa vie d'avant comme s'il ne l'avait jamais quittée. Il prit tout de même la peine d'écrire à Marie : « Je respecte ton choix et te souhaite une belle vie. »

Épitaphe un peu lapidaire pour le grand amour qu'avait vécu Marie. Ou qu'elle avait cru vivre.

7

— Non, c'est une blague ! C'est pas vraiment votre nom ! Vous me faites marcher !

Dans son atelier parisien, Marie était allongée sur son divan, magnifiquement enceinte. Resplendissante, rayonnante, elle portait sa grossesse avec orgueil, elle qui avait dépassé la date de péremption. Son très chic gynéco, sans être inquiet, lui avait tout de même dit que c'était vraiment limite. Quarante-deux ans, ça devenait risqué. Aucun médecin ne s'enthousiasme devant la grossesse d'une femme en fin de cycle reproductif. Possibles prématurité, hypertension, malformations... Mais pour son enfant, non, tout allait bien. Il fallait seulement un suivi sérieux. Le si charmant docteur Desforges était si beau et si proche de ses patientes qu'on lui envoyait les cas désespérés de stérilité. Les femmes, sous son charme, abandonnaient leurs peurs et, rassurées, détendues et pleines d'un désir qu'elles reportaient sur leurs compagnons, tombaient enceintes les unes après les autres. Il ne se passait pourtant rien de répréhensible dans son cabinet, simplement il émanait de sa personne suffisamment de phéromones pour que les plus résistantes baissent les armes et multiplient leur production d'ovules. La réputation du docteur Desforges n'était plus à faire et les « tardives » se bousculaient à sa porte.

Pour mettre toutes les chances de son côté, Desforges avait recommandé à Marie d'en faire le moins possible, de ne rien porter, de rester au lit un maximum et d'obéir aveuglément à la féroce Madame Ange, sa meilleure et fidèle sage-femme.

— C'est votre nom, vraiment ?

— Si, si, je vous assure !

— C'est énorme de s'appeler Ange pour une sage-femme. J'adore !

Avec sa peau foncée et sa plastique avantageuse, Madame Ange ne pouvait pas cacher ses origines. Et si elle apparaissait comme accueillante et débonnaire, il ne fallait pas s'y fier : elle était juste tyrannique, toujours pour le bien de toutes, bien sûr… et pour son plaisir. Elle avait l'impression qu'en commandant aux fœtus et à leurs mères, elle commandait au monde. Des vies étaient en jeu, c'était exaltant.

— Ange était le nom des propriétaires de la plantation, et les gens qui travaillaient chez eux portaient leur nom. Des Portugais, je crois. À moins que ce ne soit des Anglais. Peu importe. C'était plus simple pour tout le monde. Mais je vous parle de ça, c'était il y a très, très longtemps. Si longtemps que je me demande si ce n'est pas une légende. Pour ma part, je suis de Ménilmontant, et il paraît que je suis noire.

Madame Ange déballa son matériel, s'installa, chez elle partout, se passa les mains à l'alcool.

— Vous n'êtes pas sûre ?

— Pas trop. Je suis noire parce qu'on me le dit. Dès qu'on ne m'en parle pas, je suis juste moi.

Elle s'assit sur le canapé, juste à côté de Marie. Cette proximité leur plaisait. Deux amies qui papotaient.

— « Madame Ange, sage-femme », ça le fait, non ?

— Ça le fait grave ! Vous prenez vos médicaments comme il faut ?

— Oui, cheffe.

— Des bourdonnements d'oreilles ?

— Non, cheffe.

— Des mouches volantes devant les yeux ?

— Non, non.

— OK. On en est à quoi ? Sept mois ?

— Sept mois et deux semaines.

Madame Ange chercha la confirmation dans son dossier.

— Exact, c'est bien, vous avez tenu le coup, la récompense, c'est qu'à partir de maintenant vous pouvez être tranquille.

— Je l'ai toujours été, vous savez. Je suis sûre de ma fille.

— J'écoute le cœur, vous permettez ?

Madame Ange sortit cet instrument ridicule qui, dans les pièces de Feydeau, est, avec le monocle, l'accessoire totem des vieux qui n'entendent plus que couic. Marie ouvrit son chemisier. Rondeurs et peau tendue s'offrirent au cornet de Madame Ange. Le rythme cardiaque du bébé était excellent.

— Parfait.

Entre stéthoscope, seringues, compresses, ruban adhésif et gants de caoutchouc, telle Mary Poppins, Madame Ange sortit de son sac un échographe de poche, suffisamment performant pour détecter les pathologies fœtales. Comme toutes les esthéticiennes, coiffeuses, masseuses ou manucures, Madame Ange engageait la conversation pour éviter le silence qui dramatise, et tisser des liens de confiance avec légèreté.

— Vous travaillez sur quoi en ce moment ?

Y a rien à faire, le gel était toujours froid. Petit frisson au passage. L'appareil glissa d'un endroit à l'autre, une fois sur le côté, une autre fois autour du nombril et finalement vers le bas-ventre.

— Pour une fois, sur un produit qui a un sens : vous savez, directement du producteur au consommateur.

Ce qui indifféra complètement la sage-femme. Mais comme ça, le temps passa, et bientôt, Madame Ange avait terminé, elle était contente, tout allait bien.

— Tout va bien.

Elle remballa son matériel, le gel, l'échographe, le cornet, le dossier, elle avait tout noté, rempli toutes les cases, elle pouvait continuer sa tournée. Elle l'aimait bien, cette petite courageuse qui faisait son enfant toute seule sur le tard.

— Continuez de vous reposer.

— Je ne fais que ça. Je travaille au lit sur ordi et j'envoie tout par mail.

— C'est parfait. Restez là, ne me raccompagnez pas.

Marie resta là, souriante et sereine, caressa son ventre en félicitant son bébé, et ralluma son ordinateur. Tout en grignotant les dernières bouchées d'un loukoum qu'elle avait caché à Madame Ange, elle ouvrit le dernier dossier sur lequel elle travaillait : les produits laitiers « C'est qui le patron ? ».

Tout était harmonieux, tout était en ordre.

8

Plusieurs semaines après son départ, elle avait écrit à Gabriel. Elle n'envisageait pas de lui parler directement. Au moins, par courrier, elle irait jusqu'au bout de sa pensée sans être interrompue. Elle lui dit tout. La cause de sa fuite, le dégoût pour ces pratiques sexuelles, le profond malentendu entre eux et la venue incompréhensible de cet enfant de lui. Le tout sur papier vélin crème pur coton, par poste, à l'ancienne, avec un joli timbre. Une missive d'artiste.

Recevoir un courrier écrit à la main fut une source de grand étonnement pour Gabriel. Il préparait l'arène pour un débourrage quand le facteur passa et déposa autre chose que des factures et des publicités. Une lettre écrite à la main d'une jolie écriture ronde, une écriture de fille. Il retourna l'enveloppe et reconnut l'adresse de Marie. Surpris plus que curieux, il lut la missive jusqu'à la dernière ligne, où il était question d'affection pour toujours. Elle disait que la science ne savait pas tout et que leur rencontre avait eu une dimension mystique puisqu'un enfant y avait pris sa place malgré sa stérilité. Il lut jusqu'au bout, bla-bla-bla… retourna les feuillets, bla-bla-bla… fut tenté de relire pour tout bien comprendre, et finalement chiffonna la lettre et la jeta dans la poubelle de l'arène où se mêlaient crottin et feuilles mortes. Il secoua la tête en signe d'un profond abattement, et ne put que faire un constat ô combien profond : N'importe quoi ! Les femmes avaient une capacité d'imagination incroyable ! Il en avait eu tant, il les connaissait si bien qu'on aurait pu en faire un livre sous la forme de dictionnaire : dissimulatrice, immature, avide, simulatrice, enfantine, boudeuse, infidèle, menteuse, tricheuse, dépensière, vénale, râleuse, insatisfaite, désordonnée… Il croyait avoir tout connu, tout vu et tout vécu, mais là, une femme stérile de quarante ans passés qui vous fait croire qu'elle est enceinte, ça, c'était le pompon ! Mais dans quel but ? La pension alimentaire ? Et elle croyait qu'il allait tomber dans le panneau ? Non, franchement, s'il n'aimait pas autant le sexe, il jurerait qu'il n'en approcherait plus jamais aucune. Les femmes sont folles. Enceinte ! N'importe quoi !

9

Pourquoi prend-on un chemin plutôt qu'un autre ? La mer avait attiré Marie, et maintenant qu'elle en est rassasiée, elle l'abandonne pour les rocailles du Lot. C'est sans intention particulière, elle va, c'est tout. Elle, sa voiture et ses protections, elles vont où les mène la route, sans choisir. Croit-elle, car c'est sans compter avec son inconscient. Elle traverse la Garonne, fait une halte à Albi, hommage à Toulouse-Lautrec et à son musée Berbie au presque-nom de poupée et, mue par une urgence diffuse, continue son chemin en allant toujours plus à l'est. C'est en arrivant aux alentours de Castres qu'elle comprend où elle va. Elle est stupéfaite : cet itinéraire si compliqué l'emmène vers ses origines, vers le petit paradis de son enfance. Encore quelques dizaines de kilomètres qu'elle parcourt à l'aube pour profiter du lever du soleil sur la place du village encore endormi, et elle reconnaît au loin le pic du Loup. Elle est arrivée à Lamalou-les-Bains, le village au nom de bonbon. C'est peut-être là, enfin, qu'elle pourra déposer son fardeau. Trouver une petite chambre à louer en échange de quelques heures de travail, quel qu'il soit, se fondre dans le temps des autres, renouer avec les humains peut-être. Elle est face à la vallée immense, face au lever de l'astre. C'est à son enfance qu'elle demande assistance et protection. Le café jouxtant la petite épicerie, cette place qui devenait piste de danse les samedis soir d'été, l'église qui cacha ses premiers baisers, tout est là, rien n'a bougé, le village l'attend, elle est arrivée.

Elle reste là jusqu'à ce que le village s'ébroue. L'épicerie et le café ne font toujours qu'un. Dans son enfance, ils étaient tenus par Cécile et sa mère, Angèle, des femmes puissantes qui ne s'en laissaient pas conter. C'est le souvenir qu'elle en a. Qui aujourd'hui a repris l'affaire, vingt-cinq ans après ? La porte s'ouvre et une toute petite femme très âgée sort installer la terrasse avec lenteur et difficulté, dans des gestes mille fois répétés. Marie reconnaît Angèle, la mère de Cécile. Elle avait un fils, très beau garçon, Fabien, de quelques années plus âgé que Marie. Elle avait peut-être trente-cinq ou quarante ans et sa mère une soixantaine. On ne sait pas donner d'âge aux plus grands quand on est enfant, ils se répartissent seulement en catégories. Jusqu'à trente ans, ce sont des adultes, vers quarante ans, ils deviennent des vieillards, et après soixante, c'est le temps des momies. Elle se souvient que Cécile était restée aux côtés de sa mère à la mort de son père et avait fait prospérer le commerce par sa bonne humeur et sa fermeté. Elle avait développé les bals, et Marie avait dansé son premier slow avec Fabien. Ce piétinement délicieux passé dans un mutisme absolu l'avait bouleversée. Elle avait alors quatorze ans et Fabien était chargé, pour la bonne réputation de l'établissement, de danser avec toutes les filles sans exception. Ce qu'il faisait de bonne grâce, mais non sans l'œil acéré du jeune chasseur qu'il était. Fabien était beau, souriant, charmant, et de quatre ans son aîné, ce qui le nimbait du mystère de celui « qui sait » : il avait certainement embrassé des filles, plusieurs peut-être, et Marie, empêtrée dans son adolescence, le parait de toutes les qualités du séducteur débutant qu'il était. Il ressemblait à Patrick Bruel, qui faisait pleurer Marie quand il chantait *Qui a le droit ?*. Elle rêvait qu'il l'aimait et donc qu'il l'embrassait, et plus si affinités. Des rêves fous lui faisaient passer des vacances délicieuses autant que douloureuses, tandis que Camille, plus âgée, considérait Fabien comme un bellâtre analphabète (et dans analphabète, il y a…), et préférait les joutes intellectuelles et artistiques des Cadavres Exquis de sa petite bande de grands ados acquis à son originalité. Elle avait ainsi inventé une chasse au trésor très personnelle qui consistait à trouver l'un d'entre eux, bien caché dans le village. Tous voulaient être le trésor, sauf elle. Elle savait qu'attendre d'être dénichée aurait été pour elle un supplice, alors que fouiner partout à partir d'indices l'excitait au plus haut point.

Ce sont des années de rires en cascades qui résonnent en Marie.

Cette femme courbée en deux qui ouvre la terrasse du café, c'est la mère de Cécile, Mme Aubenas. Elle travaille encore ? Quel âge peut-elle avoir ? Quatre-vingts, quatre-vingt-cinq ans peut-être. Et elle continue à ouvrir son échoppe chaque jour. C'est émouvant et digne de respect. Elle voudrait partager ce moment avec Camille. Ni l'une ni l'autre ne sont revenues sur ces lieux bénis de leur enfance. À leur majorité, elles sont parties avec leurs copains ou toutes les deux dans des voyages délicieusement spartiates. Sac au dos, en stop, dormant dans des auberges de jeunesse, elles n'avaient pas fait le tour du monde mais avaient suffisamment voyagé pour assouvir leurs désirs d'ailleurs. Et puis il y avait eu Bob, qui avait partagé un temps leurs périples et s'était vite fatigué de leur bougeotte incessante.

Fabien… Elle veut savoir ce qu'il est devenu, cet Apollon des campings. Elle s'approche de la buvette et reconnaît le regard perçant de Mme Aubenas.

— Bonjour, madame.

— Bonjour.

— Est-ce que je peux m'asseoir ou c'est encore trop tôt ?

C'est la première phrase correcte qu'elle prononce depuis Paris. Avec tout ce qu'il faut : sujet, verbe, complément… Un avenir s'offrirait-il à elle ?

— Je mets pas les chaises pour m'amuser. Assoyez-vous.

La chaleur des gens du Sud…

— Merci.

À peine a-t-elle posé les fesses sur le fauteuil à l'assise faite de fils de plastique plus ou moins tendus qu'un homme bien enrobé passe devant elle, les bras chargés de pains, baguettes, tradis et croissants. Elle n'y prête aucune attention, stupéfaite d'être revenue sur les lieux de son enfance sans en avoir eu l'intention. L'homme se tourne vers elle.

— Vous désirez ?

— Un café ?

— C'est vous qui voyez. Un café.

Il part en claudiquant. Le surpoids. Gros pépère, aurait dit Camille. Marie ne dit rien, ne pense rien, elle est dans un état de sidération. Fabien ! C'est Fabien !

C'est vrai, il y a des années, elle avait appris que Cécile était morte dans un accident de voiture. Son fils avait survécu. Abîmé. La chute des héros. Et quelle chute ! Le beau gosse s'est métamorphosé en une caricature de lui-même : gros, une calvitie galopante, l'amabilité agressive… Où est passé le magnifique jeune homme qui l'avait fait rêver pendant des années et longtemps après encore, le prince charmant qu'elle avait raté ? Fabien avait eu toutes les raisons d'abandonner le combat, mais tout de même, il restait une certitude : les princes charmants n'existent pas. Comme dit Camille quand elle soupire devant un bel homme : Regarde ailleurs, rien ne vaut un bon petit Bob !

Pendant qu'il prépare son café, elle ajoute un croissant à sa commande et, avisant un téléphone, demande si elle peut s'en servir. Un grognement lui répond, elle suppose que c'est un oui.

Camille est sur répondeur. Son message lui plaît toujours autant : tous y ont participé en se présentant chacun son tour. « Vous êtes bien chez Camille, Bob, Julien, Maxime, Roméo, Arthemis… Arthemis, allez, aboie, Arthemis… ouais ! et Attila, attends, j'aboie pour toi, wouaf ! Bip ! »

Le plus joli message qu'elle ait entendu. Elle aurait pu s'en servir dans une pub mais y avait renoncé pour ne pas désacraliser cette famille qui est la sienne. Elle ne sait pas quoi dire ni comment le dire. Après un silence, elle articule quelques mots : Ne t'inquiète pas, je vais bien… mais… je ne rentrerai pas… Je t'embrasse, je vous embrasse tous.

Fabien revient avec café et croissant. Il est drôlement moche. Souvenir saccagé.

L'instant petit déjeuner enveloppe Marie d'un halot de douceur. Elle est un peu revenue chez elle. Dès qu'elle pourra, elle cherchera du travail. Ici même au café, pourquoi pas ? Ce serait une boucle de bouclée. Servir aux côtés de l'aimable Fabien et de l'accueillante Angèle, sans qu'ils sachent rien d'elle, la divertirait sûrement. Oui, elle va se poser un moment.

Elle paye à l'intérieur. Fabien encaisse et son regard s'arrête une seconde imperceptible sur le pull de Marie. La honte du lait qui coule encore malgré les protections. Elle s'échappe, comme de la librairie. Retrouver la maison de son enfance pour s'y cacher.

Si le village est intact, les alentours ont beaucoup changé. Kaufman & Broad ont fait bien des ravages et les maisonnettes, toutes identiques, proposent la même vie aux occupants. Les mêmes chambres, les mêmes cuisines, le même jardin. Le dimanche, barbecue chez tout le monde, les après-midi, papa joue au ballon dans le jardin, à sept heures toutes les mamans rappellent à tous les enfants (deux par famille, de préférence fille et garçon, le choix du roi comme disent fièrement les parents en bombant le torse) que c'est l'heure du bain, sept heures et demie, partout, récitation dans la cuisine pendant que maman range le bazar du week-end et que papa regarde *Auto-Moto*, vingt et une heures, les petits dans leurs lits superposés, les grands devant la télé qu'il faudra éteindre pour qu'ils s'en détachent, extinction des feux à vingt-trois heures, le sexe qu'on aimait il y a longtemps n'a servi qu'à se reproduire et n'est plus qu'une corvée ou au mieux une formalité. Nausée.

Elle passe devant l'inévitable zone industrielle qui renfloue les caisses de la municipalité et saccage l'écosystème, se perd encore deux ou trois fois dans les chemins maintenant goudronnés, et pourtant, on dirait bien que si la maison de Camille était celle-ci, alors la sienne, un peu plus loin en descendant la côte, tournant tout de suite à gauche, alors peut-être ce serait celle-ci ? Ou celle-là ? Non, celle-là ne correspond pas, et celle-ci, comment reconnaître le lieu de ses vacances dans cet amoncellement de ronces et de lierre ? Dans cet enchevêtrement d'herbes hautes qui engloutissent la bâtisse aux volets brinquebalants et au crépi délabré ? Le jardin n'est plus qu'une jungle où l'on distingue à peine la maisonnette. Incroyable ! Abandonnée. La barrière de bois s'écroule sur elle-même. Elle se gare à l'entrée et se fraye un chemin à travers la végétation jusqu'à la terrasse de briques. Oui, c'est pourtant bien celle-ci. L'entrée suivie du salon de plain-pied avec le jardin, derrière, les deux chambres séparées par la salle de bains, un petit mas superbe dans son souvenir, en réalité tout à fait simple et sans tralala. Elle se rappelle très vaguement que son père avait voulu l'acheter à la mort des propriétaires, mais Marie était déjà grande et, sans elle, cet achat leur semblait vide de sens.

Elle hésite. Pas très longtemps. Si on veut bien y réfléchir, on peut envisager que d'une certaine manière, elle est un peu chez elle… Légitimement, elle peut donc s'y installer quelques jours sans déranger personne. La Kangoo force les taillis et les herbes hautes et va se garer derrière, de telle sorte qu'on ne la voie pas depuis le chemin. Le cœur battant, elle se dirige vers le fond du jardin, reconnaît la pente douce et, légèrement, à petits pas, descend vers le clapotis qui l'appelle. Le ruisseau est là. Son ruisseau ! Intact. Frais, transparent, en paix. Elle s'assoit, et commence alors la merveilleuse ivresse du temps suspendu. Elle entend des rires, des rires cristallins de l'enfance. Elle joue avec Camille à faire des ricochets, elles chantent des comptines, elles tressent des couronnes de fleurs. L'hypnose du courant l'emporte.

Plus tard, beaucoup plus tard, elle retourne à l'épicerie par le chemin à pic encore intact, choisit quelques légumes, un peu de fromage, du pain, et remplit sa bouteille à la fontaine du village. À son retour, elle réussit à lire sur le pilier du portail le nom effacé de la maison. C'est désuet et touchant : « Beau Rivage » ! Beau Rivage, le nom d'une maison à une heure de la mer, il fallait y croire !

Dans sa cachette abandonnée, Marie s'installe. Il fait beau, l'arrière-saison est encore chaude. Elle sort sa couette, consolatrice et tout-terrain, et l'étale à côté de la voiture. Elle peut s'en servir de nappe, de couverture, de doudou. Le coffre ouvert, l'habitacle se transforme en deux-pièces. Les placards ? Avec la nourriture et les fringues : dans la Kangoo ! La chambre à coucher et la salle à manger ? Dehors, sur la couette. Qui mieux qu'elle ?

Les souvenirs se bousculent. La liberté tendrement surveillée, les concours de la meilleure pâtissière, le ruisseau et ses mille découvertes. Et le puits… Mais oui, il y avait un puits ! Où est-il dans tout ce fouillis ? Là, à sa place. Le couvercle de bois est fendu, la poulie rouillée, mais il est là. Elle le réparera. Pas maintenant mais, oui, elle réparera. Ou pas. Combien de temps restera-t-elle ? Elle ne se pose pas la question. Elle est ici et maintenant, pas comme les yogis hors du monde mais comme les gens sans avenir. Se préoccuper seulement de la survie : la nourriture et le toit. Le toit, elle l'a, la nourriture, assez d'argent pour un certain temps… D'ici là…

Quand on est petit, on ne sait pas que le bonheur est là quand il est là. On le vit, c'est tout. Le bonheur, c'est une notion pour adultes, quand on est capable de faire un bilan, de se retourner, de peser le pour et le contre, de se dire je ne le savais pas mais à ce moment-là, j'étais heureuse. Le bonheur, c'est une comparaison. Par rapport à aujourd'hui, oui, j'étais heureuse. Oui, elle était heureuse, enfant, dans cette maison. La perfection de chaque instant. La maison, les parents, Camille, le ruisseau, les amis, les flirts, le village, les fêtes, le cinéma. Oh oui, le cinéma ! Elle avait vu tous les films passés et présents sur les murs des maisons qui encerclaient la place.

En été, un camion-cinéma parcourait les communes délaissées où s'arrêtaient encore les commerçants : poissonnier, boucher, charcutier, fromager, boulanger, même quincaillier, et… Luigi !

Luigi, un beau gosse, non, un homme, un très bel homme latino qui avait la délicatesse de ne pas savoir qu'il était beau, un timbré du septième art et ancien trotskiste, Luigi avait décidé de faire de l'agit-prop en apportant la culture, le rêve et la poésie dans les villages. C'était un homme passionnant. Et passionné. Même s'il programmait les projections à des dates bien précises, il arrivait souvent qu'il débarque sans crier gare. C'étaient les soirées les plus magiques, les séances les plus effervescentes. Tous, vacanciers et villageois, se hâtaient de finir de dîner et arrivaient sur la place, heureux de délaisser le programme télé, chacun portant sa chaise et pour certains un dessert inachevé ou un verre de vin à siroter. Le gotha s'installait sur les terrasses, comme des nababs, aux premières loges. Les films n'étaient pas de première jeunesse mais enchantaient tout le monde.

Quand les spectateurs le lui demandaient, Luigi improvisait des soirées débat autour du film projeté, et sa culture cinématographique était telle qu'il subjuguait les foules. Les jeunes filles surtout. Elles disaient qu'il était le sosie de Marcello Mastroianni. La soirée ciné-club où il projeta *Autant en emporte le vent* marqua un changement d'importance dans la vie de Camille. Marie ne l'avait jamais vue dans cet état. Scarlett, c'était elle. Très enflammée, elle vit en Luigi le brûlant Reth.

Elle supplia Marie de rentrer sans elle et finit la nuit, pâmée, entre les bobines de films et les bras de Luigi. Elle avait dix-sept ans. Quelle plus belle approche de l'amour ? Les yeux brillants et les joues en feu, elle rentra au petit matin et ne put parler pendant trois jours, tant elle baignait encore dans l'extase du septième art. Et de *L'italien sans effort*. Ou comment la Culture peut changer une vie.

Mais son fol amour pour Luigi s'envola instantanément un mois plus tard, au soir de la projection des *Gendarmes à Saint-Tropez*, qu'elle ne trouva ni romantique, ni poétique, ni grandiose, et surtout pas drôle. Elle se sentit trahie, trompée dans son esthétisme, bafouée dans sa cinéphilie. Ce jour-là, Luigi avait le nez de De Funès, le ventre de Galabru et l'intelligence de Jean Lefebvre. Elle regretta amèrement de s'être donnée à lui et n'assista plus jamais à aucune projection. Marie, encore trop jeune pour comprendre la fragilité du désir, trouva Camille bien capricieuse et se consola en regardant désormais tous les films, sagement assise à côté de Fabien. Elle ne vit donc que des chefs-d'œuvre.

Bercée par ses souvenirs de bonheur à Beau Rivage, Marie s'endort au soleil.

10

Madame Ange referma la porte derrière elle et lança à la cantonade :

— Ce n'est que moi, ne vous dérangez pas. D'ailleurs, vous devriez être couchée... Madame Fournier, où êtes-vous, désobéissante jeune femme ?

La désobéissante désobéissait, effectivement, mettant une touche finale de peinture acrylique dans la petite chambre de son bébé. Démasquée, elle trottina jusqu'au canapé en riant, si on peut appeler trottiner cette façon de se balancer de gauche à droite pour avancer.

— Je me suis fait pincer ! Mais je viens de me lever à l'instant, ne vous inquiétez pas.

— Bien sûr, et c'est pas vous que je viens de voir un pinceau à la main ?

— Qui ? Moi ? Certainement pas. Je ne vois pas pourquoi vous dites ça.

— Allongez-vous ou j'appelle le docteur Desforges.

— Trop peur, madame Ange, pas ça, pas le docteur Desforges ! Vous deviez venir, aujourd'hui ?

Marie était gaie, Madame Ange beaucoup moins. Disons qu'elle était professionnelle.

— Je passais devant chez vous, j'ai voulu prendre de vos nouvelles. Je vois que, dès que j'ai le dos tourné, c'est la java... On va attendre que vous repreniez votre souffle. Respirez tranquillement. Vous voulez un verre d'eau ?

— Oui, je veux bien.

Madame Ange, un peu chez elle, ouvrit le bon placard, remplit le verre d'eau et revint pendant que Marie s'amusait :

— Oui, je prends bien mes médicaments, non, je ne vois pas de mouches volantes, et je relève ma manche pour que vous preniez ma tension.

— Respirez, taisez-vous, calmez-vous. Tenez, buvez ça. Vous êtes à terme, ce n'est donc pas inquiétant si vous bougez un peu, mais vous n'en avez pas le droit. C'est absolument in-ter-dit. Même si votre grossesse se déroule correctement, c'est une grossesse à risque. Alors, vous vous mettez bien ça dans la tête et vous ne bougez plus.

Marie savait tout cela, mais sa fille allait vraiment bien, alors pourquoi s'affoler ?

— J'ai vu Desforges hier, il a fait une écho et j'ai vu mon bébé, elle est en position, elle bouge correctement, elle est parfaite, je me suis fait du souci pour rien.

Elle sourit, lumineuse.

— La voir et l'entendre, c'est toujours aussi bouleversant. Chaque fois, j'ai l'impression de la connaître davantage. C'est normal, c'est ma fille !

Madame Ange sortit son matériel.

— Mais c'est bizarre parce que, je le disais à Desforges hier, je ne la sens plus.

Madame Ange suspend son geste.

— Comment ça, vous ne la sentez plus ?

Marie chercha ses mots.

— C'est difficile à dire… je… je ne la sens plus bouger. Ça m'a fait peur, alors je suis allée voir Desforges. Il m'a prise entre deux rendez-vous, il m'a fait une écho et elle bougeait. Elle bougeait mais je ne la sentais pas. Vous comprenez quelque chose ? Je ne sentais plus mes seins non plus. C'est normal ? C'est parce qu'elle va naître bientôt ? J'ai entendu son cœur qui battait normalement. Son tout petit cœur qui battait si vite. Et aujourd'hui, pareil, je ne la sens pas et je ne sens toujours pas mes seins. C'est bizarre, tout de même. Qu'est-ce que vous en dites ? Je vais bientôt accoucher, c'est ça ?

Madame Ange, totalement raidie par les mots de Marie, essaya de se positionner avec difficulté entre le professionnel et l'humain. Ferme et douce à la fois. Des grossesses difficiles, elle en avait vu. Elle avait vu de tout, d'ailleurs. Des dénis, des extra-utérines, des inventées, des pathologiques et, heureusement, la majorité : normales, heureuses et épanouies. Marie se situait dans les à-risque. Alors, le moindre grain de sable prenait immédiatement des allures de catastrophe. Pour l'instant, de la méthode. Ne pas se laisser déborder par l'émotion. C'est elle qui, en cas de pépin, devait tenir la barre. D'abord, la tension.

C'était un premier indicateur d'importance qui disait très vite s'il y avait risque, danger ou désastre.

— Donnez-moi votre bras. Vous prenez bien vos médicaments, vous m'avez dit ?

— Oui, oui, toutes les deux heures.

Madame Ange enserra le bras de Marie dans son tensiomètre. Silence. Bip. Elle resta impassible face au chiffre qu'elle vit, enleva le scratch, défit l'appareil et prit dans sa trousse le bon vieux tensiomètre manuel à pompe.

— Ça ne va pas ?

— Deux fois valent mieux qu'une. Je vérifie.

— J'avais combien ?

— Chut. Ne parlez pas, s'il vous plaît.

Le résultat s'afficha. Un temps. Madame Ange recommença.

— J'ai combien ?

— Je vérifie.

Quelques secondes insupportablement longues. Voilà, c'était fini, le bip dans l'oreille, le chiffre sur le manomètre.

— Alors ?

— Je trouve… 21.

— Wouah ! Mais comment ça se fait ? Je fais tout comme il faut. C'est parce que je me suis levée aujourd'hui ?

— Non, non, ça veut juste dire que c'est la grossesse qui… qui, comment dire… n'évolue pas comme il faut.

— Mais je l'ai vue hier, je l'ai entendue. Demandez à Desforges.

— C'est lui qui m'a demandé de passer vous voir.

Marie ne dit rien. Ne rien dire pour que rien n'existe. Ce qui ne se nomme pas n'existe pas.

Madame Ange sortit son petit échographe de contrôle. Le silence s'alourdit. Elle souleva le chemisier. Le ventre était magnifique, tout rond, pas si gros et toujours émouvant. Après tant d'années d'exercice, Madame Ange s'étonnait toujours de cette beauté. Dans un silence tendu, elle alluma l'échographe, déposa le gel sur la sonde, et après une grande respiration qu'elle espéra muette, la posa sur le ventre de Marie. Elle allait et venait, appuya, insista, s'arrêta… puis reprit. Ce fut Marie qui rompit le silence.

— Ça va ?

— …

— Ça va ?

— Je ne sais pas.

Pourtant, il fallait qu'elle sache et qu'elle parle. Par respect pour Marie, par professionnalisme, par humanité, elle devait parler et être prête à encaisser ce qui allait suivre.

— Je… je n'entends pas les bruits du cœur.

— Comment ça… Qu'est-ce que vous voulez dire ? C'est quoi, les bruits du cœur ?

— Quand le cœur bat, il fait des bruits décelables par tous les appareils. Là, je n'entends rien.

— Mais si ! C'est votre machine qui ne fonctionne pas ! Je vous dis qu'hier encore, on les entendait ! Appelez Desforges.

— Je vous crois, Marie. Je vais essayer avec le cornet.

Elle prit son cornet, impossible à remettre en cause. Au cornet, on entend tout, le moindre murmure. Pas besoin de machine ou de haut-parleur, le cornet est indiscutable.

Elle se pencha, le posa à plusieurs endroits différents, en bas, en haut, sur les côtés, non, il n'y avait rien à faire, aucun son, aucun battement. La tragédie était en route.

— Je n'entends rien, Marie.

Le corps de Marie se raidit, se figea, se glaça.

— C'est pas possible, hier encore… Camille…

Elle prit son téléphone.

— Camille, viens, viens tout de suite, il y a quelque chose qui ne va pas. J'ai peur, Cécé, j'ai trop peur, viens vite, je t'en supplie, je t'en supplie.

Elle se tourna vers Madame Ange.

— Mais vous pouvez vous tromper, quand même, ça vous est déjà arrivé, non ? Les appareils n'ont pas toujours raison. Je veux voir Desforges, je veux aller à la clinique. Elle est peut-être en apnée, ou dans une position bizarre, elle a des bruits du cœur, je le sais, je le sens, je les ai entendus hier, elle est pas… Non, elle n'est pas… Non, non, non, non, non.

Elle secoua la tête encore et encore, comme une enfant butée qui n'accepte pas.

On ne peut pas admettre l'inadmissible. On peut le subir, mais pas l'admettre.

— Si vous voulez, on va à la clinique et on recommence l'examen.

— C'est à cause de la tension ? C'est moi ? C'est parce que j'ai une tension trop haute ? C'est parce que je me suis levée ?

— Non, sûrement pas, ce n'est pas votre faute, vous n'êtes responsable de rien. C'est difficile de savoir. Oui, la tension est très haute, trop haute, mais est-ce que c'est ça ? Peut-être, mais peut-être pas.

Comment dire à une femme seule, totalement démunie, sans espoir d'avoir jamais d'autre enfant, que celui qu'elle porte n'est plus là, qu'il ne vit plus ? Comment lui arracher tout ce qu'elle a au monde en trois mots : elle-est-morte ? C'était au-dessus de ses forces. Elle ne pouvait que la préparer, mais il lui était impossible de l'achever.

— Venez, je vais appeler le docteur Desforges, il va nous recevoir en urgence.

— Oui, elle va pas bien, sûrement, mais on va l'aider, on va la sauver, on va la soigner. Elle doit être fatiguée, c'est tout.

Le portable vibra. Camille.

— J'arrive. Tu es chez toi ?

— On va partir à la clinique. J'ai trop peur, Camille, ma Cécé, viens, je t'en prie, vicns.

— Je te rejoins là-bas. On arrivera en même temps, je pense.

Camille se gara n'importe comment devant la très chic clinique. Marie voulait que son bébé naisse dans les meilleures conditions. En même temps, pas trop le choix : c'est là que Desforges accouchait ses patientes.

Marie était déjà là. Pendant qu'elle remplissait son dossier, Madame Ange accueillit Camille à l'entrée. À elle, elle pouvait parler sans fard.

— Je crois que c'est fini.

— Comment ça, fini ? Qu'est-ce qui s'est passé ?

— Elle a 21 de tension. Malgré les médicaments. C'est très grave.

— Mais c'est arrivé d'un coup, comme ça ?

— Oui et non. On pensait la maintenir jusqu'au bout entre 14 et 17, mais ça a flambé d'un coup. La vie en a décidé autrement. Ce n'est la faute de personne. Il faut bien le lui répéter : ce n'est pas sa faute. Il faut lui dire aussi que, dans ce cas de figure, elle risque gros si elle garde le bébé : une crise d'éclampsie peut la tuer. Pour l'instant, c'est son enfant, mais si elle attend trop longtemps, elle se met elle-même en danger. Essayez de la convaincre d'agir vite. Je dois partir, d'autres patientes m'attendent et j'ai pris beaucoup de retard. Mais je reviendrai pour être à ses côtés si elle accepte d'être déclenchée. C'est ce qu'il y a de mieux pour elle. Évidemment, si vous le pouvez, ne la laissez pas seule. Elle va avoir des jours difficiles. Très difficiles. Tenez-moi au courant.

Il arriva ce que Camille avait redouté depuis le début. Oui, l'âge, bien sûr, mais tant de femmes mettent au monde des enfants parfaits même après la quarantaine. Depuis toujours. Alors pourquoi pas elle ? Mon Dieu, est-ce qu'elle aura le courage qu'il faut ?

11

Deux mois se sont écoulés. Marie vit toujours dans sa voiture à Beau Rivage. Les premiers temps, elle s'offrait parfois un plat de pâtes chez Angèle, mais l'argent… Elle compte maintenant chaque centime. Il faut être économe pour tenir longtemps. Elle verra bien après.

Depuis quelque temps déjà, sans un mot, Angèle Aubenas ajoute presque toujours quelque chose à la commande très modeste de Marie, qui accepte sans discuter. Nul besoin de mots, c'est un accord tacite, un coup de canif à l'échange vénal, une économie dite de l'abbé Pierre, pratiquée par les Justes au profit des Pauvres. Je te donne, tu prends, on est d'accord et ça ne regarde personne. Il faut dire que ces femmes étaient également en manque d'amour. Mme Aubenas pleurait toujours sa fille, et Marie aurait voulu qu'une mère la prenne dans ses bras. Et puis… avec le manque d'argent s'évanouit la fierté. C'est drôle comme ces deux-là marchent ensemble, bras dessus, bras dessous.

Mme Aubenas parle, comme si de rien n'était (une tomate de plus dans le filet), et Marie apprend la disparition des propriétaires de Beau Rivage (avec un yaourt), pas d'héritiers, la maison est à l'abandon. La mairie l'a bien préemptée pour une bouchée de pain (du chocolat ?), mais les travaux sont sans cesse reportés. Avec ce maire qui ne fait rien pour sa commune, allez savoir si ce sera fait un jour. En attendant, la maison s'abîme…

C'est comme une autorisation, ou un conseil…

Dans le jardin, la voiture n'a pas bougé. Pour quoi faire ? À cause du chauffage qu'elle allume de temps en temps, il ne reste pratiquement plus d'essence. Et alors ? Pas très grave. Comment dire à une femme qui est passée de l'autre côté du miroir qu'elle doit se ressaisir ? Cette petite phrase qui tue, qu'on assène à quelqu'un en pleine dépression : allez, secoue-toi, un peu de volonté, c'est pas difficile quoi, debout, lève-toi et marche ! T'es cul-de-jatte ? On s'en fout, marche ! Marie est débranchée depuis longtemps.

Son beau visage si clair et si limpide s'est grisé, elle a maigri, et ses cheveux coupés comme un acte sacrificiel ont poussé dans tous les sens. Elle ne le sait pas encore, mais ses vêtements chiffonnés à la propreté approximative et cette renonciation dans le regard lui donnent l'air de ce qu'elle est : une paumée.

Pourtant, elle a un petit rituel, fragile, mais qui la maintient : elle descend chaque jour au ruisseau. Elle s'y lave souvent. L'eau est froide, c'est agréable, il fait chaud, moins ces derniers jours, mais l'automne est toujours magnifique dans le Sud.

Dans la douceur du jour, elle s'assoit et regarde l'eau couler. Suivre une feuille qui dérive au gré du courant, compter les têtards qui s'agitent, se laisser surprendre par le saut d'un poisson, écouter les oiseaux siffler, le vent bruisser, et respirer. Respirer cette quiétude. Rester là toute sa vie, c'est la seule chose qu'elle souhaite et qu'elle est capable de désirer. Revenir ici chaque jour, se fondre dans le rivage, laisser son corps reposer sur le sol, être absorbée et s'enfouir dans la terre, devenir humus, disparaître au monde et n'être plus qu'élément. Alors, se mêler au vent, flotter sur l'eau, se laisser porter par le courant, dériver avec bonheur, se jeter dans les cascades et s'engloutir au fil de l'eau, ne plus jamais réapparaître à la surface, enfin se noyer en souriant et devenir la luciole qui volettera autour de Camille.

Ne m'en veux pas, Cécé, je ne suis pas faite pour ce monde, je suis faite pour être la brise dans tes cheveux. Elle s'avance dans l'eau qui lui arrive déjà à mi-cuisse. Les parents avaient raison d'être inquiets, il y a un peu de courant, suffisamment pour qu'il vous appelle à épouser le gouffre un peu plus bas. Elle avance encore et s'enfonce dans l'eau. Mon enfant s'accroche à moi au-delà de la vie. C'est un lien qui me terrasse et qui m'est essentiel. Je la porte encore. Elle est toujours en moi, dans moi. Elle est moi. Viens, je t'accueille. Les épaules, puis le cou, les cheveux, se laisser envahir, ne plus respirer…

Quelque chose de doux et bruyant frôle sa tête. Ce n'est pourtant pas l'endroit où quelque chose de doux et bruyant est censé frôler la tête de quiconque. C'est une sorte de paquet bien fermé, d'où s'échappent des miaulements désespérés. Une poche de plastique qui flotte, qui coule, qui remonte à la surface et recoule. En un geste réflexe, Marie arrête le sac où un être hurle et se débat. Encore immergée, elle l'ouvre comme elle peut. Une toute petite chose gesticule à l'intérieur. Un chaton né il y a peu, éternuant, suffocant, et trempé. Marie revient vite sur la berge. Elle ne s'effacera pas aujourd'hui. Les yeux à peine ouverts, ruisselant, tremblant de tous ses petits membres, le chaton touche Marie en plein cœur.

— Oh, mon Dieu ! Quelle horreur ! Comment peut-on faire des choses pareilles ? Quels salopards ! Mon pauvre petit chou. Viens avec moi, viens, viens…

Il est si petit qu'il tient dans sa main. Petit mais vigoureux ! Il crie de toutes ses forces.

— Tu as faim, mon petit chaton… Mais je n'ai rien. Je n'ai rien du tout. Il faut que tu attendes que j'aille au village. Remarque, tu as bien résisté à un assassinat, tu peux attendre une petite heure de plus. Viens.

Elle remonte vers sa voiture, ôte ses vêtements mouillés le plus vite possible. Le chaton hurle en continu.

— Ben oui, mais je fais ce que je peux. Toi, aussi, tu débarques sans prévenir !

Elle le pose sur le siège passager.

— Reste là, ne bouge pas. Et si tu peux arrêter de hurler, ce serait pas mal.

Pendant qu'elle enfile un pantalon sec, le chaton s'y accroche et commence une escalade. Le temps qu'elle prépare ses protections, le lait qui s'échappe toujours de ses seins continue de couler et le petit, encore aveugle, frotte son nez, son museau sur la poitrine de Marie en essayant de téter.

Quelques années auparavant, au musée du quai Branly. Camille s'offrait une récréation avec Marie. Roméo, son dernier garçon, avait maintenant trois mois et elle l'allaitait toujours. Première sortie pour une escapade culturelle. Exposition permanente sur les sociétés primitives. Elles s'étaient arrêtées devant un phallus géant sculpté par les Trobriandais.

— Ça ne me rappelle personne. Et toi ?

— … Non plus. Mais je comprends mieux l'attrait des jeunes filles pour l'ethnologie.

Pas un visiteur ne passait devant le Super Phallus sans faire un commentaire avec le plus d'esprit possible. Enfants s'abstenir.

Elles s'extasièrent devant les totems, les pirogues, les couvre-chefs, les amulettes, les bijoux, devant l'artisanat et les créations artistiques et techniques qui constituent une culture. Camille avança seule pendant que Marie revint sur ses pas, troublée par des images qu'elle n'avait peut-être pas bien vues ou pas bien comprises. C'était un film en noir et blanc qui avait dû être tourné dans les années cinquante, où l'on regardait encore les tribus primitives avec l'œil paternaliste du colon. On ne les méprisait plus ouvertement, ces sauvages plus ou moins bons, mais on s'amusait de leur stupéfaction et de leur incompréhension face à nos grigris à nous : appareils photo, caméras, nagras et autres instruments de capture. Films témoins dont on sait aujourd'hui que certains étaient mis en scène.

Ces images sur lesquelles Marie était revenue n'avaient pas l'air truquées. Elles étaient incroyables. Une très jeune fille indigène regardait la caméra en face, sourcils froncés. Elle avait l'air de se demander à quoi pouvait bien servir ce truc immobile face à elle. Sans réponse, avec indifférence, elle s'en alla. Mais le temps où elle était restée à scruter la caméra, on avait pu voir que, malgré son jeune âge, elle avait déjà un bébé dans les bras. Un bébé qu'elle était en train d'allaiter. À ça, rien d'anormal sinon l'âge de cette jeune fille, plus proche de l'enfance que de l'âge adulte. Son bébé tétait. Tout en regardant lui aussi l'objectif. Mais le stupéfiant de l'histoire, c'est qu'elle n'avait pas qu'un bébé dans les bras. Elle en avait deux, et deux qui tétaient. Le second n'était pas un bébé humain mais un bébé animal. Et le bébé animal, qui ressemblait à un petit chien, tétait lui aussi. La très jeune fille portait sur ses deux hanches deux représentants d'espèces différentes, l'un humain, l'autre animal. Chacun tétait le sein qui lui était dédié. Le petit chien, bien tenu à califourchon d'un côté, tétait aussi goulûment que le bébé, à cheval de l'autre côté. Bien que persuadée qu'il n'y ait aucune différence de sensibilité entre les humains et les animaux, Marie se figea tout de même, stupéfiée.

Générique : le film était tourné au Rajasthan, chez les Bishnoïs. Et ce n'était pas un chien mais un faon.

Marie appela Camille, qui ne s'étonna de rien mais qui se souvint, à la vue des images, qu'elle devait rentrer très vite pour faire la même chose avec Roméo. Moins le faon.

Marie n'ose pas. Mais elle n'a pas le temps d'hésiter. Le chaton s'enfouit dans son sein, il essaie de téter mais n'y arrive pas. Marie l'aide. Son lait, qui coule depuis des mois malgré les médicaments, va enfin trouver sa destination. Elle appuie autour du mamelon, dirige le téton vers la minuscule bouche avide, et le lait s'échappe vers le chaton qui fait comme il peut. Bravement, il se nourrit en s'étouffant souvent.

— Pauvre mon petit chat. Pauvre mon bébé. Bois. Les salopards n'ont pas gagné. Bois, mon ange. Tu es tellement joli.

Le chaton est aux anges, il aspire les gouttes de lait qui perlent et coulent, et ronronne comme un moteur à hélices.

Bientôt, repu et épuisé, il s'endort sur la poitrine de Marie qui lui parle, le caresse, l'enveloppe et le berce en l'embrassant.

— Dors, mon bébé. On s'est bien trouvés tous les deux. On ne se quittera plus… Mon bébé…

12

Marie était allongée sur la table de travail. Allongée. Accroupie aurait été plus confortable. Marie était allongée. Camille, là, à ses côtés. La salle de naissance baignait dans une lumière douce, une semi-obscurité pastel. Salle de naissance ? Peut-on parler de naissance quand l'enfant qui se présente est déjà mort ? La naissance est un projet, une certitude, un début seulement. On devrait parler de sortie d'utérus, d'accouchement donc, seulement d'accouchement. Laisser la naissance aux vivants et l'accouchement aux incertains, à ceux qui n'existeront jamais, qui ont fermé les yeux, à ceux qui ont choisi de ne pas entrer dans ce monde qui ne leur convient déjà pas, à ces enfants sages qui ne crieront jamais, ne se battront jamais pour que la barbarie laisse place à la justice. À tous ces petits qui ne transigent pas, qui se retiennent de vivre plutôt que se salir au contact du genre humain, à ces êtres si purs, si intacts, si parfaits, à eux qui savent déjà tout, qui refusent le compromis et l'arrangement, salut ! Salut à vous, ô enfants morts de n'avoir pas voulu naître, honneur éternel à votre courage, merci de vous, vous dont on ne parle jamais, vous qu'on pleure chaque jour en secret parce que : c'est fini tout ça, il faut passer à autre chose, on en fera d'autres, vous, êtres uniques tatoués dans notre cœur et dans ce corps qui fut votre premier tombeau. Honneur à vous, jusqu'au jour de notre rencontre, votre premier jour et notre dernier, ces deux moments qui n'en formeront plus qu'un, enfin, dans ce rendez-vous si longtemps désiré. Mon enfant mort, je ne survis qu'en attendant de te chérir.

Les contractions avaient commencé. L'enfant devait sortir pour sauver sa mère. Ou rester pour l'emporter. Mais ces enfants protègent leurs mères et sortent toujours.

Desforges était là, lui qui avait refusé de sortir l'enfant quand il était bien vivant et qu'il s'affaiblissait, Desforges, qui l'a tuée avant qu'elle meure, est rentré de son week-end chic.

— J'ai appelé l'anesthésiste, elle arrive.

— Non, je ne veux pas. Je veux tout vivre, je veux souffrir avec mon enfant, elle pour sortir, moi pour l'aider.

— Elle ne souffre pas, Marie. Vous devriez penser à vous et accepter une péridurale.

— C'est ma contribution à sa souffrance passée, alors. Laissez mon corps l'accompagner comme il se doit. C'est un pacte entre elle et moi.

Madame Ange était là, comme elle l'avait promis, discrète assistante du médecin qui ne comprenait pas pourquoi la tension n'avait toujours pas baissé. Il parlait à mi-voix.

— Vous avez vérifié les dosages de la perf ?

— Deux fois, monsieur.

— C'est bien, Marie, vous êtes bien dilatée, elle va bientôt arriver.

Évidemment, c'était terriblement douloureux. Par spasmes, par contractions, arrive l'expulsion de l'impensable : un être qui sort d'un autre être, un corps qui sort d'un autre corps. Atrocement douloureux comme le travail de toutes les femmes, de toutes les femelles, la souffrance de tout ce qui est féminin au monde à l'instant de l'accouchement, le mélange, la dissolution de soi dans l'engloutissement de la souffrance des mères qui donnent la vie ou la mort.

— Je la vois, Marie, continuez à pousser, c'est bien comme ça.

Camille ne se sentait pas bien du tout. Elle devait se ressaisir. Elle ne pouvait pas être faible face à ce cataclysme. Elle a toujours été celle qui console, qui comprend, qui aide, qui soutient. C'est comme ça. Avec Marie, c'est comme ça.

Les voix se superposaient.

— Elle est là, Marie, ça y est, elle est sortie…

— Faites attention, ne lui faites pas mal, attention !

— Je fais attention, regardez, je fais vraiment attention.

— Peut-être qu'il n'est pas trop tard, est-ce que vous pouvez écouter le cœur, essayez encore, essayez de voir si elle peut vivre, peut-être que c'est possible, est-ce que vous pouvez écouter son cœur ?

— Oui, voilà, j'écoute le cœur… Je n'entends rien, Marie.

— Encore l'échographie, peut-être.

— J'ai peur que l'échographie…

— S'il vous plaît, s'il vous plaît, je vous en supplie.

— Lucille, apportez-moi l'échographe, vite.

Tout le monde s'arrêta, suspendu, effrayé par la douleur de Marie.

— Non, rien, on n'entend rien, il n'y a rien. Elle est jolie, Marie… Regardez comme elle est jolie.

— Non, je ne peux pas.

— Si, regardez.

— Je ne peux pas, je ne veux pas, non. Non, non, non.

— Vous avez tort. Quand vous parlerez d'elle, comment pourrez-vous la décrire ? Qui pourra porter cette image d'elle ? Elle est votre enfant, quelle qu'elle soit, elle est votre enfant. Elle est jolie, Marie, prenez-la dans vos bras.

Tout ponte qu'il était, il avait besoin d'aide. Il regarda Camille.

— Il a raison, Marie.

— Non… Va la voir, toi, dis-moi.

Madame Ange essuya la petite et l'enveloppa dans des langes. Camille, terrifiée, prit le bébé dans ses bras et, rassemblant tout son courage et son amour, la regarda. Elle ressemblait à n'importe quelle nouvelle-née. Elle était à terme, bien formée, la tête bien ronde, toute brune et frisée. Elle dormait, simplement. Elle était si petite. Si désarmée, si touchante. Camille sourit.

— Elle est très jolie, Marie, il a raison, tu devrais la voir.

— J'ai peur… j'ai peur.

— N'ayez pas peur, Marie, elle est vraiment belle.

Camille s'approcha dans un silence tendu et respectueux. Elle remit l'enfant à Marie. Incroyablement, sans qu'elle l'ait jamais vécu, ses gestes étaient sûrs, justes. Elle soutint la tête de l'enfant dans son coude en une position protectrice, comme s'il était important de ne pas la laisser partir en arrière.

Et ce fut le ravissement ordinaire des mères. Marie recevait un coup de foudre en plein cœur.

— Mon Dieu, qu'elle est belle… Tu as vu, Camille ?

Elle vivait l'extase de la découverte. Ça, au moins, ne lui aura pas été enlevé.

— Elle est toute petite, petite… Tu as vu ses petits doigts ? Qu'elle est jolie… Elle a un peu le nez de travers, tu trouves pas ?

— Tu dis n'importe quoi, elle est magnifique !

— Il se prive de ça… Il ne l'aura même pas vue !

Il n'y avait aucun pathos. Marie embrassa son enfant avec tout son amour, et l'amour prit toute la place, il n'y en avait plus pour la douleur.

— Écoute-moi, mon ange, ton père est un peu… différent, mais c'est ton papa. Il n'a rien contre toi, simplement il n'est pas là. Ne lui en veux pas, il n'est pas tout à fait comme les autres papas, mais c'est le tien. Alors, on fera avec. D'accord ?

Madame Ange regarda Camille avec un semblant d'inquiétude. Il n'aurait pas fallu que Marie dérape dans le déni.

— Est-ce que vous voulez l'habiller ?

— Non, je ne peux pas, je suis toute molle, vous m'avez trop shootée, et ce sera trop dur. Mais ça me ferait plaisir que ce soit vous qui l'habilliez.

— Oui, je vais le faire, avec tout mon cœur.

Elle déposa l'enfant sur la table à langer.

— Je suis désolée, je n'ai trouvé qu'une grenouillère où il y a écrit « Bienvenue ». J'aurais voulu autre chose, mais…

— Au contraire, c'est une bonne idée, vous avez bien choisi.

Madame Ange passa la grenouillère à l'enfant et Camille choisit de parler organisation pour remettre tout dans l'ordinaire.

— Je vais dormir ici avec toi.

— Tu peux ? Je veux dire, c'est possible ? Mais les enfants ? Et Bob ?

— Alors Bob, il est grand, et les enfants encore plus que lui. Y a pas de souci, mon cœur, ils vont très bien s'en sortir. Sinon, l'accueil m'a proposé un matelas par terre et ça me va très bien. Tu sais comme il m'en faut peu…

L'atmosphère était paisible. Les bavardages et les allées et venues reprirent leur rythme.

Madame Ange revint avec le bébé tout propre, bien habillée.

— Je peux l'avoir encore ? S'il vous plaît.

Madame Ange la remit dans les bras de Marie.

— Mon amour…

Elle l'embrassa sur les lèvres.

— Elle est moins chaude que tout à l'heure.

— C'est normal.

— Oui, je sais… Il faut pas que tu aies peur, mon amour. Je serai toujours là près de toi. Et toi toujours avec moi. Toujours. Je t'aime. Tu me manques déjà. Ma chérie… ma chérie.

Elle la couvrit de baisers. Il fallait intervenir. Camille ne pouvait pas. Elle était cassée par l'amour de Marie pour son bébé sans vie.

— Ma fille est parfaite. À un petit détail près, tu es parfaite.

Madame Ange s'approcha de Desforges.

— 14,8.

— C'est bien. Il faut la remonter, maintenant.

Un regard à Camille.

— Tu dois être fatiguée, tu veux te reposer ?

— Oui, je veux bien.

Un baiser encore et elle donna l'enfant à Madame Ange.

— Faites attention. Au revoir, ma chérie.

Sur un geste de Desforges, les infirmiers arrivèrent et emmenèrent Marie vers sa chambre.

13

Camille a rudement dormi sur son matelas de fortune, a lié une belle relation avec les infirmières, et au petit matin, est allée chercher les croissants pour toute l'équipe. Plus tard, les amis sont venus : Johanna, Pascal et Éric, son mari. Ils se sont retrouvés devant la porte de la chambre, ont juré de se montrer gais, du moins de ne pas être tristes face à Marie, et, les bras pleins de gâteaux et de champagne, ils ont occupé l'espace et le temps avec la beauté de leur amitié. Ils ont ri, beaucoup, Pascal a fait le pitre avec Camille, et Bob a surgi par surprise. Tout cela était tendre et chaleureux.

Desforges passa s'enquérir de l'état physique et psychologique de Marie et proposa une autopsie, pour comprendre ce qu'il s'était passé…

— Non, merci, ça suffit le carnage, laissez-la tranquille. C'est peut-être cette malformation qui l'a tuée, ou mon âge, ou autre chose, n'importe. Elle n'est plus là mais j'ai eu la chance de la connaître et de vivre toute sa vie avec elle.

La nuit fut blanche pour Camille, atroce pour Marie. Le lendemain, elle eut du mal à quitter cette chambre qui la rattachait encore à son enfant qui dormait en bas, dans le sous-sol carrelé si froid. Camille la prit dans ses bras, la serra longuement, l'embrassa encore et encore. Et puis, doucement, à petits pas, elles partirent en laissant là le trésor inestimable qui, toujours, accompagnerait Marie.

14

Camille a abandonné les recherches. Souvent, elle se passe en boucle le message de Marie : « Ne t'inquiète pas, je vais bien… mais… je ne rentrerai pas… Je t'embrasse, je vous embrasse tous. »

On ne pouvait pas faire plus sobre. Pendant des jours, elle avait cherché derrière sa voix des bruits qui pourraient lui donner des indices, comme dans les séries policières. Mais rien, il n'y avait que le silence.

Alors, elle s'est fait une raison. Marie est partie et, si elle le souhaite, elle reviendra un jour. Ou pas. Elle ne peut rien faire. C'est son choix. C'est très douloureux mais c'est comme ça. Ça lui fait une enfant en moins. Non, ça n'est pas vrai, ça lui fait du chagrin en plus.

Bob a réussi, grâce à un précieux contact au ministère , à suspendre tous les dossiers de Marie, annuler certains passifs et faire classer d'autres en surendettement. La place est sécurisée.

Camille est davantage à la maison, ce qui ne lui va pas du tout au teint. Elle est ailleurs, sans joie de vivre, sans énergie. Et avec les enfants, elle est devenue une maman comme les autres : à cheval sur les horaires, les repas et l'obéissance. Plus question de rater une heure de cours, les devoirs sont contrôlés, et le plus important : tous les repas sont calibrés. Fini les petits déjeuners absorbés goulûment le soir en regardant la télé, tout est prévu. Les menus ont fait leur entrée dans la vie des enfants, et ce n'est pas gai. Il y a des légumes tous les jours, des fruits, et plus de gâteaux. Ça, pour être équilibrés, ils sont équilibrés, surtout dans la poubelle. Bref, l'ambiance est à la sinistrose. D'ailleurs, eux non plus ne sont pas très gais : ils l'aiment beaucoup, Marie, leur marraine à tous les trois. Elle arrive toujours avec des surprises, et c'est pas cool qu'elle appelle pas.

15

Moïse, le chaton bien nommé, a grandi. Il est comme tous les chatons : délicieux et insupportable. Ce petit être a redonné un souffle à Marie. Ce souffle vital qui peut vous faire avancer pourvu qu'il soit alimenté.

Marie a un nouveau-né en perdition dont elle est responsable. Elle y met tout ce qui lui reste de cœur. Elle a trouvé une mission, un but. Un petit but : le garder en bonne santé. Le jusqu'à quand ne se pose pas. Le temps n'est pas encore revenu. L'horizon de Marie est d'alimenter Moïse et de lui donner de l'amour. Il lui en reste encore. Un peu. Drôle de truc que l'amour. Il peut tuer comme sauver. Autant celui qui le donne que celui qui le reçoit.

Elle a eu beau se restreindre financièrement, faire attention à tout, se priver jusqu'au jeûne, elle arrive au bout de ses ressources. Il ne lui reste plus que quelques dizaines d'euros. Et plus d'essence. Plus de couette sur le gazon non plus, tout le monde dans la voiture. On y mange, on y vit, on y ronronne, mais aussi on y grelotte. Et un jour où le froid s'est vraiment installé, Marie se dit que là, aujourd'hui, il faut faire quelque chose. Chercher de l'essence, peut-être ? Au moins un peu. On verra plus tard. Comme aurait dit Luigi imitant Scarlett O'Hara : Taratata, j'y penserai demain !

Voilà, elle est Scarlett. Moïse et Scarlett vont chercher de l'essence, c'est aussi simple que ça. Moïse est habitué à être trimballé : il accompagne Marie chaque fois qu'elle descend au village. Comme à un enfant, Marie commente tout, tout ce qu'elle voit, tout ce qu'elle pense, lui chante ce qui lui passe par la tête, des comptines de son enfance aux succès de Goldman. Seule Mme Aubenas comprend, elle qui parle à sa fille toute la journée. On croit qu'elle marmonne, mais non, elle parle à son enfant. Et Marie parle à son chat. C'est pareil.

Elle se couvre le plus qu'elle peut, superposant couche sur couche. Quand elle a bien empilé toute sa garde-robe, elle rajoute un plaid dans lequel elle entortille Moïse. À l'africaine. Pas question de partir sans lui. Elle prend ses papiers, les derniers sous qui lui restent, les met dans une pochette qu'elle fixe à même la peau à l'aide d'une ceinture, le bidon d'essence vide, et, harnachée comme pour une rando, elle prend la route, ou plutôt le chemin qui mène à la route où un automobiliste voudra bien s'arrêter pour la prendre en stop. Non, pour les prendre en stop. Audacieux.

C'est un gentil camionneur qui s'arrête. Oui, il faut être gentil pour prendre un auto-stoppeur quand on ne distingue pas qui lève le pouce sous cette couverture. Ou s'ennuyer ferme. Ce qui est le cas.

— Bonjour, montez, mam'zelle ! Oh, le petit chat, adorable ! Quel âge il a ? Il a pas l'air bien vieux.

— …

Marie ne sait plus tenir une conversation. Le mutisme s'est installé en même temps que le désespoir. Elle ne sait pas quel âge a Moïse. Est-ce que c'est très important ? C'est son petit, c'est tout. Elle lui a donné à manger et à boire avant de partir. Un peu de son lait aussi, elle continue parfois. Ça leur fait plaisir à tous les deux.

— Et vous êtes de la région ? Vous allez où, d'abord ? Parce que si on ne va pas dans la même direction, c'est embêtant.

Il rit parce que c'est sa nature, et aussi pour détendre l'atmosphère. Marie présente une surface lisse, absente. Elle réussit tout de même à articuler :

— Je vais chercher de l'essence.

— Ah mince, vous êtes en panne ! On va vous trouver ça. Je fais souvent la route par ici, je connais toutes les stations. Il faut juste espérer qu'elles soient encore ouvertes parce qu'il commence à être tard et… Mais vous circulez toujours avec votre chat ?

Non, elle ne circule pas. Mais elle ne va pas lui répondre, parce qu'il enchaînera sûrement. Il lui dira : ah bon, mais alors si vous circulez pas, c'est pour quoi faire, l'essence, notez, ça ne me regarde pas, non, ça ne vous regarde pas, elle a pas envie de parler, c'est tout.

— Vous allez rire, vous savez pourquoi je me suis arrêté ? Pour faire la conversation ! J'aime pas rouler trop longtemps tout seul, alors je prends des autostoppeurs. Avec vous, je suis bien tombé !

Et il rit de la situation.

— Hé, on n'est pas obligé de se parler non plus. On va chanter. Chanter, vous pouvez ? Non, bien sûr. Écouter, alors ? Ça vous dérange pas d'écouter ?

Il met une station de chansons françaises en continu et fredonne avec entrain.

— En vrai, je les connais toutes, les chansons ! C'est un don que j'ai. Je le fais pas exprès, c'est comme ça. Quand j'en entends une nouvelle, y a les notes et les paroles qui me rentrent dans le cerveau direct. C'est marrant, non ? Quand je vais au karaoké, je chante mal, mais je connais tous les airs et toutes les paroles, j'ai pas besoin de lire la bande en dessous. Les potes, ils m'appellent le surdoué de la variété ! Ah, la rigolade ! Ben, n'empêche, ils ont raison ! Même un jour, je suis passé à la télé dans l'émission de Machin, là, vous savez, j'ai tout raflé ! J'étais en cinquième semaine mais, comme je chantais trop faux, ils ont fini par me virer. Je les comprends ! Mais avec un joli pactole quand même. Moi, je dis, merci la culture française ! Ben oui, c'est grâce à elle que j'ai monté ma petite entreprise. Un camion, un salarié : moi ! Ben, comme ça au moins, je me prends pas le chou avec le patron !

Un grand rire, un coup d'œil vers ses passagers.

— Eh ben, ça y est, elle dort ! Y a pas, j'électrise les foules… !

Pas grave, il continue de chanter avec sa radio pendant que, tranquillement, la nuit tombe. Les jours raccourcissent et c'est une donnée que Marie n'a pas prise en compte.

De chanson en chanson, la route défile, et dans les villages, les stations-service sont fermées. Il va falloir attendre la ville pour en trouver une ouverte. Rien avant Montpellier, c'est certain. Il faut réveiller la petite pour le lui dire. Marie hausse les épaules. D'accord, Montpellier. Il fait carrément nuit quand ils arrivent. Le routier laisse Marie à contrecœur, se doutant que les nuits ne sont jamais très protectrices pour les femmes.

La station-service est ouverte mais ne fonctionne qu'avec des cartes de crédit. Il va falloir attendre le matin. C'est pas très futé : chercher de l'essence pour se réchauffer et passer la nuit dehors… ! Bon, elle est bien couverte, Moïse continue de dormir, elle n'a plus qu'à s'asseoir dans un coin et attendre. C'est bizarre de se retrouver dans une ville après tout ce temps passé à la campagne. C'est sale. Et bruyant. Pas grave, elle repart demain.

C'est un coup de pied qui la réveille.

— Debout, ma petite dame, ici, c'est pas un endroit pour dormir.

Un maître-chien fait sa ronde. Son berger allemand, bien serré contre lui, renifle Marie à travers sa muselière. Il a de bons yeux et ne réussit pas à avoir l'air méchant. Il est super content de trouver Marie à sa hauteur et aurait plutôt tendance à vouloir lui faire des bisous. Mais les rôles sont inversés, c'est son maître qui aboie.

— Faut pas rester là, ma mignonne, vous avez compris ? Vas-y Sultan, bouffe le petit chat.

Sultan remue la queue. Il doit faire le désespoir de son maître. C'est Moïse qui a envie de l'attaquer. Sultan recule, déçu de ne pas être aimé.

— Foutez le camp, je vous dis. Vous voulez que j'appelle les flics ? Allez, du balai ou je lâche mon chien.

Probablement, le chien lâché jouerait immédiatement à la baballe. Preuve que son maître n'est pas si mauvais non plus. Mais un boulot, c'est un boulot, et on ne rigole pas avec l'insécurité de l'emploi.

Marie se lève lentement.

— Mais… j'attends que ça ouvre pour prendre de l'essence.

— C'est ça ! Et moi, je suis la reine d'Angleterre !

— Mais je ne sais pas où aller…

— Vous n'avez qu'à retrouver vos copains à la gare ! Bande de minables, de profiteurs… Vous êtes encore là ? Sultan, attaque !

Chouette ! Sultan saute et jappe, il a le droit ! Il voit partir Marie complètement perdue et Moïse prêt à l'attaque. Dommage, ils étaient sympas !

— C'est bien, mon chien, t'es un bon chien. Allez viens, on continue la ronde !

Mais comment se repérer dans une ville la nuit quand on ne la connaît pas ? Tout ça n'était pas prévu. Ce qui était prévu, c'était un aller-retour vite fait. C'est quoi ces villes qui meurent la nuit pour renaître au matin ? La gare, trouver la gare. Absolument. Il a raison. Là, il y a toujours du monde.

16

Chez Camille et Bob, tout le monde dort. Beaucoup ronflent : les chiens dans le salon, Julien et Maxime qui sont enrhumés, Roméo, très légèrement comme un bébé et c'est trop joli, et Bob, c'est normal, je suis le chef de famille et au moins la nuit, il faut que ça se sache. Plus le ronflement est bruyant, plus l'homme est fort. Seule Camille est éveillée.

Depuis le départ de Marie, elle a fait connaissance avec l'insomnie. Et la rancœur. C'était un sentiment qu'elle ignorait. Acide comme un mauvais vinaigre. Marie l'a abandonnée. Comment ne pas lui en vouloir ? Oui, bien sûr, il y avait eu ces années blanches où elles se voyaient peu. Ou pas. L'agitation de Marie à parcourir le monde, pour suivre un amoureux ou voir une expo lointaine. De son côté, Camille pouponnait. Et pouponnait souvent. C'étaient des absences tranquilles. On n'est pas obligées de vivre ensemble pour s'aimer. Un élastique invisible les reliait pour toujours, un jour éloignées, le lendemain toutes proches.

Le fil s'était pourtant un peu beaucoup distendu à l'arrivée de Gabriel, et depuis pas vraiment retendu. Seulement aujourd'hui, ce n'était pas la même chose : Marie ne suivait ni un homme ni une peinture, elle fuyait le monde, et Camille avait peur de ce moment délicat où ceux qui souffrent trop passent de l'autre côté du miroir. Ce départ guerrier, ce silence l'impressionnaient, et elle redoutait l'appel téléphonique qui lui dirait que… malheureusement, on n'a rien pu faire… D'ailleurs qui aurait pu trouver son numéro de téléphone, et où ?

C'était si bon, la légèreté d'avant. La vie d'avant. Le monde était fluide. Elle nageait dans l'eau douce de son quotidien où chacun était à la place qu'elle lui avait dévolue. Elle, Camille, commandait à toute chose sans que personne n'y trouve à redire, et au contraire, où tout le monde trouvait son compte. Mais là, y avait un os, et il était de taille. Il manquait un membre fondateur de sa parfaite construction. La nature a horreur du vide et Camille aussi. Personne ne pouvait remplacer Marie. Comment l'envisager ? Comme penser qu'une autre enfant aurait pu échanger son sang avec elle, danser les soirs de bal au village, ne rien dévoiler de sa nuit avec Luigi, assister main dans la main avec Bob à la naissance de ses trois enfants. Marie pouvait presque être envisagée comme un second mari, le sexe en moins. Une seconde épouse, en fait. Quelle belle idée ! Bonjour, je vous présente Bob, mon mari, et Marie, ma seconde épouse… Elle sourit dans la nuit.

De la rancœur, elle vient de passer à la nostalgie. Comme elle aimerait retourner aux temps bénis de l'innocence ! Dans la joie, le partage, la découverte, les secrets, la douceur ! Elle se laisse bercer par les images du bonheur et de la complicité passés. Une très douce sensation se répand en elle, grandit, s'élargit comme un pigment dans un lavis, et une nappe de certitude l'envahit peu à peu. Qui appelle-t-on quand on se tord de douleur ? Sa mère, ses racines. L'origine. Où va-t-on se réfugier quand on va mal ? Dans le plus beau de l'enfance, dans le plus doux des souvenirs.

Le meilleur de l'enfance de Marie s'est niché dans les étés de Provence, elle ne peut être que là. Son message était clair : elle va bien, elle ne rentrera pas. Parce qu'elle est en paix. Et il n'y a qu'à Lamalou qu'elle peut se cacher, s'isoler, se recueillir, réfléchir, se poser, oublier, prier, méditer, dormir, lâcher prise, se calmer, marcher, respirer, à Lamalou seulement.

Camille se tourne vers Bob au ronflement rassurant, elle le touche, le tapote.

— Bob, Bob, il faut que je te dise.

Bob se réveille en sursaut.

— Quoi, qu'est-ce qu'il y a ?

— J'ai trouvé ! Je sais !

— Qu'est-ce qu'il se passe ? C'est les enfants ?

— Je sais où est Marie !

C'est un râle de douleur qui sort du corps de Bob.

— Aaaaah, Camille... Tu peux pas le savoir demain matin ? C'est horrible ce que tu viens de faire : avoir des certitudes en pleine nuit ! C'est pas bien… !

— Je sais ! Je sais où elle est ! Je pars demain matin. Non, maintenant.

— Mais quoi ? Qu'est-ce que tu racontes ? Tu pars où ?

— La chercher. Elle est à Lamalou.

— Camille, tu as fait un cauchemar… ça va aller, je suis là, viens dans mes bras et rendormons-nous.

— Elle est à Lamalou, je le sais, c'est évident, comment je n'y ai pas pensé plus tôt. J'y vais !

— Demain, tu iras demain. On va en parler, et tu iras demain.

— Rendors-toi. Je t'appellerai, ne t'inquiète pas.

— Camille, me fais pas ça, j'ai rendez-vous demain à la première heure avec le responsable national des achats. Je t'en supplie, me fais pas ça. J'ai besoin de dormir, j'ai besoin…

— … d'un petit coup, tu as besoin d'un petit coup et après je file.

— … Un petit coup et après tu restes… ?

— Un petit coup et on verra.

Évidemment, vu comme ça, la proposition est trop tentante pour discuter davantage. D'abord agir, ensuite…

— D'accord…

Et après le fameux petit coup qui a rassuré Bob, Camille saute sur sa valise, y jette quelques affaires et… part ? En pleine nuit ?

Bob est debout, tant pis pour le sommeil et le rendez-vous avec le responsable national qui est un minable et dont il ne fera qu'une bouchée de toute façon. Bob a sauté dans son caleçon et trottine derrière Camille. Elle prend des affaires de toilette, la gourde dans le placard de la cuisine, il la suit, ridicule et touchant, il a froid, il s'en fout, il faut qu'elle reste sinon sa vie va s'écrouler. Comment trouver les bons arguments face à un cyclone ? On ne peut pas, c'est tout. Qu'à cela ne tienne, il continue quand même.

— Mais les enfants ?

— Alors, ils sont trois, trois garçons, l'aîné s'appelle Julien, il a quatorze ans, le deuxième…

Bob trouve la sortie de Camille tout à fait limite. Comme s'il ne s'occupait jamais de ses enfants. Il change de ton.

— Arrête, Camille. Tu peux pas faire ça en pleine nuit, sans prévenir personne, me laisser, laisser les enfants, pour retrouver quelqu'un qui ne te demande rien, et qui peut-être ne veut pas de toi. Tu ne peux pas nous abandonner pour aller secourir un fantôme.

En fait, il a raison, mais elle veut partir quand même. Alors, il faut frapper fort pour qu'il ne puisse plus rien argumenter. Direct à la culpabilité, crochet au cœur, K.-O. par mauvaise foi, abandon de l'adversaire et départ en fanfare.

— Je ne peux pas faire ça ? Je ne pcux pas partir secourir mon amie ? Mais dis-moi, toi, quand tu es parti vivre ta sublime histoire d'amour avec ta sublime secrétaire, pardon, collaboratrice, qui te redonnait le goût de vivre parce que tu t'étiolais avec nous, tu nous as prévenus ? Tu as pensé à ta femme et à tes enfants ? Ou à ta gueule ? Tu es parti en pleine nuit, sans même raser les murs, glorieux, les yeux brillants et le souffle court, tu es parti explorer une lamentable histoire de cul qui m'a renvoyée au théâtre de boulevard. Et pendant que tu t'envoyais en l'air et que tu te pâmais dans des soubresauts de séduction, as-tu envisagé un seul instant que tu nous tuais ? Il a pourtant fallu pendant tout ce temps que je porte beau et que je protège les garçons en leur disant que c'était pas grave, qu'il fallait bien que jeunesse se passe. À quarante ans ! Ça, c'était minable ! Et devine qui m'a soutenue, qui m'a consolée, qui a dormi avec moi tout le temps où je passais mes nuits à sangloter ? Celle que je vais essayer de sauver. Tu as quelque chose à ajouter ?

Non, Bob n'ajoute rien. Au-delà de cette limite, stop, vos billets et autres petits arrangements ne sont plus valables. Camille triomphe. En se faisant du mal, mais elle a gagné. Bob ne peut plus rien dire. Il abdique. Camille, pas trop fière d'elle, termine vivement sa valise.

Avant de claquer la porte, raisonnable et pour le bien de tous, elle revient vers lui et le prend dans ses bras.

— N'en parlons plus. J'espère rentrer rapidement. Je te tiens au courant, évidemment.

— Je t'aime, Camille.

— Oh, j'adore quand tu dis ça. Je t'aime aussi. Tu as bien fait de revenir, finalement ! Allez, rendors-toi…

— Oui, ça va être facile, tiens… Qu'est-ce que je dis aux garçons ?

— La vérité. Et tu verras, ils seront contents.

Et elle part. Dans son rétroviseur, la dernière image qu'elle a de Bob, c'est celle d'un homme sur le perron de sa maison, dans une nuit noire, vêtu d'un caleçon et d'un vieux tee-shirt, les bras ballants, qui la regarde s'éloigner, perdu. Camille est touchée. Ça ne l'empêche pas de foncer comme à son habitude, dans une énergie retrouvée, sur une A86 déserte où elle peut enfin assouvir son désir insatiable de vitesse. Direction Lamalou-les-Bains, et plus vite que ça !

SAINT-AUNÈS

(Christophe)

1

Ça doit être divertissant d'être une gare : il s'y passe toujours quelque chose, on ne s'ennuie jamais. Le jour, des gens courent, tempêtent, râlent. Muets le matin, encore perdus dans les draps qui marquent leur visage, baguenaudant la journée, café et cigarette à la main, fourbus le soir, de nouveau silencieux et harassés, et la nuit, glissement de population. Les laborieux rentrent chez eux et les marginaux débarquent. Où étaient-ils la journée ? Dormant dans le renfoncement d'un immeuble, errant à la recherche d'un toit, mendiant dans les rues ? La nuit, tous les laissés-pour-compte se retrouvent aux abords de la gare. Attirés par quoi ? L'idée d'un possible voyage ? Il devrait y avoir un guide des bons coins pour faire la manche. Les transports en commun doivent être en tête du hit-parade. Sauf aux heures de pointe. Difficile de passer main tendue entre les maigres interstices laissés par les voyageurs. Et attention aux mains baladeuses. Avant, c'était possible, maintenant on est à la merci d'une dénonciation publique ! Mais ça, on n'en a rien à faire, on est là pour travailler, pas pour courir la gueuse. Ça, c'était avant. C'était dans la vie d'avant. Quand on ne courait pas après les miettes.

Pour mendier dans les règles de l'art, il faut se concentrer sur ce qui a fait ses preuves. Le meilleur rendement : être une fille plutôt jeune, plutôt correctement fringuée, pas luxe, hein, juste propre sur elle, et faire les beaux quartiers. Celles-là, elles ramassent. Des fois jusqu'à trente euros de l'heure. Si, si. Mais c'est une toute petite frange. Après, c'est les jeunes gars propres dans les beaux quartiers, et on descend, les vieux propres, c'est encore moins, etc., jusqu'aux types bourrés et sales dans le métro, et ça, c'est pas d'un bon rendement. Mais faut tout tenter. Les jeunes femmes avec bébé, c'est pas terrible non plus, faut pas croire, parce que tout le monde pense qu'elles sont des mauvaises mères ou que le bébé n'est pas le leur ou qu'il est drogué ou qu'elles se font maquereauter. Des fois, tout en même temps. Enfin bref, la manche, c'est un vrai métier, et si on respecte pas les normes, on devient misérable. Alors, évidemment, il y a encore au-dessus, au-dessus de la petite en jupette à trente euros de l'heure. Et dans cet au-dessus-là, on trouve que des hommes, je sais pas pourquoi mais c'est comme ça, parce qu'on entre dans la catégorie escroc. Tss, tss tss, pas de jugement ! Escroc, c'est pas donné à tout le monde, parce qu'il faut pas aimer les gens pour les escroquer, et faut être formé dès la naissance, ou être doué. Entourlouper les autres, c'est pas du tout la mentalité de la rue. Du tout. Y a des pickpockets évidemment, mais ceux-là, ils sont en bande. C'est plutôt des familles qui font ça. Des étrangers. Non, dans la rue, y a du noble.

Et le soir, une fois le boulot terminé, on est crevés. Faut pas croire, c'est harassant : toujours sur le qui-vive, comme un chien à flairer la prochaine bonne affaire. Y en a même des fois qui s'accordent un jour de congé tellement ils en peuvent plus. Si seulement on pouvait se passer de manger ! Alors, ils font le tour de ce qu'ils connaissent : le 115. Mais laisse tomber, c'est archiconvoité, le 115, ce serait comme un cinq-étoiles pour les bourgeois. Ça se réserve, le 115. Et puis, il faut avoir un téléphone. Si, faut avoir un téléphone pour les appeler, déjà, ça, ça veut dire que c'est pas pour nous. Qui c'est qui a un téléphone dans la rue ? Ben si, la police, les assos, tous ceux qui veulent nous « aider », nous faire rentrer dans le moule, ouais. Le 115, qui répond des fois après six heures d'attente, qui te donne rendez-vous pour dans quinze jours. Le 115, la bonne conscience des bourgeois. Une fois, y a une gentille dame qui s'est penchée sur moi, bon, je venais de me rétamer le corps sur le bitume, on m'aurait fait un alcotest pour marche en état d'ivresse, que je me faisais un séjour longue durée bien au chaud dans un centre avec couette et douche pour tout le monde, ben oui, j'avais un peu trop consommé, la dame elle me dit, très gentille, hein, restez pas ici, il fait trop froid, je vais appeler le 115… Au bout d'une heure, ç'aurait été pour elle qu'il serait venu, le 115, avec Police secours : elle était congelée, elle tenait plus debout, il a fallu que je la raccompagne chez elle ! Oh la rigolade ! Non, le 115, laisse tomber. Alors y a les églises, enfin, y avait, parce que maintenant, avec tout ce qu'on leur a piqué comme ciboires et pièces dans le tronc, ils aiment pas trop quand on squatte. Pourtant, les gens, ils donnent pour les pauvres, et c'est qui, les pauvres ? C'est nous ! Logique, on prend ce qui est à nous. Faut croire que c'est pas comme ça qu'il voit les choses, le pape. Alors nous, le peuple des loquedus, on reste dans les gares. Y a que les gares où on peut se retrouver sans avoir peur d'être virés. C'est un endroit qui est fait pour les gens de passage. Pour nous, quoi. Nous, on passe. Vous dérangez pas, m'sieur-dames, on fait que passer.

Et là aussi, on peut dire, comme dans les journaux, qu'on retrouve toutes les couches de la société des SDF. Des cloches, des marginaux, ceux qui croient qu'ils sont rebelles à la société alors qu'ils sont seulement alcooliques, et les psychiatriques aussi, faut pas les oublier ceux-là, y en a beaucoup. On les reconnaît quand, l'hiver, ceux qui font des maraudes nous proposent de dormir dans un foyer, avec chauffage, draps propres, et une bonne sousoupe, eh ben, ceux qui résistent et refusent, c'est des psychiatriques. Ben oui, faut être cinglé pour refuser une bonne nuit gratos, des fois, même à l'hôtel ! Et puis, tout en bas de l'échelle, y a les femmes. Celles-là, elles se cachent tout le temps. Celles qui sont sans hommes, elles se cachent. Et celles qui en ont un, je voudrais pas être à leur place. C'est les plus malignes qui se cachent. Il paraît qu'on en veut à leur cul. N'importe quoi ! Alors, elles vivent comme les rats, dans les parkings, mais on les reconnaît pas tout de suite parce qu'elles s'habillent comme des bourgeoises. C'est vrai, pour les femmes, y a toujours d'autres femmes qui donnent, et elles attendent dans les sous-sols que ça passe. Quoi ? Ben, la scoumoune. Elles peuvent attendre longtemps. Quand ça te saute dessus, tu peux être certain que ça te lâchera plus. C'est comme celle-là, tiens, qu'est-ce qu'elle vient faire ici ? Avec cette gueule d'ange perdu. Ça, ça sent sa première fois. Dépucelage de la rue. Bienvenue, poulette. Moi, je me casse, je veux pas assister à ta déchéance. À plus, peut-être, avec un peu de malchance, on se retrouvera.

2

Marie a enfin trouvé la gare. Et plus elle s'en approche, plus elle est soulagée : il y a du monde. Un bon groupe. Ils ont l'air jeunes, ça rigole, ça danse, ça boit, ça, on ne peut pas y échapper, mais ils sont peut-être gentils. Elle en a vu d'autres, ailleurs. À Paris bien sûr, mais aussi en Camargue, aux Saintes-Maries, au Grau-du-Roi, un peu partout. La misère au soleil. Avec des chiens toujours. Pour se consoler, elle se dit que si les chiens, au moins, sont toujours avec leurs maîtres, ils doivent être contents. Et toujours des chiens de race. C'est bizarre, non ? Des bergers allemands beaucoup, des labradors, des huskys parfois, toujours des gros, jamais de petits. Pas de chienchiens à sa mémère, des chiens de canapé, comme des yorks, des shih tzu, non plus, des chiens de chasse, non, plutôt des rotts, oui, des bas-rouges, des pitts, bref, des gros calibres, grands. Peut-être pour montrer sa force, qu'on n'a peur de rien, ou pour se rassurer au contraire. C'est pareil. Les chiens, malheureusement, sont souvent avec de mauvais maîtres. Mais ceux-là, ils ont l'air gentils.

Jeunes, des dreads, des vêtements hippies d'un autre temps. Étrangers ? Il faut qu'elle parle à des êtres humains, elle qui n'a rien dit depuis des mois. Mais là, elle est mal : Moïse a faim. Elle lui a donné son lait dans une porte cochère, mais ça ne lui suffit plus. Il a goûté aux boîtes, et la découverte de la viande offerte par Mme Aubenas l'a éloigné du lait maternel. Le bébé est devenu plus grand et vigoureux et a des exigences d'enfant roi. Simples mais impérieuses. Les chiens du petit groupe ont délaissé leurs gamelles pour l'accueillir. Moïse feule, les chiens le reniflent, et la rencontre aurait pu se passer plus mal.

Elle s'approche du groupe et se présente. Marie et Moïse. En face, Luuk, Maaike, Casper, Cookie, Jean-François et d'autres qui sourient sans rien dire. Les chiens Thor, Odin et Hell ont fini de manger. Elle demande avec de simples gestes un peu de pâtée pour Moïse.

La civilisation ne semble pas être arrivée jusqu'ici. Le tableau qu'ils forment tous témoigne des origines : des animaux et des humains à même le sol, partageant nourriture et boisson, cheveux emmêlés, crasse évidente, vêtements approximatifs. Ils sont complètement *stone* et font tout au ralenti. Ils proposent à Marie de s'asseoir et lui tendent une vieille feuille de papier alu en guise d'écuelle où les chiens n'ont pas laissé grand-chose. C'est assez pour Moïse qui se rue dessus et avale les restes avec délectation. La dernière minibouchée avalée, il tente une vague toilette et s'abandonne au sommeil qui l'a surpris. Dans le giron de Marie, il ronronne.

Les gentils drogués continuent de sourire. Et de boire. Marie aussi, qui finit par raconter sa mésaventure.

— … comme ça, demain, on prend juste de l'essence et on rentre. Peut-être en train, parce que le stop c'est pas évident.

— Nous aussi, on prendra le train, mais pas de l'essence, parce qu'il y a toujours un train pour aller quelque part.

Pensée brillante sortie tout droit d'un cerveau habitué aux substances, et applaudie par le petit groupe qui se lance dans une chanson à l'avenir certain où il est question de train qui part mais qui n'arrive jamais.

Même désespérée, Marie a le ressort de trouver la complainte lamentable. Pas les chiens. Ils adorent. Probablement parce que les campements finissent toujours en chanson. C'est le signal du départ. Avec lenteur et gentillesse, les beatniks démodés plient bagage, chiens et guitares, et s'en vont en n'oubliant pas de laisser quelques miettes encore pour Moïse, ce qui rend Marie, reconnaissante, plutôt encline à penser que la drogue adoucit les mœurs. Les leurs, en tout cas. Électroencéphalogramme plat, mais gentils compagnons.

Et puis finalement, non, leur tentative de départ échoue : morts de rire, ils n'arrivent pas à dépasser la position dite à quatre pattes : pourquoi partir ?

Se lever ? Pour aller où ? Sur le trottoir d'en face ? Il faudrait déjà qu'ils arrivent à traverser. Rien n'est moins sûr dans leur état. Ils décident de rester et partager des bières avec Marie, qui a oublié le goût de l'alcool. Femme en milieu hostile cherche protection. Le temps passe à digresser sur des sujets essentiels : la politique mondiale et les rues piétonnes… D'autres tentatives de départ échouent. Marie les trouve franchement divertissants et envie leur lâcher-prise dans ce monde injuste. Est-ce que leur vie est un échec ? Qu'est-ce que l'échec ? Et selon quels critères une vie doit-elle être réussie ? Peu à peu, sur ces questions profondes, elle sombre dans un sommeil alcoolisé et sûrement réparateur.

C'est le froid qui la réveille. Il fait jour depuis longtemps si elle en juge par le calme relatif de la gare. Ce n'est plus l'heure de pointe. Disons dix heures, à vue de nez. Mais où sont ses affaires ? Mais où sont ses affaires ? Moïse ! Moïse ! Il n'y a plus rien autour d'elle. Elle s'était fait un rempart avec ses vêtements, le chaton bien protégé dans son plaid. Il n'y a plus rien, plus rien. Elle se lève, en panique. Tout l'espace où se trouvaient les beatniks est vide, avec des traces de leur passage : des mégots, des cigarettes évidées, des papiers gras et rien d'autre. Même le bidon pour l'essence a disparu. C'est pas possible ! C'est pas possible qu'ils lui aient tout pris.

Elle vérifie que le sac à même sa peau est toujours là. Non, ils lui ont pris ça aussi ! C'est affreux, elle n'a plus rien… Mais le plus terrible, c'est Moïse. Non ! Pas lui, pas ce petit être qui ne vit que par elle, qui va mourir sans elle, pas lui qui n'a rien fait d'autre que lui donner de l'amour et de l'espoir. Personne ne pourra s'occuper de lui comme elle, il est si petit, il ne saura pas comment faire. En ville en plus. Avec ces gens cinglés. Elle commence à chercher partout, elle regarde sous les voitures en appelant Moïse… Moïse !!! Non, c'est pas possible, c'est trop dur, comment ne pas s'écrouler une fois de plus, Moïse ! Elle ne respire plus, elle aspire l'air en hoquetant, elle ne peut pas se contrôler. Excusez-moi, vous n'avez pas vu un petit chat ? Il est tigré gris, excusez-moi, vous n'avez pas vu un petit chat ? Il s'appelle Moïse. Elle entre dans la gare et cherche partout où il aurait pu se cacher. Sous les bancs, dans les coins, ah, le guichet, eux doivent savoir, excusez-moi, vous n'avez vu un petit chat gris tigré, s'il vous plaît ?

— Comme celui-là ?

Il montre devant le radiateur un carton transformé en panière où Moïse dort profondément, en boule, comme tous les chats qui se sentent en confiance.

— Moïse ? Oh, mon Dieu, j'ai eu tellement peur, mon Dieu, merci monsieur, merci merci. C'est mon bébé. Je peux entrer ?

— Non non.

Elle rit parce qu'elle croit à une plaisanterie.

— Merci encore, monsieur.

— C'est pas la peine de dire merci, il reste là.

— Mais c'est mon chat. On a passé la nuit là mais les autres sont partis avec toutes mes affaires et mes papiers. Je dormais, et…

— Non, ça va comme ça. Vous êtes tous cinglés avec les animaux. Vous croyez quoi ? Que c'est des jouets pour vous consoler d'être déglingués ? Eh ben non, votre chat, je le garde. Il sera plus en sécurité ici. Être à la rue avec un chaton, faut être dingue, je vous le dis. Et dégagez, sinon j'appelle les flics.

— Mais, monsieur, vous pouvez pas…

Le monsieur en question prend son téléphone.

— Sécurité s'il vous plaît, guichet 1.

Elle renonce et s'en va, désespérée de laisser Moïse. Bien sûr, il est au chaud, mais comment va-t-il faire sans elle ? Et elle sans lui ?

Elle sort et s'éloigne en larmes, sans plus rien dans sa vie : plus de toit, plus d'argent, plus d'enfant, pour la seconde fois. Comment faire pour survivre ? Elle revient sur ses pas et fait une dernière tentative.

— Je pourrai revenir le chercher quand je serai retournée chez moi ?

— À la Saint-Glinglin ? Bien sûr, ma mignonne. Allez, du balai !

Elle va donc attendre et espérer, de cet espoir qui vous abîme parce qu'il vous met face à ce que vous êtes. Elle se trouve un poste d'observation, loin, mais face au guichet. On ne sait jamais, si le guichetier change d'avis, ou si le chaton s'échappe. Recroquevillée dans son coin, elle est misérable. Des gens passent, repassent, elle est dévastée. Un homme simple s'arrête, touché par le dénuement évident de Marie. Il cherche dans sa poche et en tire quelques pièces qu'il lui donne.

— Vous devriez pas rester là.

— C'est parce qu'ils ont pris mon chat.

— C'est pas un endroit pour vous.

Et il repart en secouant la tête, triste pour elle, pour cette foutue vie où les plus méchants font du mal aux plus faibles. Elle n'a rien demandé, elle n'a pas tendu la main, pourtant on lui a donné. Il faut peut-être prendre ça comme un signe. Si elle pouvait avoir plus d'argent, elle économiserait pour acheter de l'essence et revenir chercher Moïse. Voilà, c'est ce qu'elle va faire. Vite. Elle échafaude des plans tous plus aléatoires les uns que les autres, mais qui apaisent un peu sa douleur. Elle se lève et va prendre un café au distributeur.

3

Entre épouvantable impatience et joie profonde, Camille trace la route. Elle, l'autoroute, elle adore. 180. Le vieux break retrouve sa jeunesse. C'est la nuit, personne pour la flasher, un plein, un café, 180, la radio à fond qui reprend des airs de son enfance qu'elle chante à tue-tête, un autre plein, deux autres cafés et déjà se dessinent dans la pénombre les paysages du Sud. Camille frétille. Elle se sent revivre. Elle sait qu'elle a raison : Marie s'est réfugiée à Lamalou. C'est ce qu'elle aurait fait à sa place. On est tous des saumons. On revient sur les lieux de notre enfance. Une nostalgie géographique censée réparer la douce blessure d'un passé perdu où l'on se croyait heureux. Elles l'étaient, petites filles, dans cette parenthèse estivale. Pleinement. Alors pourquoi ne pas tenter de ramasser quelques lambeaux épars de ce temps-là ? Bien sûr, les êtres ne sont plus là, mais ils ont laissé leurs empreintes dans ces paysages inchangés. Ici, celui-ci m'a dit qu'il m'aimait. Là, nous nous sommes disputés. Ici encore, nous étions heureux, et rien d'autre ne comptait. La délicieuse douleur de la nostalgie. Délectation morose.

Le jour se lève, une pâleur laiteuse grise les ténèbres, des cyprès sortent de l'ombre. Pause pour profiter du parfum âpre des pins avant de repartir. Sept heures, en cas de respect du code de la route, cinq pour elle, 150 de moyenne, pauses comprises.

Partie à trois heures, elle arrive à huit heures du matin sur la place du village, à l'heure où Mme Aubenas sort ses chaises avec difficulté, son sport quotidien. Un homme lourd porte en boitant un paquet de pains et de viennoiseries. Fabien ! Non, Fabien ?! Camille ne s'attendait à rien, volant seulement au secours de Marie, sans savoir que le passé ne se laisse pas oublier avec légèreté. Elle est assommée. Comme Marie, bouche bée, stupéfaite, pensées réflexes sur le temps qui passe, ça alors, quand je pense qu'il y a pas si longtemps… etc.

Sans se présenter elle non plus, elle commande un café-croissant à l'aimable Fabien qui répond en grognant.

Très jeune, elle le trouvait déjà très beauf, avec un côté Elvis atrocement has been, mais si maintenant en plus d'être moche, il est pas aimable, il va pas lui rester grand-chose…

En payant, elle demande à Mme Aubenas si elle n'a pas vu une femme d'une quarantaine d'années, comme celle de la photo qu'elle lui tend.

— Ah, la dame au chat !

— Euh… Non, je ne crois pas qu'elle ait un chat. Enfin, j'en sais rien, en fait. Vous l'avez vue ?

— Eh voui, Marie, elle vient ici souvent. Si, si, elle a un chat, tout petiot. Elle l'a sauvé de la rivière. Il est tout mignon, le pauvret.

Elle aurait volontiers embrassé l'épicière.

— Et vous la cherchez pour quoi ?

— Je veux lui faire une surprise.

— Elle est dans la maison de son enfance. Ce que je crois bien avoir compris. Elle cause pas beaucoup, alors…

— Elle est là ?!

— Voui. Vous savez qu'elle est abandonnée ?

— Vraiment ? La maison est abandonnée ? Mais c'est génial ! Quelle chance !

Cet enthousiasme pour une nouvelle qui est plutôt triste conforte Angèle dans sa certitude que les Parisiens sont vraiment des gens pas comme tout le monde.

Camille reprend la route à toute vitesse. Comme Marie, elle se perd, comme elle, se désole du déploiement tentaculaire des zones d'activité et, comme elle, arrive enfin dans le lotissement où, le cœur battant à l'approche des maisons, elle s'arrête. Elle reconnaît celle-ci, à cinquante mètres de Beau Rivage, plus petite mais avec plus de charme. Un porche cintré, des briques orangées, des tuiles qui leur répondent, la maison n'a pas bougé. Bien au contraire, on dirait qu'elle est habitée « à l'année ». Oui, dans le jardin, un jeune couple surveille avec tendresse une toute petite fille qui joue avec son chien, assise dans l'herbe encore jaunie par la chaleur de l'été. Ça sent bon le bonheur simple.

Et maintenant, une grande respiration avant les retrouvailles. Ne rien demander. Évidemment, aucun reproche, ne même pas parler de l'inquiétude.

Et puis, brutalement, Camille a un doute. Plus qu'un doute, un malaise. Et si elle avait tort ? Marie est venue se réfugier ici pour disparaître, pour s'évanouir, pour se dissoudre, ou au moins pour se restructurer tranquillement. Elle a dit qu'elle ne reviendrait pas. Est-ce que Camille n'est pas en train de fouler aux pieds la volonté de Marie ? Partir sans laisser d'adresse, c'est une vraie parole, un besoin impérieux, une nécessité peut-être vitale. De toute évidence, Marie voulait couper les ponts, sinon elle aurait donné signe de vie, est-ce vraiment la respecter que de la surprendre dans ce lieu utérin ? Ne serait-elle pas choquée d'avoir été suivie, pistée comme une proie, espionnée, retrouvée, découverte, trahie ? Camille-détective, Camille-chienne de chasse, Camille-meute poursuivant jusqu'à l'hallali.

Mais non ! Quelle idée ! Marie est consciente du vide, de l'angoisse que son départ a provoqué chez ceux qui l'aiment. Au contraire, elle sera soulagée de pouvoir renouer avec eux. Elle a toujours été la petite, celle qui devait être protégée. Camille balaie ces pensées stupides. Elle a le trac, c'est tout.

Prévenue par Angèle, elle n'est pas surprise par la haute végétation. Beau Rivage abandonné qui n'a de Beau que le nom. Rivage perdu, englouti par l'oubli. Ceux qui trouvent qu'une maison abandonnée a du charme sont incapables d'entendre toutes les voix de ceux qui y ont vécu. C'est comme une longue plainte, comme ces âmes errantes en quête de repos. Une supplique d'agonisant qui demande des soins. Elle avance avec précaution, appelle doucement… appelle encore, regarde dans le jardin qui ne ressemble à rien, tourne autour de la maison, voit la voiture presque engloutie dans les hautes herbes. Coup au cœur. Ça y est, voilà, la vie peut reprendre son cours. Le lien est rétabli. Il restera une petite cicatrice sans doute, mais le ruban de la vie recommencera à se dérouler comme avant. Marie est là, enfin, non, elle n'est pas là maintenant, mais elle ne doit pas être bien loin. La voiture, elle, est là, c'est le principal. Elle cherche un peu dans le jardin, descend vers le ruisseau qu'elle trouve évidemment plus petit que dans ses souvenirs. Autant les alentours du village ont changé, autant ce coin de paradis est resté intact, pur. Elle remonte la pente douce et sourit en revoyant ce monticule qu'elles trouvaient vertigineux et dont la descente leur semblait tellement périlleuse. La griserie du danger et de la désobéissance.

Bon, elle va attendre ici. Se poser et attendre. Marie est partie faire une course, se balader, chez le véto avec son chat… Peut-être a-t-elle trouvé un travail ?

Camille attend. Pas le choix. Elle se rapproche de la voiture. Les herbes ont poussé autour. Elle n'a pas changé de place depuis très longtemps. Marie est arrivée et elle s'est « installée ». Il ne doit plus y avoir de batterie si elle ne roule pas. Bientôt, l'utile Kangoo va ressembler à une épave. Allégorie. L'intérieur ? Camille ouvre une porte et réalise durement que c'est là, dans sa voiture, que vit Marie, depuis deux mois, terrée dans cet habitacle, avec un chat. C'est affreux. Comment est-ce possible ?

Il y a ses vêtements, son duvet… un réchaud ? Oui, forcément, un réchaud, une gamelle sale, des reliefs de nourriture mêlés à un amas de vêtements, des protections souillées (mon Dieu, elle a encore des montées de lait !), une poubelle éventrée, et une forte odeur dans tout l'habitacle. Non, ce n'est pas Marie, ça. Marie, l'artiste, si fine et délicate, a donc choisi cette vie-là ? Comment fait-elle pour se laver ? Laver son linge ? Au ruisseau ? Où sont le savon, le dentifrice ? Ses règles revenues, comment fait-elle ? Avec quel argent ? Comment passe-t-elle ses journées ? Ses besoins, OK, dans la nature, mais tout de même, l'argent, comment fait-elle ? Et c'est quoi, ce chat ? Constat d'une perdition fracassante. Évidemment qu'elle n'appelle pas. Pour que quelqu'un assiste à sa déchéance ? D'ailleurs en est-elle consciente ? Tout ce que Camille voit mène à la même conclusion : Marie est en danger, elle a bien fait de venir. Heureusement.

Mais à quoi s'attendait-elle exactement ? À retrouver Marie brodant près de la fenêtre comme sa mère, en fredonnant un air de Bach ? Blanche-Neige à

Lamalou ? Toute propre, toute pimpante, riant avec un petit chat tout rose pour s'harmoniser avec le papier peint ?

Que faire ? Elle rentre sa voiture, la gare derrière celle de Marie. Elle reviendra, puisque c'est ici qu'elle habite. Et commence l'attente. Enfin, l'attente continue mais ce n'est pas la même. En revanche, c'est la même angoisse. Alors, après une grande respiration, état des lieux des activités du coin : pas grand-chose, à part tresser des herbes sèches et écouter la radio. Qui ne passe pas. Bien ! Dormir, alors. L'attente est infernale pour cette grande agitée. Elle opte pour laisser un mot sur le pare-brise de la Kangoo, « Je suis chez Mme Aubenas », le déchire, en écrit un autre, le même, et décide de ne rien laisser qui puisse effrayer son amie. En fin d'après-midi, elle redescend au village et s'installe dans le petit hôtel familial qui ferme bientôt ses portes après une saison prospère. Les deux jours suivants, elle erre dans la région qu'elle connaît peu, finalement, note la beauté des villages sans en être émue, parce que l'inquiétude prend toute la place. Elle passe ses journées à faire des allers-retours, village-maison, maison-village-alentours, maison-maison, elle tourne en rond et finit par arriver au bout de sa patience. Elle craint que ce soit sans résultat, mais on ne sait jamais, elle se présente à la gendarmerie.

Comme à Paris, on ne recherche pas les personnes majeures, et « dans l'intérêt des familles » ne s'applique toujours pas.

Alors, le manège recommence : les hôpitaux, les hôtels, les différentes gendarmeries… Le petit hôtel ferme ses portes. Il va falloir choisir : rentrer ou continuer à chercher son cher fantôme.

Au risque de finir comme lui.

4

Même heure, pas si loin, à la gare de Montpellier. Marie n'a pas bougé. Assise par terre face à la billetterie, elle fixe toujours le guichet. La sécurité l'a reconduite plusieurs fois dehors. Chaque fois, elle est revenue. Il est arrivé que des passants lui donnent quelques centimes. C'est surprenant, elle ne demande jamais rien. Elle doit avoir la tête de l'emploi. Je reste là, mon ange, je ne te quitte pas. Je ne t'abandonne pas. Je reviendrai te chercher. Je te le jure sur ce que j'ai de plus cher au monde : toi.

C'est le soir. Le guichet ferme. Pris d'une irrésistible humanité, le guichetier se dirige vers Marie, elle se lève, il s'approche, elle amorce un départ, il la retient.

— N'ayez pas peur. Je vois bien que vous l'aimez, votre chat. Mais regardez-vous : vous n'avez même pas de quoi vous habiller.

— Mais c'est parce que…

— Je sais, ils vous ont tout pris. Voilà ce qu'on va faire : je vais le garder, vous n'êtes pas en mesure de vous en occuper en ce moment. Ici, on va y faire attention, on va lui donner à manger. Je le garde et, dès que vous allez mieux, que vous avez une maison, un endroit à vous, je vous le redonne, votre Moïse.

C'est une toute petite fille aux grands yeux humides qui lui répond.

— C'est vrai ?

— Oui, c'est vrai. Vous pouvez partir tranquille. Demain, il sera là, après-demain aussi.

— Merci. Merci, monsieur.

Elle sait qu'il a raison, c'est un arrachement cruel qui résonne avec celui d'avant, l'insupportable.

L'employé disparaît. Elle regarde une dernière fois par la fenêtre le chaton qui dort toujours, lui envoie un baiser et, en se retournant à chaque pas, sort enfin de la gare qui se vide de ses voyageurs. Il est tard. Elle reviendra demain, et après-demain et tous les jours. Mais là, où va-t-elle aller ? Elle a froid, elle a faim. Attendre peut-être. Que quelqu'un passe.

Tiens, qu'est-ce que je disais ? La v'là. Eh ben, on dirait que ça y est, la rue l'a baptisée. C'est déjà plus la même. Elle a l'air de ce qu'elle est : une SDF. Pas clocharde, non, clocharde, c'est un statut, SDF, c'est un état. C'est une SDF pur jus. Avant, elle était ADF, Avec Domicile Fixe, mais ça, c'était avant. Regarde-moi ça, on dirait un petit oiseau. Recroquevillée sur un banc. C'est pas comme ça que tu vas t'endormir, poulette, t'es gelée ! Tiens, prends mon manteau, je te le prête. Prêter, seulement, hein, parce que mon manteau, c'est ma maison. Tiens, vise là, t'as l'entrée, toute petite, pour passer les bras, dans le dos, bien large, le salon, et là, dans la poche, la cuisine. Oh, ben qu'est-ce qu'il y a dans la poche ? Du camembert ? Ben ça alors, quelle surprise ! Avec du pain ! Je te fais un sandwich ? Non pas de merci, c'est normal, c'est une pendaison de crémaillère, on fête ton arrivée dans la rue. Attends, il te faut une surprise. Tu vas voir comme les gens sont sympas. Regarde bien et prends-en de la graine. Tu vois la dame là-bas ? Elle va te faire un cadeau. Ma chère dame, ayez pas peur, je m'appelle Pierre, et elle, c'est une nouvelle et elle a besoin d'encouragement. Et je veux lui montrer ce que c'est la solidarité, le don, je voudrais lui faire un accueil comme il se doit, mais vous savez ce que c'est, avec mes petits moyens, j'y arrive pas. Oh, elle est pas exigeante. Un peu de saucisson, ça lui suffirait, hein, princesse ? Regardez les yeux qu'elle a, elle parle pas beaucoup, c'est toujours comme ça avec les nouveaux. Vous connaissez le refrain : À vot' bon cœur, m'dame ! Cinq euros, vous êtes une reine ! Le bon Dieu vous le rendra, les derniers seront les premiers, et passez muscade ! T'as vu, c'est pas plus difficile que ça, allez, viens, je t'emmène chez l'Arabe, il a une petite piquette, tu m'en diras des nouvelles. Un Boulaouane, le nectar des Aurès. Ah ben oui, faut boire au goulot ! Tu sais rien faire, toi, dis donc. Allez hop, d'un coup. Ah, tu vois, tu ris, c'est bon signe. *Welcome darling! Welcome, willkommen.* Y avait un film qui commençait comme ça : *welcome* et bienvenue, *willkommen*, une comédie musicale. Ça t'en bouche un coin, hein ? J'ai de la connaissance, c'est tout ! Allez, trinque avec moi ! Ben oui, j'ai eu une maison, une famille, une vie, quoi. Une maison Mansart pierres de taille, banlieue chic. Oui, mais alors, qu'est-ce que j'étais con ! Heureusement, j'ai fait faillite ! Alors qu'est-ce que tu crois qu'elle a fait ma femme… à ta santé ! elle s'est barrée, plus de femme, plus d'enfants, plus d'entreprise, plus d'argent. La rue ! « Toi, la rue, tu m'as pris dans tes bras ! » Chante avec moi, ouais, comme ça ! Et si tu fais bien attention, bras en verlan, ça fait bars ! Bars !! C'est un appel à la consommation, ça. Tiens, bois un coup ! Hé là, pas tout ! C'est pas extensible ces machins-là, laisse-m'en un peu. La rue, c'est la liberté, plus de soucis, plus de pension alimentaire, plus de factures, plus de contraventions, la liberté, je te dis. Dis donc, t'as la descente rapide pour une débutante. Ça réchauffe, hein ? Redonne-moi mon manteau. Je te l'avais dit : seulement prêté. Mon manteau, c'est ma maison. Même en été, je le quitte pas. File-le-moi, je te dis. Tu vas te dépêcher, oui ? C'est pas croyable, qu'est-ce qu'elle croit, que je suis débile, qu'elle peut profiter de moi comme ça ? Ouais, parfaitement, je me barre, je vais voir si l'herbe est plus verte ailleurs. Et mets-toi bien une chose dans ta petite tête : j'ai pas de comptes à te rendre, OK ? Salut, et à jamais ! Non non, tu restes là, tu me colles pas aux basques. Qu'est-ce t'as à me suivre ? Tu vas me lâcher, oui ? Casse-toi ! Non mais des fois. Arrête de me suivre, je te dis ! On dirait un chien. Fous le camp ! Non mais, tu vas obéir, oui ? Tiens, conasse, tiens, tu l'as pas volé… ! Non mais regarde-moi la gonzesse… pour une pichenette ! Tu pleures ? Mauviette ! T'en veux une autre ? Comme ça ? Lâche-moi !!! Mais il faut te massacrer pour que tu me lâches ? Tiens, prends ça ! Tu l'auras voulu ! Et là, tu comprends mieux ? Saleté, pourriture, ordure ! Prends ça encore, et ça… et ça ! Eh ben, voilà, tu vois, t'es calme quand tu veux. Sale pute… ! Y a que comme ça qu'elles comprennent. Toutes. Ça les calme. Pour longtemps, j'espère. Et moi aussi, ça me calme. Aaah, ça va mieux. Faut plus que je traîne dans les gares, y a trop de nouveaux, c'est pas bon. Faut que je me protège. « Toi, la rue, tu m'as pris dans tes bars ! » Aaaaaah, les bars… quelle rigolade ! Vive la vie !

5

Personne ne s'est arrêté pendant ce passage à tabac. Des gens allaient et venaient, des êtres humains tout ce qu'il y a de plus normal, qui ont des familles, des histoires d'amour, des deuils, des chagrins, des enfants, de la compassion quand ils signent des pétitions mais qui ne savent pas vraiment lesquelles, simplement l'image était touchante, « Oh... y avait un petit lionceau trop mignon sans sa maman, il faut le sauver, je signe ! et je partage », des gens ordinaires, comme vous et moi, pas plus méchants que vous et moi, ils sont passés, peut-être que parmi ces gens, nous y étions, vous et moi, et personne, personne ne s'est arrêté. Une femme qui se fait casser la gueule par une armoire à glace avinée, quoi de plus banal, normal, habituel ? Qu'ils se débrouillent entre eux, après tout, elle avait qu'à pas être là. On connaît tous la même histoire, celle d'un type un jour qui a essayé de défendre une femme qui se faisait sévèrement cogner, eh ben, c'est la femme elle-même qui a insulté le bon Samaritain ! Si, si ! De quoi il se mêlait celui-là, qu'il s'occupe de ses affaires. Non, on va pas s'immiscer dans des histoires de couple, ou d'alcool d'ailleurs ! Il frappait fort quand même et elle, c'était un petit modèle... évidemment que ça m'a fait de la peine, mais j'ai pas le temps, moi, je rentre chez moi et je pourrai raconter que dis donc, qu'est-ce qu'il lui a mis le gars, et puis il était pas frais. Mais j'aurais rien pu faire, j'avais déjà les courses qui me pesaient au bout de chaque bras. Remarque, t'as raison, j'aurais pu lui balancer un filet garni de chaque côté. Tiens, un kilo de courgettes à gauche, et un camembert à droite. Ah ben oui, évidemment, la bouteille de chablis ! Ah ben, non, pas le chablis, des fois qu'il casse ! Le chablis, c'est sacré !

Voilà. Marie est restée toute seule avec sa gueule de travers. Elle a mis du temps à se redresser. Elle est arrivée au bout. Elle se traîne sous une porte cochère et n'attend pas très longtemps pour entendre : Faut pas rester là, madame, vous gênez. C'est bien le problème, elle gêne. Elle a voulu tout quitter, ça a marché au-delà de ses espérances. Voilà, elle y est, à la grande réussite de sa vie. C'était donc pour en arriver là qu'elle a fait tout ce chemin depuis les Beaux-Arts ! Vous devriez pas rester là... Allez aux Restos du Cœur, ils vous aideront. Sympas les bourgeois finalement, ils vont jusqu'à donner des adresses, quelle générosité ! Surtout, ne me dis pas de venir chez toi, ne me soigne pas, ne me donne pas le minimum qu'on puisse donner à un semblable : l'humanité. À deux rues d'ici, vous avez les Restos du Cœur, d'ailleurs c'est un peu trop près, mais ça, on ne peut plus rien y faire. On a essayé pourtant, on a écrit au maire, rien n'y a fait, alors on sait qu'il y a des heures où il vaut mieux ne pas trop traîner dans les rues. Comme maintenant. Une sorte de couvre-feu, quoi. Si on avait su, on aurait acheté dans un autre quartier. Oh, vous me faites de la peine, les Restos, c'est la deuxième à droite. Courage ! Et bonne chance !

Elle a mal, elle ne sait pas vraiment comment c'est arrivé, ils chantaient et, tout à coup, elle s'est sentie valdinguer sur le bitume, sa tête a cogné le sol, enfin elle croit. Mal partout. Le poids de l'homme sur elle qui frappe. C'est drôle comme à un moment on ne sent plus rien. La douleur est surprenante. Elle disparaît sur le moment mais reviendra plus fort demain. Terrible.

C'est pas facile de marcher quand on n'a plus de corps. Il lui a fallu un temps infini pour arriver à la deuxième à droite. C'est vrai, il y a un Resto. Ça s'agglutine. Ça sent la misère. Et la chaleur du partage. Dommage, elle n'a pas faim. Le sandwich camembert qu'elle a vomi au milieu des coups lui a suffi. Elle ne doit pas être très belle à voir, tous s'écartent sur son passage. Elle s'approche de la table. Elle n'arrive pas à s'asseoir.

— Eh ben, dites donc, il y est pas allé de main morte. Venez par ici, j'ai une trousse pour les urgences. Il faut vous reposer, vous avez un endroit pour dormir ? Je vais vous arranger ça, mais c'est exceptionnel, malheureusement, vous ne pourrez pas y rester plus d'une nuit. Mais on ne sait jamais. C'est le couvent des bénédictines. En cas d'extrême urgence, elles ouvrent une cellule. De refuge, pas de police, faut pas confondre. Je m'appelle Marthe, venez. Ça fait mal, je suppose ? Je vais vous emmener à l'hôpital.

Non. Non, pas l'hôpital. Elle ne peut pas parler, mais surtout, elle ne veut pas. Finalement, le mutisme est une valeur sûre. Marthe est dans la fleur de l'âge : la soixantaine. Ronde, fatiguée, elle s'occupe des autres pour ne pas s'occuper d'elle. C'est utile, parfois, la dépréciation de soi. Elle isole Marie, lui donne un antidouleur, il y a peu de plaies, pratiquement pas, mais les coups l'ont déjà bien abîmée. Et ce n'est rien à côté de demain. Elle en a au moins pour quinze jours avant de dégonfler, et quinze autres avant de retrouver un visage normal, en espérant que la pommette ne soit pas cassée ou fêlée. Ce serait bien, une radio, tout de même.

Non. OK, alors, granules d'Arnica Montana, 9 CH, pommade Voltaren 2 %, et Doliprane, la routine.

— Une soupe, ça passerait ?

Non. Marthe s'éloigne et appelle le couvent.

— Sœur Odile, s'il vous plaît, de la part de Marthe, des Restos du Cœur… Oui, bonsoir, ma sœur, c'est une urgence. Elle est mal en point. Elle a besoin de repos. Au moins pour cette nuit… Non non, pas plus, cette nuit seulement, d'accord. Je vous remercie, ma sœur. On arrive à l'instant.

Tout en se préparant, elle glisse un mot à l'oreille de l'autre bénévole, prend son sac à la volée et Marie, doucement, par le bras.

— Venez avec moi. Ma voiture est garée juste là.

Une 4L sans âge, juste ce qu'on attend d'une militante. La 2CV aurait été un peu trop démonstratif, du genre : non, je n'ai pas changé, je suis toujours la même jeune fille, cheveux au vent, rieuse, insouciante et engagée, tandis que la 4L, c'est du sérieux, de la base militante, sourcils froncés, chaussures en crêpe, la voiture utile qui ne se la pète pas. Une Kangoo avant l'heure.

Prise en charge, Marie peut s'abandonner. Pourvu qu'il y ait un antalgique plus fort au couvent. Marthe la rassure, conduit d'une main, l'autre dans la main de Marie.

— Soyez tranquille, elles vont bien s'occuper de vous. Essayez d'aller à l'hôpital, c'est important. Et revenez me voir après, on trouvera sûrement quelque chose pour vous.

La bonne âme espère avoir sauvé la femme errante. Marthe remet Marie entre les mains de sœur Odile et retourne servir la soupe aux démunis, désespérée de l'humanité.

6

Marie ne se souvient pas de son arrivée au couvent, l'accueil de sœur Odile, la beauté du cloître. Elle s'est laissé porter. Elle se souvient du silence, de l'atmosphère ouatée, des voix qui toutes chuchotaient, d'une gentillesse profonde, gaie, illuminée, d'une cloche qui sonnait régulièrement, d'une minuscule cellule aux parfums d'encens, blanche et marron glacé, les couleurs du renoncement, où elle a dormi deux nuits et deux jours entiers. Deux jours de douceur. Normalement, les sœurs ne gardent qu'une nuit les plus malheureuses ou les plus mal en point, mais l'état de Marie nécessitait une pause plus longue. Le deuxième jour, sœur Odile lui a expliqué qu'il fallait qu'elle laisse la place à une autre mais qu'à la mairie existait un accueil pour les personnes en difficulté. Il y a Emmaüs aussi, mais c'est loin. Elles l'ont habillée de pied en cap (sauf le manteau, nous n'en avons pas, mais les pulls sont bien chauds), sous-vêtements compris, avec ce dont elles disposaient. Tout était trop grand et sentait bon cette lessive d'antan. Marie est repartie avec un petit baluchon en drap écru bien solide, fabriqué par les sœurs et qu'elles vendent dans leur boutique de produits manufacturés à l'entrée du couvent. Les bénéfices soulagent l'archevêché du lourd entretien de la communauté, et le Vatican, de l'obligation de subvenir aux besoins de ses servantes et de ses pauvres. On y trouve des confitures, du miel, des torchons, serviettes et draps de lin, parfois brodés, des rideaux, depuis peu, et des fourre-tout. Marie trouva dans le sien un nécessaire d'hygiène rudimentaire, dont du coton pour ses seins et des protections pour ses règles. Jusqu'à présent, elle avait fait comme les démunies : elle s'était débrouillée. Avec des chiffons qu'elle lavait à la rivière et qui n'étaient pas toujours secs quand elle les réutilisait. Ce petit sac de toile écrue, son seul bien finalement, devient la chose la plus importante de son errance, un saint Doudou, un talisman, un grigri qui la protégerait et qui surtout lui rappellerait que la douceur avait existé un jour.

Oui, elle est allée à la mairie, oui, c'était fermé ce jour-là, et le lendemain aussi. Les heures d'ouverture, de huit à neuf et de treize à quatorze, correspondaient exactement aux horaires des repas qu'on pouvait trouver un peu partout. Et les repas, dans la rue, on ne s'amuse pas à les sauter quand il y en a.

Quelques jours plus tard, en sortant d'une restauration rapide où elle avait utilisé les toilettes, elle tint la porte à une dame qui lui donna une petite pièce. Merci. Elle devait vraiment avoir l'air de ce qu'elle était ; le geste la surprit, c'était inattendu et à la fois une aubaine, un signe. À la gare déjà, on lui avait donné de l'argent sans qu'elle demande rien. Elle inspirait peut-être la pitié, ou un avenir. On ne jette pas de l'argent dans un puits sans fond. On donne parce qu'on se dit que ça vaut le coup, que là, on peut aider, non ? C'est ce qu'elle pensait, en tout cas. Elle commença alors à ouvrir et fermer des portes pendant plusieurs jours, et finit par se constituer une petite cagnotte. Un début. Très vite, les clients lui donnèrent leurs restes, de délicieuses frites froides et des bouts de sandwich bien gras, un délice. Une petite fille revenait régulièrement, mercredi avec maman et samedi avec papa. Elle était tellement jolie, tellement idéale : des tresses, un petit manteau anglais bleu ciel, toute propre brillante, sage et gentille. Un jour, Marie s'accroupit à sa hauteur et lui demanda comment elle s'appelait : Ophélie. Même son nom était poétique. Le papa tira un peu la petite fille par la main qui partit en disant : elle est gentille, la dame. Marie étouffa.

Les coups reçus la marquèrent longtemps, comme prévu, mais finalement, ça lui servait à apitoyer les gens. Parce qu'elle ne l'utilisait pas de façon évidente. Elle avait aussi compris que la propreté était essentielle pour tendre la main. Qu'elle ne tendait pas, d'ailleurs. Simplement, elle ouvrait les portes, d'ici ou là, jusqu'à ce qu'un serveur ou une patronne lui demande de bien vouloir s'en aller.

Elle dort où elle peut. Dans des parkings, bien sûr, mais il y a beaucoup trop de femmes comme elle, les hommes le savent et, finalement, ce ne sont pas des lieux sûrs. Non, le mieux, le plus simple : se glisser derrière quelqu'un dans le hall d'un immeuble. Les plus cossus ont toujours une sorte de banc. Alors, elle s'y installe et essaie de déguerpir avant que les nantis se rendent compte de sa présence.

Ce matin, branle-bas de combat dans la rue. Des figures rencontrées cent fois dans ses errances marchent vivement dans la même direction. Il se passe quelque chose. Elle laisse les portes et son déjeuner, et suit le mouvement.

Sur la Grand-Place, la place de la Comédie, un camion est arrêté et un groupe bruyant de pauvres gens l'entoure. Ils doivent distribuer quelque chose parce que les gens se bousculent. Ils tendent les bras, certains reçoivent quelque chose et repartent avec leur trésor bien serré contre eux. Qu'est-ce que c'est ? Qui sont ces gens ? Qu'est-ce qu'ils donnent ? Marie s'approche un peu, à distance de sécurité. Elle a appris à se mettre toujours en retrait, les autres sont dangereux. Elle est loin du camion mais pourtant elle croise le regard de celui qui, dans l'habitacle, s'agite et distribue. Des vêtements, il distribue des vêtements. Elle n'en a pas besoin, elle a ce qu'il faut sur elle. En avoir davantage la gênerait dans ses déplacements. Il lui faudrait un caddie pour porter tout ça et non, elle, non. Peut-être un manteau, c'est vrai, elle a tout le temps froid, et un manteau l'arrangerait bien. Mais pour ça, il faudrait s'approcher. Elle a peur de se faire bousculer, même légèrement. Elle fuit les rencontres, les contacts, les groupes. Elle n'est plus retournée aux Restos du Cœur, elle préfère être seule et se débrouiller comme elle peut. Elle va tous les jours à la gare pour apercevoir Moïse, qui va très bien et grandit gaiement. Finalement, le monsieur est gentil, il s'occupe bien de lui. Il est désolé de voir l'état de Marie. Ils échangent des bonjours de loin, des sourires vagues, des hochements de tête. Un langage sans mot. Ça va ? Oui, ça va. Et lui ? Parfait, très mignon. Viens voir ta mère. Il montre Moïse qui se tortille et joue avec le visage du guichetier qui rit. Marie aussi. Et elle repart. Bientôt, elle viendra le chercher.

À l'intérieur du camion, ça ne va pas vraiment. Des gens tentent d'y monter, ils sont repoussés, et la distribution de vêtements est en train de virer à l'empoignade.

— Descendez, descendez, on va arrêter, si vous continuez… OK… Jo, referme le hayon.

— Pousse-toi, Christophe, tu vas te retrouver coincé.

Elle est derrière ceux qui tentent un assaut, debout, seule, sans avidité. Christophe a remarqué Marie. Elle, a besoin d'un manteau. Mais elle ne s'approche pas. Comment faire pour lui en lancer un ? Il est réellement attaqué, il n'a pas le choix, il faut partir. De toute façon, ça ne marcherait pas, elle se le ferait prendre immédiatement. Certains sont prêts à tout pour attraper plus qu'ils n'ont besoin. C'est peut-être dans la nature humaine. La dévoration, l'insatiabilité qui ronge et ravage tout. Personne n'en a jamais assez, les riches qui multiplient les stock-options, leur argent caché dans les paradis fiscaux, les actionnaires qui veulent sans fin grossir leurs dividendes, voilà, même là, dans la rue, les miséreux thésaurisent des vêtements, de la nourriture, des caddies, signes extérieurs de leurs richesses.

Jo a refermé le hayon et Christophe prend le volant. Il a attrapé un manteau au hasard et démarre. Il fait demi-tour, passe devant Marie et le lui lance.

— Tenez, c'est pour vous.

Comme il le craignait, le manteau atterrit dans les mains d'un autre qui part en courant.

— Je suis désolé. Mais on revient jeudi prochain. Vous serez là ? À midi.

Marie fait oui de la tête. Christophe voit le visage de plus près, ce renoncement dans les yeux, les traces des coups encore présentes, la finesse de cette femme perdue.

— Jeudi ! Midi ! Sans faute !

Et le camion quitte la place. Sur ses flancs est écrit : Emmaüs, Saint-Aunès.

Emmaüs. Sœur Clotilde lui en avait parlé. Jeudi midi. C'est quand ? Les jours n'existent plus depuis longtemps pour Marie. Aujourd'hui, c'est peut-être dimanche ou mercredi. Jeudi, elle sera là. À condition qu'elle sache quel jour on est aujourd'hui.

— Quel jour on est ?

— Mardi.

Dans deux jours ! Ce sera facile d'attendre. Deux jours, c'est pas long. Elle pense à Camille et aux garçons, ses filleuls : dans deux dodos, tu vois, c'est pas long. Non, c'est pas long, enfin, ça dépend du lit où on dort… Celui de Marie est un peu rude, mais elle s'en fiche : elle a rendez-vous.

7

Elle est fatiguée. Elle a dormi dans un squat. Il y en a quelques-uns à Montpellier, mais c'est rare qu'ils acceptent les gens de la rue, surtout des femmes. Elle en a marre. Si seulement elle pouvait boire, s'enivrer. Mais elle n'aime pas ça. Elle n'en ressent aucun bienfait, aucune amélioration, bien au contraire, et l'ivresse ne la calme pas. L'alcool la rend seulement malade. Elle envie ceux qui s'échappent grâce à ses effluves. Elle aurait moins peur tout le temps, il y aurait le répit de l'enivrement, quand le corps et l'esprit sont anesthésiés. Peur, peur des mauvaises rencontres, d'être encore battue, peur qu'on la vole, qu'on la viole, comme elle a entendu des femmes le raconter, peur de ne pas manger, de ne pas dormir, d'avoir froid, d'être arrêtée, d'avoir ses règles.

Elle tourne en rond dans le centre piétonnier, le sac de toile des sœurs bénédictines toujours en bandoulière. C'est dans ces ruelles tortueuses qu'évoluent les mendiants. Avec ou sans chiens. Le rendez-vous de jeudi trouble ses itinéraires favoris et sa déambulation est irréfléchie. Elle va au hasard, passe devant la vie des autres, une boutique de sous-vêtements qui ne représentent plus rien pour elle, des kebabs, trop copieux, des boutiques de fringues en veux-tu en voilà, une mercerie, ah bon, ça existe encore ? sa mère qui tricote devant la télé, une banque, une galerie d'art… Et tout revient d'un coup. Du plus profond d'elle-même explose le désir : sentir, toucher, s'unir à la peinture. La porte est grande ouverte, il n'y a personne à l'intérieur. Elle entre comme un chat en terre inconnue, lentement, dans ce monde qui est le sien, happée par les tableaux, s'arrête longuement devant chacun d'entre eux, dans une petite extase. Dans la douceur. Comme lors d'un chemin de croix, elle passe d'une toile à l'autre. Elle veut rester là toujours. Au milieu, une sculpture de marbre noir emplit l'espace. Une femme, sobre et puissante, un corps de femme, tout en courbes et en brillance. L'appel est irrésistible. Elle caresse la matière, les contours, laisse sa main glisser le long des formes. Elle ferme les yeux, elle n'est plus là, elle est dans la rencontre, elle suit les lignes, le son de sa main qui glisse sur la pierre. Le ventre rond, le dos dans son étendue, comme un pays… La géographie d'un corps. Sa main descend et remonte, les épaules qui cassent le rythme de la continuité, qui précipitent les bras, les mains de soie sous ses mains abîmées…

— Qu'est-ce que vous faites là ?

C'était inévitable. Une femme, café à la main, la considère sans aucune aménité. Marie est toujours illuminée.

— C'est magnifique...

— Sortez immédiatement ou j'appelle la police.

Et, joignant le geste à la parole, elle brandit son téléphone.

Descente brutale dans le monde des bas du front.

— Je regarde, c'est tout.

— Malheureusement, on vous regarde aussi. Vous faites peur. Vous allez faire fuir la clientèle. Dehors !

Là, ça suffit... Marie envisage la galerie.

— Une clientèle ? Vous avez vu des clients, ici ? Ils sont cachés où ?

— Et puis éloignez-vous des murs.

— Vous avez peur que je les salisse ?

Elle frotte ses mains sur le mur.

— Comme ça ?

Effectivement, ça laisse des traces.

— J'appelle la police.

— C'est ça, appelez la police. Vous ne la méritez pas, cette expo.

Elle sort furieuse. Faire quelque chose de spectaculaire qui fasse du mal et qui calme sa rage. On l'a surprise en flagrant délit d'abandon de soi, elle n'aurait pas dû, c'est trop dangereux. Elle en sait plus sur la peinture que cette femme ordinaire et bornée. Toute sa révolte l'embrase. Elle veut un haut fait d'armes.

— Je regrette de ne pas pouvoir pisser sur votre vitrine. Mais je vais quand même pisser devant.

Elle joint le geste à la parole pendant que la dinde, dans la galerie, s'étrangle au téléphone.

— Venez vite, elle fait ses besoins devant la galerie !!! Vite !! Cinq minutes ??

— Oh, j'en ai pas pour si longtemps. Dans deux secondes, c'est fini… Voilà ! La prochaine fois, quand vous irez chercher un café, fermez bien à clé. Gardez l'art bien enfermé. On sait que c'est pas pour les pauvres.

Et elle s'éloigne, pas mécontente d'elle et, pour être honnête, tout à fait meurtrie. Elle aimerait bien pleurer mais elle n'a plus de larmes. Elle continue vaguement son chemin quand une main ferme la retient.

— Alors comme ça, on urine sur la voie publique ?

Deux policiers municipaux la tiennent en respect. La suite est connue. Pas de Marie. Première interpellation, elle fait connaissance avec la loi, sa rigueur, sa complaisance ou son injustice, selon à qui elle s'adresse. Au poste de police, ils relèvent son identité. C'est drôle mais ça a un effet thérapeutique. Elle a un nom, elle avait une adresse. À part ça, c'est tout, mais c'est tout de même un petit choc : on ne se défait pas de soi aussi facilement.

— Ça y est, vous êtes fichée. Vous pouvez être fière, vous avez un vrai statut maintenant : SDF ! On va pas vous coller d'amende, ça ne servirait à rien, mais un petit tour au frais, ça vous fera du bien.

— Avec des hommes qui pissent partout ?

C'est un mot de trop. Le policier réagit.

— Marlène… fouille au corps.

Et il part. Marlène arrive. Genre très balaise. À ne pas laisser un jeune homme fragile en tête à tête avec elle.

— Par ici… déshabillez-vous… Déshabillez-vous !

S'extraire de son corps, regarder tout d'en haut, se coller au plafond et ne plus être là.

— Pas de soutien-gorge ? Ça ira plus vite. Culotte… Enlevez tout, s'il vous plaît.

Elle ne se serait pas dissociée qu'elle se sentirait encore plus minable, abîmée, salie.

— Vous me faites pitié, tiens. Je vous fais pas la totale, ça me dégoûte. Rhabillez-vous.

C'est facile d'abîmer quelqu'un qui est déjà à terre.

La cellule est comme toutes les cellules, sale et odorante de toutes les humeurs de ses occupants précédents. Coup de chance, elle est seule.

Tant bien que mal, elle passe une nuit rude mais au moins au chaud, ou plutôt au tiède.

C'est sans ménagement qu'un jeune policier la réveille au matin.

— Petit déj ! C'est l'heure ! Café-croissant ! Allez, vous pouvez sortir.

Leurs regards se croisent. Il est déstabilisé par celui de Marie, clair, limpide et innocent.

— Vous pouvez sortir, madame. Votre sac. Signez là.

Et il ajoute plus doucement :

— Je vous souhaite bonne chance.

Marie hésite et revient vers lui.

— Quel jour on est ?

— Jeudi.

— Il est quelle heure ?

— Sept heures.

— Ça va.

Elle tourne entièrement son visage vers lui et s'illumine d'un sourire timide et touchant.

— J'ai un rendez-vous…

— Ah…

— Oui, c'est pour un manteau. Je suis contente. Au revoir.

— Au revoir, madame.

Il la regarde partir, tout de même un peu chahuté par l'injustice de la vie. Il s'y fera.

8

Que faire jusqu'à midi avec son impatience ? Elle n'a plus faim. Elle qui se plaignait de ses jolies rondeurs, elle peut sûrement rentrer maintenant dans un petit 36. Taille mannequin anorexique. Son ancien rêve. Elle n'a plus faim depuis longtemps. Elle n'a plus ses règles non plus. Alors comment expliquer qu'elle ait toujours du lait ? Moins qu'avant, c'est vrai, mais toujours. Elle n'y fait plus attention, ça fait partie d'elle. Marie, quarante-deux ans, quarante-trois déjà, vaguement blonde, un mètre soixante-cinq, yeux clairs, signes particuliers : montées de lait.

Elle renonce au petit déjeuner des restaurants rapides. C'est pas grave : elle a rendez-vous. Pour se réchauffer, elle fait les cent pas, s'assoit, arpente les pavés, c'est jamais bon d'être trop en avance. Pardon, vous avez l'heure ? Le temps ne passe pas. Bientôt quelqu'un lui répond :

— Midi moins dix.

Et midi sonne au carillon de la ville. Elle qui n'attendait plus rien de personne a le cœur qui bat. Ils vont revenir, elle va avoir un manteau. Elle est entrée en contact avec un être humain qui lui veut du bien. Comme Marthe, comme sœur Odile. C'est là son rendez-vous.

Midi, midi et quart, midi et demie, personne. La brûlure de la déception lui fait mal jusque dans la poitrine. Elle n'aurait jamais dû laisser cette brêche ouverte, celle de l'abandon. Le poison de la confiance s'est infiltré en elle et la brûle entièrement.

Ça y est, elle s'est extraite des sentiments, elle n'est plus déçue, elle ne ressent plus rien, c'est mieux comme ça. Elle a encore le temps de passer chez l'Italien. Si le patron ne la voit pas, ça marche bien, c'est d'un bon rendement. Au moment où elle s'en va, un homme arrive en courant. La place est grande mais il est habitué à repérer les malheureux. Il la voit juste au moment où elle disparaît dans les rues piétonnes. Quand il la rattrape, elle est déjà murée dans son indifférence.

— Je suis désolé, j'ai eu une panne avec le camion et j'ai attendu le garagiste. Il a été sympa, il a fait le plus vite possible, mais bon, je suis en retard quand même. Je suis garé de l'autre côté. Tenez, votre manteau.

Marie considère le vêtement comme quelqu'un avec qui on va faire un bon bout de chemin. Il est en laine grise, anthracite précisément, de coupe très classique, une large redingote, un peu grand, vraiment un peu grand. Avec des poches profondes. Un vrai manteau de clodo. Elle l'examine, l'enfile sans un mot, et suppose qu'il est parfait. Il sera désormais sa maison, l'entrée dans les manches, le salon dans le dos, large, et dans les poches, la cuisine....

— Vous voulez bien venir avec moi ?

Elle ne sait pas. Elle le regarde.

— Le camion n'est pas loin, je vous assure. Cinq minutes à tout casser. On y va ?

Elle ne sait pas. Elle le regarde.

Il doit la jouer plus fine que ça, sinon il va la perdre, elle va disparaître, et après il lui faudra un temps infini pour la retrouver et la convaincre.

— On va faire mieux que ça. Vous n'avez pas déjeuné ? Moi non plus. On va prendre notre temps, on va faire connaissance. Si vous voulez bien.

Il voit que Marie n'est pas comme d'autres. Bien sûr, il y a de tout dans la rue, chacun a son histoire. Mais elle, elle est vraiment fragile.

— Vous voulez bien ? On s'assoit quelque part ? Là, en face.

Oui, ça, elle veut bien. Elle ne sera pas hors de ses périmètres. Ils s'assoient. Trop longtemps qu'elle n'a pas été une cliente, une consommatrice, elle trouve cette inversion plutôt juste : une seconde avant, mendiante, une seconde après, cliente ! Ça la fait presque sourire. Même s'il ne comprend pas, Christophe estime le silence de Marie positif.

— Qu'est-ce que vous prenez ?

La voix est rauque, le timbre, bas.

— Un crème ?

— Parfait. Avec un sandwich ?

Non, un crème, c'est déjà bien, ça fait longtemps. Elle secoue la tête.

— Un crème et un café, s'il vous plaît.

Il prend un café ? Pas une bière ? Il fait ce qu'il veut après tout. Elle regarde le serveur qui la renvoyait la veille parce qu'elle ouvrait les portes. Elle trouve ça délicieux.

Christophe a un pied dans la place. Il sait comment faire.

— Je vais vous parler de moi, peut-être ?

Si ça lui fait plaisir, pourquoi pas ? Il n'a pas l'air trop méchant. Pour l'instant.

— Je suis Compagnon à Emmaüs. Vous connaissez ?

Ben oui, elle connaît, qui ne connaît pas ?

— Depuis cinq ans, je vis à Saint-Aunès, où se trouve Emmaüs. Je m'occupe de la logistique. C'est un mot pompeux pour dire que je fais un peu de tout. J'organise les manifestations, je fais tourner les équipes, je nomme les responsables, je suis un lien entre les Compagnons, la direction et l'extérieur, c'est-à-dire que je suis débordé à ne pas faire grand-chose…

Faire le modeste pour séduire. Mais le public est difficile, aujourd'hui. Marie écoute, impassible. Elle ne voit pas où il veut en venir.

— Je n'ai pas toujours travaillé à Emmaüs. Avant, j'étais ici, comme vous. Dans la rue. Longtemps. Accroché à ma bouteille.

Marie lève les yeux sur cet homme qui est remonté sur le bateau et qui n'a pas honte d'avouer son ancienne perdition. Christophe a réussi à capter son attention. Il en était sûr, la sincérité, ça marche toujours.

— J'étais pas loin, au coin de cet immeuble, là. C'était ma place. C'est une dame qui m'a sauvé. Ça a pris des mois. Elle habitait là, au troisième étage. Elle a commencé par me dire bonjour, on a échangé quelques mots, après elle m'a demandé de l'aider, à porter des colis, déplacer une armoire, déboucher un évier, des petits boulots, quoi, puis elle m'a parlé d'Emmaüs, et enfin, elle m'y a emmené, un jour où j'étais prêt. Je lui dois beaucoup. Par respect pour elle, par reconnaissance, ça a pris du temps, mais j'ai fini par ne plus avaler une goutte d'alcool. Aussi, un café, c'est très bien.

Marie le regarde vraiment. Oui, on voit que la vie lui est passée dessus. Son visage est abîmé par l'alcool, un visage fatigué qui en a vu beaucoup trop.

— Comme tous les gens qui sont là-bas, j'avais une vie avant, j'étais informaticien. J'ai eu… j'ai eu… de… enfin, après un accident, j'ai pas tenu le coup. Je me suis laissé couler. Et ça va vite, non ? Je m'appelle Christophe.

Il lui en faut plus. Elle ne va pas s'abandonner comme ça et suivre le premier venu qui lui donne un manteau. Elle en a entendu d'autres, des promesses… Il a compris, il n'a plus le choix. Il doit faire tapis, s'ouvrir le ventre. Parce qu'elle l'exige par son silence. D'accord. Il est prêt à se lacérer jusqu'à ce qu'elle accepte la main qu'il lui tend. Être sauveteur a parfois un prix.

— J'étais informaticien. J'étais marié, très heureux. Apparemment. On avait un petit garçon, Jules, il avait quatre ans, un enfant prodige pour nous. Dans mon métier, je faisais beaucoup de présentations, de conférences, de recherches avec d'autres groupes, d'autres sociétés. Ça se terminait toujours de la même façon : un apéro. Puis deux. Ma femme me mettait en garde contre ce qui était devenu un alcoolisme mondain, avec des fins de nuit qui n'avaient plus rien de chic. J'ai glissé peu à peu dans une dérive où ma famille n'avait plus tout à fait la même place. Je commençais à boire nuit et jour, et bizarrement, toujours impeccable dans mon travail, j'étais au top, alors pourquoi s'en faire ? Et un dimanche en fin d'après-midi, on sortait d'un déjeuner de famille, personne n'a pu me convaincre de ne pas conduire pour rentrer. Trois grammes dans le sang. J'avais toujours maîtrisé. Pas ce jour-là. On s'est disputés fort et j'ai perdu le contrôle de la voiture. Je ne me suis rendu compte de rien. Elle n'a pas survécu. Mon fils non plus. Et moi, il a fallu que je continue à vivre. Prison avec et sans sursis. Et en sortant, je me suis retrouvé ici. Voilà.

Il s'arrête. Il ne peut pas faire plus. Marie a mal pour lui. C'est une sœur qui le regarde. Elle sait la souffrance de cet homme, la chair à vif. Elle ne peut plus pleurer, mais elle peut le rencontrer.

— Je m'appelle Marie.

Ça y est, elle est là. Il ne s'est pas fait mal pour rien. L'avenir dira. Il faut qu'il enchaîne, mais il a du mal à reprendre son souffle.

— Faut pas rester ici, Marie. Vous n'êtes pas faite pour cette vie-là. Personne, d'ailleurs. Mais vous, vous venez d'arriver, ça se voit, vous êtes trop fragile. On n'a pas le droit de vous laisser vous noyer. Le malheur ne dure pas, Marie, vous pouvez me croire…

Camille le lui avait déjà dit. Mais c'était faux. Le malheur avait duré.

— Venez avec moi. Chez Emmaüs, vous aurez une chambre, une douche et un travail, si vous le désirez. Soyez indulgente avec vous-même, ne vous en demandez pas trop… Finissez votre crème et venez avec moi.

Il aimerait ajouter : pardonnez-vous, mais c'était encore trop tôt. Est-ce que lui s'était pardonné ? Non.

Il a trouvé les mots justes, les mots vrais. Marie rend les armes. D'accord, elle va venir. La promesse de l'Eldorado, si elle est vraie, lui plaît bien. Elle suit Christophe. Malgré sa résistance, elle ose le croire.

Dans le camion enfin réparé, direction Saint-Aunès. Ils passent devant la gare.

— Attendez ! Arrêtez-vous. S'il vous plaît, arrêtez-vous !

La voix est intense, profonde, la demande semble essentielle.

Elle descend en pleine circulation et court vers la gare. Bon, ça va pas être aussi simple qu'il le pensait. Bien sûr, Marie ne tombe pas du ciel, elle a une histoire, une vie avant. Il se gare en urgence sur le trottoir et la retrouve qui parlemente au guichet.

— Puisque je vous dis que j'ai une maison ! Vous m'aviez promis, vous aviez dit que … Vous pouvez pas le garder ! S'il vous plaît ! S'il vous plaît… C'est mon chat, vous aviez promis.

Christophe comprend tout. Un très jeune chat est là, qui joue dans la pièce où trônent un couffin, des gamelles, des baballes et une litière de compète.

— Ah, Christophe ! Comment ça va ? T'es avec la petite dame ? Je suis désolé mon gars, mais là, ça va pas être possible. Tu sais comme moi que, dans deux jours, elle peut repartir, et avec moi, les animaux abandonnés, ça le fait pas, je peux pas. Elle reviendra quand elle aura vraiment un toit. Tu me suis ? Vous reviendrez, vous êtes entre de bonnes mains, vous reviendrez.

Christophe comprend, il connaît l'homme, il sait qu'il a raison. Il tente de calmer Marie. Entre rage, chagrin et promesses, elle accepte de remonter dans le camion et, peu à peu calmée, fait connaissance avec la confiance et le lâcher-prise.

9

Pour trouver le site d'Emmaüs à Saint-Aunès, il faut vraiment le vouloir. On n'arrive pas là par hasard. C'est tellement hors du monde et des routes que même les GPS s'y perdent. Au moins, c'est un lieu protégé. On y accède, si on ne se perd pas, par une petite route sinueuse et poussiéreuse où il ne manque que la musique d'Ennio Morricone.

Vu du ciel, c'est une disposition de baraquements très bien organisée. Mais à pied, on s'égare facilement au milieu de ces énormes bâtiments.

Marie n'entre pas dans le bureau. Elle reste sur le pas de la porte pendant que Christophe parlemente avec Brigitte, la directrice, pas du tout prévenue de l'arrivée de Marie et pas très encline à l'accueillir. Très atypique, Brigitte : très punk, la cinquantaine et les rondeurs molles qui vont avec, cuissardes et cheveux en pétard, ongles noirs et bagues en argent, elle est pourtant à sa place, si on en juge par le respect des Compagnons. Tout en autorité, Brigitte ne souhaite pas héberger de femme. À chaque fois, leur présence a déclenché des bagarres. Les hommes sont fragiles et ne savent pas toujours se tenir, alors…

— Christophe, pas de femme ici, tu le sais.

— Là, franchement, c'est une urgence, Brigitte.

Christophe parle bas, mais même à distance, dans le calme du site déserté pour cause de cantine, on devine tout. Marie ne s'attend à rien : rester, repartir, rien n'est grave. Elle regarde Christophe qui bataille pour elle. C'est gentil. Mais qu'est-ce qu'il veut, après tout ? C'est vrai, depuis quand les gens font des choses gratos ? C'est juste une question d'échange. Il est là, devant elle, il parlemente, il ne lâche pas l'affaire. Il est bien campé sur ses deux jambes écartées, enraciné, solide, il ne bougera pas tant qu'il n'aura pas obtenu ce qu'il veut. Tranquillement, calmement. Il lui tourne le dos. Elle voit sa stature, sans sentiment, elle note, c'est tout, elle n'évalue pas. Il penche la tête pour trouver les bons arguments et l'emporter. Il penche la tête en avant, et Marie voit sa nuque. Large. Une coupe courte donne toute sa place à la chair. La peau est un peu ridée, un peu tannée par le soleil, la nuque d'un homme de terrain, mais elle semble douce, souple, mouvante. Christophe essaie de convaincre encore. Il passe sa main entre ses cheveux courts et son dos. Il caresse sa nuque sans y penser, dans le mouvement du type embêté qui va asséner son argument massue. Marie s'approche. Elle veut juste poser sa main là, dans ce creux du corps qu'on ne voit jamais. Doux, chaud, apaisant. Poser sa main sur la nuque de quelqu'un, c'est un aveu d'intimité, de douceur. Je pose ma main à cet endroit d'extrême fragilité, un endroit convoité pour qui veut blesser ou tuer. Je pose ma main, délicatement, doucement, tu te retournes en souriant et tu poses la tienne sur mes doigts qui caressent ta peau, et par ce geste, nous nous affirmons ensemble, bien au-delà de l'instant, du temps et du lieu, nous sommes avant tout, avant absolument tout, ensemble. Je pose ma main sur ta nuque. Désir de la douceur, de la chaleur, de l'intime. Y poser ses lèvres.

Christophe se rapproche de Brigitte et parle encore plus bas.

— Regarde-la, Brigitte, tu vois bien que si on la prend pas aujourd'hui, elle va glisser à toute allure et on va la perdre. Je sais de quoi je parle. Et toi aussi.

Brigitte en a vu beaucoup, de sales histoires. Elle fait semblant de s'y habituer et tout le monde y croit. Brigitte la sévère n'est qu'une main tendue derrière sa panoplie punk.

— OK, mais pas longtemps alors.

— Non, pas longtemps...

Il a gagné, il peut installer Marie. Il se tourne vers elle, radieux. Elle n'a pas bougé, immobile dans son attente. Elle serre toujours son baluchon vide en bandoulière.

— Viens, je te montre ta chambre.

Elle suit. Ils traversent les larges espaces rythmés par les immenses bâtiments.

— Je te ferai visiter plus tard, quand tu seras reposée. Ici, tu peux tout trouver. Le monde est éparpillé dans tous ces hangars. Un par thème : le textile, l'électroménager, la musique, enfin, tout !

Les modules les plus éloignés de l'entrée, donc des visiteurs, sont destinés à l'hébergement. C'est là que Christophe accompagne Marie. Les Compagnons restent le temps qu'ils estiment suffisant pour se remettre en selle. Quelques jours, quelques mois, toute la vie, ce sont eux qui décident.

Le bâtiment a un petit côté colonial. Une promenade longe les chambres et des poteaux soutiennent le toit en formant des arcades tout le long sous lesquelles les portes se succèdent.

Christophe ouvre une porte et fait entrer Marie dans un studio au confort loin d'être précaire. Il y a tout : lit, draps, armoire, télévision, salle de bains, douche, savon, serviette, et le plus important : chauffage. Marie entre à petits pas dans ce palace mis à sa disposition. Elle n'entend pas Christophe qui détaille les horaires des lieux : petit déjeuner à partir de six heures, au réfectoire ou dans ta chambre… OK, je repasse te chercher pour le dîner.

Dormir, d'abord. Dormir. Elle s'étend tout habillée, emmitouflée dans son nouveau manteau. Christophe sort avec précaution. Il a sauvé une femme. Avec un peu de chance et de persévérance, elle s'en sortira.

10

À Villiers-sur-Marne, Bob a pris une grande décision. Il a bien réfléchi, pesé le pour et le contre, mis en balance ses enfants et son travail… pas le choix, il est au pied du mur, c'est le moment de mettre à exécution ce qu'il répète depuis bientôt deux décennies : ma famille est la chose la plus importante dans ma vie. Phrase banale, entendue dans toutes les bouches, des plus propres aux plus sales, mais sans obligation de concrétisation pour ceux qui la prononcent. Sauf pour Bob, qui est à la croisée des chemins parce que sa femme cherche son amie. Après tout, changer de vie lui permettra de dire : moi aussi, je l'ai cherchée. À ma façon. En te soutenant. Camille lui saura gré de cette décision et tout le monde y gagnera. Sauf son comité directeur, qui grimace. Mais bon, c'est à prendre ou à laisser. Lui, le presque-boss, a décidé qu'il ne sera plus, pour un temps, corvéable à merci, et que s'il fait des heures supplémentaires, ce sera chez lui, tranquille, dans son bureau, à ahaner sous le poids des dossiers Internet et autres entretiens par Skype. Hugh, j'ai dit !

Et cette décision remplit de joie le cœur de Bob qui se gonfle d'orgueil comme une montgolfière. Il va assurer le quotidien de sa famille, protégeant tout à la fois Marie et Camille, montrant aux enfants qu'un homme peut être viril et au foyer. Ce sentiment de puissance lui tourne un instant la tête.

Ce n'est pas, hélas, du goût de tout le monde.

— Mais pourquoi ? Mamie, elle peut pas venir nous garder ?

— De Pologne ? Ça va être compliqué…

Retraités, Nicole et Martin, à l'heure du bénévolat, se partageaient entre la France et la Pologne où ils dispensaient cours de français et formations BTP.

— Non mais l'autre, ta maman.

— Non, ça aussi, ça va être compliqué…

Bob ne voit pratiquement plus sa famille, catho intégriste et créationniste, avec des idées tellement arrêtées qu'il est impossible d'émettre un avis différent et encore moins contraire. Ils ont beaucoup de mal à supporter la fantaisie de Camille qui rend Bob heureux et l'a libéré de la gangue dans laquelle il a grandi. Donc, non, cette mamie-là ne peut pas garder les enfants, qu'elle n'apprécie pas plus que ça d'ailleurs, à cause justement de leur liberté et de leur franc-parler. La liberté est rarement bien tolérée par ceux qui ont la vue courte.

— Mais tu vas être là tous les jours ?

— Mais oui.

— Et le soir aussi ?

— Le soir aussi. Comme maman, je serai là matin, midi, soir et nuit !

Une moue dubitative, les yeux au ciel, rien d'encourageant pour Bob qui n'en prend pas ombrage.

Le tremblement de terre commence le lendemain matin. Bob, nouveau père exemplaire, prépare la table du petit déjeuner. Quatre bols, du pain frais acheté à l'instant à la boulangerie du coin (faut quand même se lever à six du mat' pour ça, merci beaucoup !), du lait, du chocolat, des céréales, du jus de fruit… euh… quoi encore… OK, impec !

Réveil en plusieurs temps, chacun à son rythme, sept heures pour Julien en troisième, il part de son côté, bus direct jusqu'au collège. Le ventre vide, il n'a pas le temps de prendre son petit déj. Bob enlève un bol de la table. Huit heures pour les plus jeunes. Trop mignons, on dirait des poussins qui sortent de leur coquille. Qui sortent lentement, tout de même. Allez, les garçons, mettez le turbo, vous allez être en retard.

— C'est pas grave, maman, elle nous accompagne.

— Non, ce matin, c'est moi.

— Ah oui, c'est vrai.

— Allez, à table pour le petit déjeuner.

Ça y est, ça grogne.

— Nooon, maman, elle nous donne le petit déj dans la voiture.

— Quoi ? mais…

— Ben oui, comme ça, on dort une demi-heure de plus. Elle dit que dormir, c'est plus important que manger tranquillement.

Okaaaayyyy…

— D'accord. Alors prenez votre douche et on part dans un quart d'heure.

— Ben pourquoi, on n'a qu'à la prendre ce soir. Maman dit que c'est plus important de dormir…

— … que d'être propre, j'ai compris. Eh bien, à partir d'aujourd'hui, tout va changer, parce que c'est papa qui décide.

— Oh nooon !

Voilà. Premier contact avec la foule, première passe d'armes, première désillusion. Papa, petit cœur presque brisé.

Tout donner aux enfants et prendre ce qu'ils veulent bien nous accorder.

La journée, les jours suivants, la semaine se passent à coups de chantages, de bras de fer et de claquements de portes sur le thème : il est pas cool, papa. Le papa pas cool s'est retroussé les manches, a consolé, nourri, accompagné aux diverses activités en courant, bâclé un peu son travail, fait des machines, et selon la tradition, les vêtements sont parfois ressortis d'une couleur inconnue et de petite taille, mais les pizzas quotidiennes ont ravi les gosiers et les bisous ont claqué, et les bisous ont claqué, des bisous de papa qui piquent mais qui sont bons.

Exténué, n'y tenant plus après plusieurs jours de ce rythme éprouvant, il appelle Camille depuis la maison qui lui échappe.

— Tu me manques… Tu rentres quand ?

Pas tout de suite. Elle va d'abord faire une dernière tentative de sauvetage : un dernier tour de piste dans les assos, se renseigner sur les sectes, les congrégations, les couvents, on ne sait jamais. Après, juré, craché, elle rentre.

Elle a écumé tous les villages de la région mais pas les villes. C'est idiot. Photo en main, elle fonce à Béziers où personne n'a croisé Marie. Narbonne ? Ça semble loin, vraiment. Autant que Montpellier. Et pourquoi pas Montpellier, l'Eldorado des marginaux ? Tant de lieux visités, tant d'espoirs et de désillusions. Elle pourrait écrire un guide : *Les Bons Plans pour rechercher un être aimé et perdu.* Montpellier, donc.

La police, d'abord. Comme ailleurs, ils regardent la photo avec le même intérêt fatigué. Ils en ont vu d'autres, des gens qui cherchent des gens qui n'ont pas envie d'être retrouvés, qui en ont assez de la vie et qui se donnent une mort sociale, suicide de l'identité, souffrances *incognitae*, loin des obligations de réussite et autres contraintes, glorification de l'échec qui soude les perdants. Bonne chance, madame. Oui, bien sûr, on vous appellera si on la retrouve.

Les Restos du Cœur sur la place. Pardon, madame, bonsoir, je suis à la recherche de mon amie, Marie, est-ce que vous l'avez vue ?

— Non, désolée… Marthe, viens voir la dame. Elle cherche son amie.

Marthe regarde la photo et tout de suite lui revient le visage tuméfié de Marie.

— Mon Dieu ! Oui, bien sûr, je l'ai vue. Comment elle s'appelle déjà ? Marie, non ? Oui, bien sûr. Oh, je suis contente que quelqu'un la cherche. Je l'ai accompagnée chez les bénédictines, mais elles ne gardent qu'une nuit. La dernière fois que je l'ai vue, elle était vraiment mal en point… Je veux dire, y en a un qui s'était fait plaisir à la frapper vraiment fort. Alors, je ne sais pas dans quel état vous allez la retrouver. Courage, madame. Et revenez me voir si vous avez besoin de quoi que ce soit. D'accord ?

Oui, d'accord, merci, merci beaucoup, donne-moi l'adresse et laisse-moi partir… Elle est en danger, je le savais, je le sentais, oh, mon Dieu, pourvu que je n'arrive pas trop tard. Tiens bon, Marie, j'arrive, c'est fini, tu peux rentrer à la maison. Ma petite chérie. J'arrive.

Les bénédictines prient, comme doivent le faire toutes les religieuses dans toutes les congrégations pour remercier Dieu de leur avoir donné un repas si copieux, cette bonne soupe à l'eau qui, dans l'ascèse, les guidera vers Jésus, dans une prière affamée pour la plupart et dans une extase ascétique pour les plus veinardes, sans qu'elles oublient d'être les servantes des prêtres, bien contentes quand ils n'abusent pas d'elles.

Sœur Portière a été touchée par le désarroi de Camille, qui a énuméré toutes ses recherches depuis Paris avec une émotion et une intensité rares.

— Marthe des Restos du Cœur m'a dit qu'elle était passée chez vous. Peut-être y est-elle encore ?

— Je reviens vers vous dans un instant.

Clac ! Le portillon de bois se referme sec sur le visage de Camille. Sœur Odile, toute douceur et fermeté, ouvre la porte pour ne donner que peu de nouvelles. Elle lui décrit l'état de Marie sans plus de détails et se souvient qu'elle lui a parlé d'Emmaüs.

— Emmaüs ? Vous croyez ?

— C'est le seul endroit où elle peut trouver un abri stable. Avec l'aide de Dieu.

Bien sûr, avec l'aide de Dieu, de son fils et du Saint-Esprit, amen, merci ma sœur, et surtout avec l'aide de tous ces bénévoles qui se dévouent sans compter pour pas un rond, par définition.

Comment faire pour dormir ? Elle a appelé Bob vingt fois pour lui dire toujours la même chose : ils l'ont vue, elle est là ! Et quand, à la question qu'est-ce que t'en penses, posée pour la millième fois, elle n'a obtenu pour toute réponse qu'un ronflement sonore, elle s'est dit qu'elle pouvait peut-être affronter seule l'angoisse de la nuit.

11

À l'abri du froid, de la peur, et dans la douceur d'un lit propre, Marie a dormi presque deux jours entiers. Elle s'est levée plusieurs fois et n'a pas résisté au plaisir nécessaire d'une douche bien chaude avant de rejoindre son lit d'un pas de somnambule et d'y retomber comme une pierre.

Elle n'a même pas vu les plateaux que Christophe a précautionneusement déposés sur sa table. Comme Marie n'y a pas touché, il les a rapportés en cuisine et renouvelés. Mais là, deux jours, il faut qu'elle se réveille un peu, ne serait-ce que pour se nourrir.

Il est tard, midi passé, et tout le monde est attablé à la cantine, mais il préfère lui apporter un petit déjeuner qui passerait mieux. Avec un café fumant, du pain frais, du beurre de pays, il espère éveiller au moins son odorat.

Ça marche. Marie bouge, ouvre un œil, puis deux, et s'assoit sur le lit, nue.

Christophe n'avait pas prévu ça. Il accélère le rythme, pose le plateau sur la table.

— Je suis désolé, je ne voulais pas… Ne t'inquiète pas, je m'en vais. Je ne regarde pas. Je sors. Je suis derrière la porte… Prends ton temps et appelle-moi quand tu veux. Je reste là.

L'image du corps de Marie n'a éveillé aucun désir, ni un quelconque élan à connotation sexuelle ou sensuelle. C'est impossible. Il n'a vu qu'un pauvre corps souffrant, où les os pointaient de partout. Un ventre creux, un corps de petite fille. Combien de temps est-elle restée dans la rue ? Pas si longtemps tout de même, il l'aurait repérée. Il connaît toutes les cachettes des femmes, et, hélas, il n'est pas le seul. En quelques semaines, quelques mois peut-être, elle est devenue un corps sans corps, un truc qui l'aide seulement à marcher et qu'il faut tout de même préserver pour pouvoir continuer. Continuer à quoi ? Ben à marcher, une marche pour rien, pour avancer vers on ne sait où. Avancer pour avancer. Cette vision l'attache d'autant plus à la mission qu'il s'est donnée sans y penser : sauver cette femme, la rétablir dans sa dignité et son avenir.

Dans son errance, Marie a changé les codes de sa pudeur. Aucune importance. On fait avec ce qu'on a. Son corps n'est plus sacré comme avant, il y a longtemps. Certains l'ont abîmé, d'autres l'ont affamé, et elle l'a méprisé. Alors, la nudité…

Elle préfère reprendre une douche chaude plutôt que se jeter sur le festin. Se laver les cheveux. Un luxe. Ils ont poussé n'importe comment et, même dans cette pauvreté extrême, cette non-coupe, cet abandon capillaire, ça lui va bien ! L'injustice de la grâce.

Elle prend n'importe quel vêtement dans le lot que Christophe lui a laissé la veille et regarde ce petit déjeuner miraculeux. Comme si c'était le dernier avant longtemps, son être tout entier absorbé par sa tâche, elle le prend méthodiquement, avec concentration. Bientôt, il ne reste rien. Elle a raclé le beurre et la confiture, récupéré la moindre miette de pain, et absorbé jusqu'à la dernière goutte de café.

Un mot sincère à celui à qui elle ouvre la porte :

— Merci.

— Je peux entrer ?

— Oui.

Il reste debout, maladroit et disponible.

— Tu as tout ce qu'il te faut ? Les vêtements sont à ta taille ? J'ai essayé d'imaginer s'ils pouvaient t'aller, mais tu sais, moi, les fringues… Je ne suis qu'un homme…

— Ça va.

C'est un peu court pour Christophe, mais bon, quand un chien errant arrive dans une bonne maison, il se méfie.

— Parfait ! Bon, alors, puisque tu es prête et qu'il fait beau, je me disais : et si on faisait un petit tour sur le site ? Hein ? Je te montrerais ce qu'on fait, comment on s'organise, et toi, tu pourrais voir si tu as envie de rester avec nous. Rien ne te force, bien sûr, tu fais comme tu veux. Mais un petit tour, ce serait pas mal. Qu'est-ce que tu en penses ?

— D'accord.

— Super. Allons-y, alors.

Elle le suit, silencieuse dans son grand manteau, oisillon tombé du nid. Giulietta Masina dans *La Strada*. Cet homme a l'air de savoir où il va et elle est prête à se laisser porter par lui. Pour l'instant. Après ce qu'elle a traversé, qu'est-ce qu'il peut lui arriver de pire ?

La visite commence : l'administration, déjà vue, les bureaux, bonjour à Brigitte, peu aimable, qui se force à un sourire de circonstance, puis vite, des lieux plus divertissants. D'abord, pour épater la petite, Christophe lui fait visiter Le Musée. C'est le coin brocante dont tous les Compagnons sont fiers. Avec raison. Fauteuils 1930, lampadaires années cinquante, daguerréotypes, objets cocasses aux fonctions à déterminer, il y a de tout, du campagnard, du formica, des armoires et des buffets en veux-tu en voilà, quelques baldaquins, si si !, des suspensions à pampilles, une véritable caverne d'Ali Baba, des croûtes, beaucoup de croûtes, et des merveilles, Matisse ? Brayer ? Le Douanier Rousseau ? Impossible. Ce serait des dons, des héritages, des copies plus sûrement. Magnifiquement réalisées. Elle marque un temps devant eux. Christophe s'arrête comme un limier qui a repéré une piste. Même bref, il a noté l'intérêt de Marie.

Commencer la visite par le clou du spectacle est risqué : comment apprécier la suite ? Restent les bas morceaux… Les hangars qui réparent, qui redonnent une nouvelle beauté aux objets et peut-être un avenir, les vélos, les télés, les lave-vaisselle. Tout un hymne à la société de consommation. Seconde main, le luxe des pauvres. Marie absorbe tout ça sans un mot, tout en sensations. Camille est à ses côtés. Elle partage avec elle ses commentaires intérieurs. Elle deviendrait folle, ici. Camille et elle avaient l'habitude de chiner dans les diverses puces autour de Paris et dans les foires d'été, mais Emmaüs, elles étaient passées à côté.

Voilà, maintenant l'envers du décor : le centre de tri, les ateliers de réparation, de fabrication. Là, c'est du sérieux, ça ne rigole pas, on frappe, on martèle, on soude, on tord, on brûle, on coud, on ajuste, on répare.

— Les gars, je vous présente Marie.

— Attention à vous ma petite dame, ça va chauffer.

Le soufflet de forge embrase le bois déjà réduit en braise. Le métal enflammé ploie sous les coups. Tablier de cuir, poignets de force, l'homme est à son affaire. Il était maréchal-ferrant. Personne ne se souvient de son prénom, et depuis longtemps tout le monde l'appelle Grincheux. Petit, râblé, gros nez, lunettes rondes, bonnet, il cultive la ressemblance.

— Me regardez pas comme ça, je vais croire que je vous plais !

Et il rit d'un rire aigu, comme un gnome. Christophe craint que Marie soit dérangée, mais non, elle regarde, elle prend note. Elle n'a pas fui.

C'est déjà pas mal. Un grand Noir débarque avec moult ferraille dans les bras.

— Et moi, c'est Blanche-Neige !

Vieille blague rebattue qui fait encore rire les Vulcains. Il faut dire que le couple est assez réussi. Le petit gros Blanc et le grand Noir balaise, ça marche bien.

Un type passe à vélo en sifflotant. Petit cachemire, pantalon de flanelle…

— Salut !

— Salut ! … C'est un touriste. Un P.-D.G. qui vient régulièrement, à chaque fois qu'il craque. Au lieu de faire une cure de sommeil ou une thalasso, il vient passer quinze jours avec nous. Un petit bain de pauvres. Il dit que ça lui fait du bien. Là, il a une grève sur le dos depuis deux mois avec occupation d'usine. Alors, il a préféré craquer. C'est un gentil donateur…

Une version indéfinissable d'un berger allemand sort de l'atelier d'en face et fonce directement sur Marie. Son maître le suit, flegmatique.

— Chien gentil. Pas peur. Gentil.

— Marie, je te présente Slobodan.

— Bonjour Marie. Je suis Slobodan.

L'accent est très fort. Russe ? Slobodan a une tenue militaire, treillis camouflage, rangers, gilet sans manches avec de multiples poches. Slobodan est monténégrin.

— *No*. Citoyen du monde ! Mère russe, père pas connu ça veut dire, on sait pas, peut-être partout, moi né Yougoslave, et après… Monténégrin, passeport perdu, je vis en France, alors… citoyen du monde ! Tito, au pied !

Le chien Tito n'a qu'un pas à faire pour être au pied mais il obéira dès que Marie ne le caressera plus.

— Je appelle lui Tito pour dire avec plaisir : Tito au pied ! Slobodan commande à Tito ! J'adore !

— Slobodan est peintre. Viens voir, il fait des choses remarquables.

Oui, il ne s'est pas trompé, Marie a encore une réaction d'intérêt. Ils pénètrent dans l'antre de Slobodan. On dirait un campement. Tout est entassé, imbriqué. Des dizaines de toiles achevées ou en voie de l'être, des esquisses, des dessins, des études. Le paradis ! Des vieux tubes vides jonchent le sol, du vernis, des aérosols, des chevalets, l'odeur de térébenthine…

Abandonné dans un coin, un Monet, là, un Renoir, là-bas un Miro. Marie reste bouche bée. Qui est donc cet homme ? Un receleur ? Un faussaire ? Slobodan voit l'étonnement de Marie. Il prend les devants.

— Je préfère Turner, Gainsborough, De Stael, ou mieux, délicatesse XVIIIe siècle. Mais moins clients pour ça. Slobodan, pas copier. Non non, jamais ! Reproduire ! Je… comment se dit ? Écrire, oui je écris toujours derrière toile : reproduction par Slobodan ! Comme ça, je gagne pas beaucoup argent mais je fais pas prison non plus ! J'ai essayé prison, pas bon. Saint-Aunès, très bon, meilleur.

Et il part dans le grand éclat de rire des géants des Carpates. Tito, content parce que maître content, se frotte à lui.

— Tito, couché ! Non Tito, non. Toi très méchant, pas gentil !

Marie sourit pour la première fois. Christophe voit cette brèche, la note, et repart pour la fin de la visite. Restent les livres, classique, les CD, les K7 dont personne ne veut plus. Marie a le tournis. La visite a duré longtemps.

— Je suis fatiguée.

Il s'en veut d'avoir fait ce si long parcours. Elle rentre se reposer, assise sur son lit sans autre pensée que les images de sa visite.

À dix-neuf heures, Christophe vient la chercher pour le dîner. La cantine est pleine d'affamés prêts à l'attaque du self. Les voix sont fortes, une trentaine d'hommes se racontent leur journée, commentent l'actualité et les moindres événements du jour. Tous les Compagnons sont là. Un mâle brouhaha fait d'éclats et de rires emplit la vaste salle. Ils attendent en file presque indienne la cloche qui sonne le début du service. De larges tables rondes attendent leurs habitués. On se regroupe par affinités mais tant pis pour celui qui n'est pas à l'heure, il trouvera une place ailleurs.

Et toute cette animation se fige en une seconde à la vue de Marie. Christophe opte pour une attitude modeste et, sans un mot ni aucune présentation publique, installe Marie à une table encore vide.

La cloche retentit et plus personne ne se préoccupe de savoir qui est cette femme invitée à la table des « patrons ». Brigitte arrive au milieu de la bagarre, remonte la file qui la salue et retourne, les bras chargés, à la table des chefs. Christophe sert Marie qui n'a pas très faim. Elle n'est plus habituée à manger plusieurs fois par jour. Elle se laisse convaincre, avale deux, trois bouchées de hachis parmentier et retourne rapidement dans sa chambre, sonnée par cette première journée. Là, elle fait défiler les chaînes télé aux programmes identiques et, hypnotisée, s'endort au son d'une émission de divertissement médiocre qui la berce.

Le quatrième jour, Marie a un peu repris possession de son corps. Sa démarche est moins difficile, ses habits plus ordonnés et son aspect un peu plus civil. Elle commence à répondre aux bonjours des uns et des autres et à la convocation de Brigitte.

— Bonjour Marie, assieds-toi.

Brigitte porte une veste artistiquement déchirée de couleur criarde : grise. Heureusement elle a changé la couleur de ses ongles : de noirs, ils sont aujourd'hui violets.

— Je suis heureuse de constater que tu te remets peu à peu. C'est bien. Ça veut dire que, d'une façon tout à fait exceptionnelle, nous allons t'aider et t'épauler. Tu peux rester ici. Mais pas sans contrepartie. La première, c'est qu'au moindre incident te concernant, tu ne pourras plus rester avec nous. On t'aidera à partir, mais tu partiras. La deuxième, c'est que, pour mieux t'intégrer à la vie de la communauté, et si tu es d'accord, tu vas travailler. Comme tout le monde ici. J'ai pensé que pour un début, tu pouvais trier les vêtements qu'on reçoit. Tu as vu que nous faisons, quand c'est possible, des distributions en ville, et pour le reste, nous le proposons à la vente. Est-ce que tu es d'accord avec ça ?

Marie hoche la tête. Bien sûr, elle est d'accord, elle a trouvé tout ce dont elle a besoin : le gîte et le couvert en milieu protégé.

— Tu recevras un salaire, évidemment.

— Ah bon ?

— Bien sûr. C'est un travail que nous te demandons. L'esclavagisme étant interdit en France, au grand regret de certains, c'est un travail rémunéré dont il s'agit. C'est la loi. Rémunéré, déclaré, Sécurité sociale, retraite, enfin, normal quoi !

Marie entr'aperçoit une lueur au bout du tunnel.

— Ah bon ?

C'est un murmure avec une vraie reconnaissance profonde.

— Merci.

12

En route vers Emmaüs. Perdue malgré son GPS, Camille parie sur le choix d'un chemin plutôt qu'un autre et arrive enfin tant bien que mal. La poussière, la pampa, Sergio Leone, Camille fait le trajet.

Non ! Fermé ? Tant pis, on ne la déboulonne pas comme ça. Elle a fait mille kilomètres pour arriver ici, elle ne repartira pas bredouille. Avec la foi d'un caractère bien trempé, elle klaxonne, tambourine sur la grille, crie, reklaxonne… Ça marche. Un homme arrive à une allure qui n'appartient qu'à lui, chaloupant, sans se presser, et visiblement pas trop content. Pour bien prouver que la dame dérange, il reste loin de la grille, bien campé sur ses deux jambes, avec la ferme intention de ne plus avancer d'un pouce.

— Voilà, oh ! Qu'est-ce qui se passe, là ?

C'est Jo, à l'accent ensoleillé de son île. On l'envoie toujours quand il y a des indélicats. Il sort de prison, il ne faut pas trop l'embêter, il est fragile… Si Camille n'était pas dans cette urgence, elle apprécierait sa faconde. Corse, bandit de père en fils, tombé par dénonciation pour trafics divers, il a purgé sa peine à la Santé et s'est réfugié à sa sortie dans la Communauté avec la ferme intention de n'en plus sortir. Mais à ses conditions : travail occasionnel et Nutella à toute heure du jour et de la nuit. Une fantaisie comme une autre dans ce monde des privilégiés de la misère. C'est le chien de garde de la communauté.

— Et alors, qu'est-ce que c'est que ce barouf ? Y a le feu ? La révolution ? Les Allemands sont revenus ? C'est fermé madame, vous avez pas vu le panneau ? Fer-mé ! On ouvre à quatorze heures, et encore… demain ! Eh oui, il vous faut rebrousser chemin, c'est comme ça !

Il ne sait pas à qui il a affaire.

— Non, je ne peux pas revenir. C'est urgent, il faut que je voie le responsable du site. Une femme est en danger et elle est peut-être chez vous.

— Hou là, dit Jo, hou lala, histoire de bonnes femmes en danger, c'est pas pour moi, ça. Mais vous savez, des femmes chez nous, y en a pas, on n'est pas fous ! Restez là, je vais voir si la patronne est sur zone.

Et il hurle en se dirigeant vers les bâtiments.

— Oh Brigitte ! Brigitte, y paraît qu'il y a un danger avec une femme. Tu m'étonnes ! Comme toujours !

Démarche féline et regard aussi noir que ses cheveux, Brigitte s'avance nonchalamment vers la grille.

— Oui ?

— Bonjour, pardonnez-moi de vous déranger. Je sais que vous êtes fermés mais je suis à la recherche de mon amie Marie qui a disparu il y a plusieurs mois. Je sais qu'elle est dans la région, et on m'a dit qu'elle pouvait être ici…

Brigitte regarde la photo tendue par Camille.

— Ça m'étonnerait beaucoup, nous n'acceptons pas les femmes, trop de problèmes. Il y a d'autres communautés qui non seulement les acceptent, mais où il n'y a qu'elles. Chaque communauté a son propre fonctionnement. Ici, c'est comme ça. Mais donnez-moi la photo, je vais demander si quelqu'un l'a vue. Il y a des Compagnons qui se déplacent dans la région.

Brigitte s'éloigne vivement vers le baraquement du tri. Marie y est au calme. Seule, tranquille, face à une montagne de tissu. Elle doit classer par genre tous ces vêtements jadis aimés ou finalement abîmés, issus de dons ou de faillites personnelles, neufs ou vieux, râpés ou jamais portés, robes, pantalons, pulls, smoking, pyjamas, soutiens-gorge, doudounes, femmes, hommes, enfants, tout quoi. Christophe a ajouté : et si tu trouves quelque chose qui te plaît, tu n'hésites pas, tu le prends. Mais non, elle trie avec distance, avec indifférence sans jamais pouvoir s'imaginer dans un vêtement quelconque. Elle n'a besoin de rien. Vivre avec seulement ce que l'on a sur soi, elle en a pris l'habitude.

Brigitte entre dans l'atelier du tri où Marie n'a pas allumé le poste de radio mis à sa disposition. Elle préfère le silence. Elle a eu assez de bruit comme ça.

— Ça va ? Tu t'en sors ?

— Ça va.

Laconique, mieux que rien.

— Marie, il y a quelqu'un qui te cherche. C'est une femme. Elle dit qu'elle est ton amie. Elle m'a montré une photo de toi. Tu sais, ici, c'est comme à la Légion. Ceux qui veulent rester anonymes ou incognito le restent. Pas de jugement, pas de dénonciations, chacun est libre de son identité. La police sait que chez nous, c'est la loi du silence.

À la grille, Camille attend. Elle fait les cent pas en regardant vers l'atelier.

Marie n'intègre pas vraiment l'info. Ou du moins, elle ne voit pas de qui il peut s'agir. Elle ne connaît personne ici. Marthe des Restos du Cœur, peut-être. Elle l'avait revue plusieurs fois les jours de grande disette.

— Je lui dis quoi ?

Marie jette un coup d'œil par la fenêtre. Non, ce n'est pas Marthe. C'est… non, c'est impossible…

Elle a un mouvement de recul qui lui échappe.

Comment a-t-elle fait pour la retrouver ? Pour seulement penser qu'elle pouvait être ici ? Quels cheminements a-t-elle empruntés pour atterrir dans ce lieu hors du monde ? C'est inimaginable. D'où sort-elle ? Est-ce qu'elle est passée à Lamalou ? Est-ce qu'elle a fait le chemin depuis Beau Rivage, le camion, le poste à essence, la gare, la rue, les Restos du Cœur, les bénédictines, et maintenant Emmaüs ?

Non, non, ce n'est pas possible. Pas elle, pas Camille. Si Camille a réussi à la retrouver, Marie se trouve à nu, rien de ce qu'elle est n'est plus caché, le non-dit n'existe plus. Par sa seule présence, Camille déballe tout de la vie de Marie. Elle a dû dire : oui, c'est ça, mon amie a disparu, une fugue peut-être, je suis très inquiète, vous savez… Comment a-t-elle pu ?

Un ouragan de rage envahit Marie. C'est le premier sentiment qui la saisit depuis très longtemps. Un sentiment guerrier, qui explose la cage thoracique et le cerveau. Dans le nuancier des sentiments primaires, elle aurait préféré que ce fût l'amour, la joie, ou la compassion qui célèbre son retour chez les vivants, mais non, c'est la rage ! Casse-toi Camille, va-t'en, laisse-moi en paix ! Elle est découverte dans son abri, dans sa nudité, dans le secret de son intimité. Elle se sent sale, honteuse, et trahie. Elle était vierge de son histoire, elle aurait pu raconter n'importe quoi le jour où elle aurait repris la parole, mais non, elle a désormais un passé, la présence de Camille raconte tout.

Camille, sanctifiée par sa course à la recherche désintéressée de son amie, le front ceint du laurier de la victoire, j'en ai bavé vous savez, mais je l'ai retrouvée et je la ramène. Camille qui sonne l'hallali de la course sans fin de Marie dont le cœur lâche comme celui du cerf forcé jusqu'à la mort.

Le regard bleu est devenu acier, le front baissé, elle secoue la tête sans un mot en signe de dénégation.

Brigitte a très bien compris.

— Pas de souci.

Elle retourne à la grille et rejoint Camille pour lui dire que non, personne n'a vu cette femme, elle est désolée, mais qu'elle lui laisse son numéro et elle l'appellera sans faute si elle se présente. Camille insiste et finit par capituler en laissant la photo de Marie. On ne sait jamais.

Qu'est-ce que tu fais ici, Camille ? Tu vas repartir bredouille. Je ne veux pas rentrer. Comme lorsque tu venais me chercher certains soirs de fête au village quand tu t'ennuyais, que la musique ne te plaisait pas, qu'il n'y avait pas de garçon à ton goût, tu voulais rentrer et moi je voulais danser, alors je me cachais et tu me trouvais toujours, même dans les coins les plus invraisemblables. Mais c'est fini, ça. Tu n'es pas ma grande sœur. Par l'âge, nous avons immédiatement établi une verticalité jamais remise en question : toi la grande, moi la petite, toi qui sais, moi qui écoute, et nous avons avancé comme ça toute notre vie, tu fonces et moi je stagne, tu cours et moi je crie attends-moi.

Tous les matins, je me suis levée en mettant ma cuirasse pour combattre. Chaque jour, avant de poser le pied par terre, il a fallu que je me rassemble, qu'à l'intérieur de moi je me recroqueville, que je concentre ma force pour pouvoir bondir à la première occasion. Marie, garde-toi à droite, Marie, garde-toi à gauche. Chaque instant de toute ma vie a été un combat et je n'ai toujours dû compter que sur moi, et seulement moi. Toi, tous les matins, tu t'es réveillée en gazouillant, seulement parce que tu as trouvé la bonne personne qui te permet de t'abandonner à tes fantaisies. Vu de l'extérieur, on a l'impression que tu as gagné sur tous les tableaux : jolie maison, jolis enfants, joli mari, mais qu'as-tu fait de ta vie ? Tu t'es laissé porter. Tu n'as jamais lutté, jamais travaillé, tu ne t'es jamais frottée aux autres. Tu as toujours commandé, rangé, ordonné, dans l'amour que te portent les gens. Pourtant, laisse-moi partager avec toi ce que j'ai découvert dans mon aventure : celle qui a réussi des deux, c'est moi. Je suis une survivante. Il y a des moines-soldats, moi je suis une artiste-combattante. Tu es une femme fragile, qui toute sa vie a eu besoin d'un tuteur sans lequel tu te serais écroulée. Non, d'ailleurs, tu en aurais trouvé un autre.

Alors, qu'est-ce que tu fais là ? C'est moi que tu cherches ou ma dépendance à toi ? Qu'est-ce qui t'a inquiétée, finalement ? Mon absence ou ne plus me porter ? J'ai eu souvent l'impression de faire partie d'une cour, les Fans de Camille, bien serrés autour d'elle, mari, enfants, moi, formant un bloc bien dense à qui tu commandais toute chose. Camille qui prend tout en main, qui décide de tout, qui sait mieux que tout le monde. Tu ordonnes, distribues les rôles, affectes des tâches aux uns et aux autres et ne te sens parfaitement bien que lorsque le monde tourne comme tu l'avais imaginé. Je me suis même parfois demandé si ce que je considérais comme mes échecs n'était en fait que la mise en valeur de ce que nous appellerons ta réussite. Dis-moi, est-ce que Bob est heureux, soumis à l'autorité joyeuse de sa femme ? Lui reste-t-il encore quelques couilles ? Est-ce que tes enfants sont heureux, dans la schizophrénie d'être parfaits à l'extérieur et déstructurés à la maison ? Qui es-tu, en fait ? Toujours présente quand les autres vont mal. Toujours protectrice. La merveilleuse Camille prête à aider, à écouter, à sauver. Très belle mise en valeur. Camille trônant dans l'écrin de la douleur des autres. Camille saluée par la foule en liesse devant sa dévotion, sa compassion, son abnégation. Camille portant le corps des torturés et sanctifiée par sa propre émotion. Münchhausen par procuration. J'étais ton enfant souffrante consolée à longueur de temps, et toi, Camille, tu repartais, épanouie, gérer d'autres âmes enfermées chez toi. Camille dévoratrice. La distance, la réflexion et la solitude m'étaient non pas nécessaires, mais vitales. Et urgentes. Et tu me retrouves ? C'est une malédiction.

Camille disparaît peu à peu dans la poussière de la piste et Brigitte revient au tri, la dure Brigitte, la punk intraitable qui règne sur ses hommes, touchée par le silence d'une femme qui lui offre maintenant le paradoxe de la rage : l'écroulement. Brigitte sait gérer les hommes, mais les émotions, c'est moins sûr. Elle prend les mains de Marie et lui murmure tous ces mots qui veulent consoler. Ne t'inquiète pas, ça va aller, prends ton temps, on est là, on ne te lâchera pas. Marie murmure tout, raconte tout, s'abandonne enfin. Elle dévoile le plus profond d'elle-même. Elles restent là longtemps, dans la pénombre du soir d'hiver. J'ai encore du lait, tu comprends ? Elle ne veut pas me quitter, elle continue de naître chaque jour, et encore et encore, comment je peux faire pour lui dire que je préfère mourir, que je veux bien l'accompagner où elle veut, mais qu'elle doit arrêter de me torturer. Comment je fais Brigitte ? Je coule de ma fille. Mon enfant se répand en dehors de moi. Aide-moi, s'il te plaît, aide-moi.

Les larmes ont brisé la gangue où elles étaient prisonnières et, enfin libres, s'échappent en un flot si longtemps retenu. Des larmes dans un murmure, des sanglots étouffés par les mots.

Ce n'est pas dans l'ordre des choses, elle devrait vivre, ou bien s'être effacée de ma vie. Ça fait longtemps maintenant. Depuis des mois, des mois, j'essaie de lui survivre, mais je n'y arrive pas. Rien ne change, rien ne bouge, je nous traîne comme une punition pour l'éternité. Aide-moi, Brigitte, dis-moi quoi faire.

Il faut arrêter le flot, ne pas être complaisante, l'aider vraiment.

— Viens, Marie, on va aller dans mon bureau. On va s'asseoir tranquillement, j'ai tout mon temps, on va boire d'abord de l'eau et ensuite, tout ce qui nous fera plaisir. C'est interdit sur le site mais mon bureau est une zone de non-droit. Viens.

Elles sont parties enlacées, en traînant un peu dans les divers ateliers désertés pour raison de cantine, en s'arrêtant plus longtemps dans celui de Slobodan.

Le regard de Marie est attiré par une forme familière recouverte d'un linge humide. Un bloc de terre glaise.

— Tu le veux ?

Rien n'échappe à Brigitte.

— Slobodan serait heureux que tu le prennes. Il en a d'autres.

Elles ont bu de la vodka, juste un peu trop, pour soulager le poids de la soirée, et Marie est retournée dans son minipalais, portant son trésor de glaise comme un trophée.

Elle n'ira pas dîner ce soir. Elle n'est pas en état. Le brouhaha de la cantine et l'obligation de paraître ne l'encouragent pas. Elle a seulement envie de se recroqueviller et de voir cette motte de terre prendre forme.

Elle la pose au milieu de la table vide. Elle soulève le voile de lin humide qui la protège de la sécheresse et pose ses mains dessus. Elle est encore fraîche. Slobodan a fait ce qu'il fallait.

Elle est en contact direct avec les vibrations de la nature, avec la puissance des éléments. La matière absorbe, ressource, et le fluide mortifère passe de Marie à la terre réparatrice qui apaise et reconnecte. Elle ferme les yeux et s'abandonne. Elle lâche prise. Ses mains caressent le pain de glaise comme elles caressaient la sculpture dans la galerie. Et tout doucement, elle agit. Il manque de l'eau, il faut arroser encore pour modeler. Elle le fait délicatement et ses mains glissent davantage et s'imprègnent de la terre. Plus elles glissent, plus elles deviennent autonomes. Elles caressent librement. Les yeux toujours fermés, elles laissent ses doigts aller, s'enfoncer, sans autre but que de ressentir. Avec plus de force, elle palpe la matière qui obéit à ses poussées. Et si on appuie un peu plus ici, on peut même enlever ce morceau, là, et le creux appelle alors à une autre forme. Elle s'était essayée à la sculpture à ses débuts, trop chère en matériel, et aux terres cuites, trop fragiles. Le terrain est familier, le contact a réactivé des connaissances anciennes et la créativité est intacte.

Elle a retrouvé immédiatement le maintien qui permet de ne pas se coucher sur son travail mais de le dominer, dos droit, fesses bien ancrées sur le siège. Non, ici, il n'y a pas de tour, dommage, il va falloir se contorsionner. Peu importe, elle est happée par la création. Les mains commandent et l'artiste obéit.

Tard, très tard dans la nuit, Marie sculpte.

Le lendemain midi, après les tâches du matin, Christophe cherche Marie qu'il n'a pas encore vue au tri. Elle ne prend pas toujours son petit déjeuner, mais aujourd'hui le déjeuner non plus. Pas normal.

Il s'en inquiète auprès de Brigitte.

— Tu ne l'as pas vue ? Elle est pas malade, au moins ?

— Oui, je l'ai vue hier soir, je crois qu'elle a besoin d'être un peu seule… Tu l'aimes bien, non ?

Christophe est piqué au vif.

— Pas toi ?

— Tu vois, c'est pour ça que je ne veux pas de femmes ici. Souviens-toi des bagarres la dernière fois qu'une est entrée ici.

— Tu ne peux pas comparer.

— Je reste vigilante.

Elle s'éloigne en laissant Christophe agacé d'avoir été découvert. Il passe tout de même devant chez Marie pour s'assurer que tout va bien. La lumière est toujours allumée et personne ne l'a croisée aujourd'hui.

Il frappe doucement à la porte, regarde par la fenêtre, ne distingue rien d'anormal et, avec précaution, entre.

Le lit n'est pas défait, la lumière éclaire la table, Marie s'est endormie devant son travail de la nuit, la tête dans ses bras, comme les enfants à l'école.

Intrigué et un peu inquiet, Christophe s'approche. Elle aurait fait un malaise ? Comment se fait-il qu'on s'endorme comme ça sur une table quand un lit peut vous accueillir ? En s'approchant, il voit une masse sur la table qui prend peu à peu forme à chacun de ses pas. On dirait une boule, non, une tête, oui c'est ça, c'est une tête, une tête… d'enfant ?

Non, de bébé, de nouveau-né. Marie a passé la nuit à retrouver le visage de sa fille. Le souvenir est devenu peu à peu moins flou pour atteindre une précision étonnante. Elle a tout retrouvé. Du peu de temps où elle l'a tenue dans ses bras, elle a su recréer ce visage émouvant d'une enfant qui vient de naître. Les cheveux frisés, le tout petit nez, et pour les yeux, elle a hésité : ouverts ou fermés ? Ouverts pour voir la vie, être en contact, fermés pour respecter son histoire : l'histoire de l'enfant qui n'ouvrit jamais les yeux. Puisque sa fille a choisi de n'être pas là, elle a laissé ses yeux fermés.

Christophe est très ému, il sait maintenant que l'histoire de Marie passe par ce visage.

Sans bruit, il s'en va et referme doucement la porte. Marie sortira quand elle le souhaitera. Et lui sera là si elle veut bien.

13

Depuis plusieurs mois qu'elle vit dans la communauté, Marie a beaucoup changé. Elle s'est posée, s'est déployée chaque jour davantage. Elle se risque parfois à envisager une vie future, sans pour autant penser la concrétiser. Loin du monde depuis si longtemps, enfermée dans ce cocon protecteur, elle se projette difficilement dans une vie à l'extérieur. Qu'y faire ? Comment l'appréhender ? Où habiter ? Quelle voie choisir ? Ses journées ici se déroulent au rythme des occupations et des horaires bien définis. La routine la rassure et la pensée s'apaise avec un emploi du temps répétitif ; plus besoin de chercher sa subsistance, la communauté y pourvoit. Ici, c'est par ses propres compétences qu'on renaît.

Le Géant des Carpates est d'une gentillesse confondante. Il a dû en voir pas mal pour tout comprendre et ne jamais poser de questions. Il accueille Marie simplement, lui sert un mauvais café et raconte ce qui est racontable. Son enfance au milieu des champs obligatoirement féconds, qu'on asperge largement pour tuer toutes les petites bébêtes qui empêchent le rendement obligatoire. Cancers et malformations assurés. Sa mère, son frère. Lui peut-être, mais ça se voit moins, c'est dans la tête ! Et il rit de son rire effrayant qui charme Marie. Très subtil, il a tout compris d'elle et, mine de rien, lui demande de nettoyer ses pinceaux, de maroufler une toile peinte, de terminer, là, ce tout petit nuage qui le fatigue pour finalement la laisser seule devant une toile vierge. Marie peint. Très timidement d'abord, puis elle s'enhardit.

Elle est arrivée à l'atelier un matin, beaucoup plus tôt que d'habitude. Le jour n'était pas encore levé. Dans son atelier, Slobodan vit, peint et dort, en peintre moine. Elle l'a réveillé d'un coup avec une demande un peu particulière. Elle murmure :

— Je voudrais peindre ton corps, je n'ai jamais peint un corps d'homme, tu veux bien ?

— Mais Marie, trop tôt pour beaux corps, tu sais je travaille la nuit et maintenant je dors et…

— Justement, ne bouge pas, rendors-toi.

Alors là il est d'accord, si c'est passer à la postérité en dormant, pas problème. Il se retourne du côté du mur, lui proposant son large dos. Elle découvre un peu le drap, un peu beaucoup, puis totalement, devant le regard ensommeillé de Tito qui a dû lui aussi travailler la nuit : il ne s'est même pas levé. Il lui manifeste sa joie, mais couché. Toute la matinée, elle peint dans les ronflements de Tito et de Slobodan, qui a la chance de ne pas avoir un sommeil agité mais plutôt ce que Marie qualifiera ensuite d'un sommeil de modèle, qui ne bouge pas, un sommeil de granit, solide et immuable. Mais très sonore. Elle est esthétiquement émue par le satin de la peau, le reflet de la lumière sur ce dos large et puissant qui garde une musculature correcte de ce qui fut sûrement impressionnant. Des cicatrices çà et là, une plus profonde que les autres sur le côté. Montre-moi ton corps, je te dirai qui tu es. La vie n'a pas dû être qu'un parcours de santé. Il y a eu des guerres, chez lui. Des exactions atroces. Des éviscérations fratricides. Et là, paisiblement, cet homme lui offre son abandon. Vas-y Marie, lis à travers mon corps, je remets entre tes mains ma foi en l'espèce humaine. Tu ne peux pas me trahir parce que je t'offre mes plus grandes faiblesses. Je suis une proie facile et je ronfle en toute confiance. Elle ne s'est pas trompée. C'est ce corps-là qu'elle voulait, celui d'un combattant abandonné, non pas d'un guerrier triomphant, mais une histoire racontée dans ce dénuement. Pas de carrure à la force démonstrative, pas de muscles agressifs, un corps qui en a vu de toutes les couleurs et qui renonce à la violence. Marie voit tout ça, son regard est sans jugement, sans l'empreinte de cette maternité dégoulinante qu'on attend des femmes. Mais plein d'humanité, oui. Un frère d'armes. On en a vu tous les deux, on est liés par le sang, les coups et les larmes. Tu es mon frère, Slobodan. En te peignant je me peins, je peins l'humanité sublime et blessée, abandonnée, et triomphante dans l'abandon. Merci de toi, de ta confiance, dc ton sommeil et de tes ronflements. Merci de me donner tes pinceaux, ton regard et ma confiance en moi. Je t'adore, Slobodan.

14

— Je t'attends ici ?

— Oui. Je n'en ai pas pour longtemps.

— T'inquiète, j'ai rien d'autre à faire.

Elle est arrivée gare de Lyon. Elle avait oublié cette effervescence particulière à Paris où chacun court vers on ne sait quoi mais le plus vite possible.

Les gares sont partout les mêmes, elle reconnaît ceux qui y vivent, à l'affût d'une miette, d'une lueur de bonne fortune ou d'un larcin. La cour des Miracles *up to date*. Toujours des Roumains, des alcoolos, toujours des chiens, des jeunes perdus et des femmes hurlantes. Vite, courir loin, sortir, se jeter dans le métro. Ça aussi, elle l'avait oublié : la fatigue des gens.

Pascal sort un livre et s'installe sur la terrasse du café *La Liberté*, puisqu'il s'agit bien de ça. Il vient de faire ses adieux à la pub et à Krishna qui n'en finit pas de perdre ses « collaborateurs » par trop de suffisance. Personne n'est indispensable, ni Pascal dans la réclame ni surtout Krishna dans la vie de Pascal. Alors il est parti comme ça, d'un coup, en plein *brain-trust* hebdomadaire où la réunion consistait à écouter le chef égrainer ses qualités et ses succès, se pavanant devant ses subordonnés en louant sa clairvoyance et sa prescience des marchés, un mini-Trump.

Krishna pérorait sur sa réussite, parti de rien, arrivé à cette reconnaissance de toute une profession, développant département après département, se vantant de représenter les plus gros clients sur le marché, générant des recettes record, bientôt, pourquoi pas, coté en Bourse, et comment il voyait l'avenir en allant à l'assaut de la City de London, parce que les traders étaient comme ses frères et… il en était là de son autoglorification lorsqu'un molosse bondit de la table patronale en renversant sa chaise et en lançant :

— Oh pis tiens, tu me fais trop chier ! Ma démission est sur ton bureau le temps de l'écrire !

Ne jamais énerver un troisième-ligne de rugby. Et alors que sa vie était tirée au cordeau, en un quart de seconde, Pascal a tout saccagé, à sa plus grande jubilation. Dès le lendemain, il rejoignait son homme qui conférençait dans les Highlands, où il put profiter de l'expérience grisante du port du kilt par tous les temps. Vive l'Écosse et les Écossais ! Fou de joie de retrouver sa moitié pour l'éternité, son mari décida lui-même de freiner ses péroraisons à travers le monde, et les deux tourtereaux vivaient prématurément une joyeuse vie de retraités, faite de petits plaisirs et de grandes amitiés. Marie l'avait appelé pour lui dire qu'elle passait quelques heures à Paris, et s'il était libre… Elle l'avait appelé lui et pas Camille.

— Pourquoi ?

— … Je ne sais pas. Peut-être parce que c'est compliqué, la famille…

— À qui le dis-tu ?

Pendant des décennies, Pascal avait été en rupture avec les siens à cause de son « handicap », comme ils disaient.

Elle lui a donné rendez-vous au café *La Liberté* parce que c'est quasi en face du cimetière du Montparnasse, là où repose sa fille. Les cendres de sa fille. Dans le caveau familial, avec ses parents. À force de vivre en face du cimetière, ils avaient décidé d'y être enterrés plutôt qu'en Normandie. C'était un peu chez eux, plus chic et moins loin. L'heure venue, ils n'eurent qu'à traverser la rue.

Un an auparavant, jour pour jour, elle entrait seule par la porte principale du boulevard Edgar-Quinet, l'urne sacrée tenue bien serrée sur son ventre, là où sa fille avait passé sa vie entière. Selon le souhait, ou plutôt l'ordre de Marie, Camille avait attendu dehors.

— Non, Camille, je veux être seule, j'ai besoin d'être seule avec elle. Il y a déjà ces gens des pompes funèbres.

— Justement, laisse-moi t'accompagner.

Lors des grands départs, certains endeuillés ont besoin d'être soutenus, d'autres préfèrent le silence. Camille ne comprenait jamais vraiment quand on lui disait non. Ni quand elle dépassait les frontières de l'intime. Mais là, c'était vraiment non. Elle resta à la porte du cimetière, debout.

Seule, intérieurement, Marie parlait à sa fille. Elle se penchait vers elle, l'embrassait encore, lui souriait, lui disait de ne pas avoir peur parce qu'elle était en bonne compagnie : ses grands-parents n'étaient sûrement pas de joyeux lurons, mais ils l'accueilleraient avec amour et attention.

— Je vous la confie. Elle est toute petite petite. Prenez bien soin d'elle. Elle est si tendre.

Elle projetait alors de venir les voir tous les jours, mais non, ç'avait été au-dessus de ses forces. Il lui fallait du temps. Il avait failli être très court, le temps, mais la vie l'avait finalement emporté. Il y a très peu d'exemples de parents qui préfèrent le suicide à une vie sans leurs enfants défunts. Il semble plus déchirant d'être ruiné ou abandonnée. Pourtant, le désespoir ne les quitte plus.

Aujourd'hui, Marie est presque heureuse de passer la gigantesque porte du boulevard, elle lance un salut silencieux aux gardiennes du lieu : de Beauvoir à droite, Duras à gauche, et bientôt, près du baiser caché de Brancusi, le tombeau des Fournier. Deux mois avant sa retraite, Maurice mourut d'un arrêt cardiaque, probablement effrayé par le vide qui l'attendait, et Claudine le rejoignit peu après, probablement sans autre projet de couture. Sur la sobre plaque était gravé : Maurice Fournier 1950-2012, Claudine Blanchard épouse Fournier 1955-2015, Ange 2019.

Ange, pour la fille de Gabriel, lui semblait un prénom dans l'ordre des choses. Et la vérité.

Marie va retirer la garde de sa fille à ses parents. Les hommes en noir l'attendent près du tombeau ouvert. À son arrivée, ils n'ont qu'à se pencher pour prendre le réceptacle et le remettre à Marie qui remercie ses parents pour les bons soins prodigués et dépose délicatement l'urne dans le baluchon des bénédictines qu'elle a capitonné de pétales de roses. Pour qu'elle ne soit pas seule, elle y a ajouté la peluche prise au vol dans la chambre de sa fille à Paris. Peluche dont Moïse s'est largement servi pour piétiner en ronronnant.

Elle ressort, sereine, rejoindre Pascal. Il voit qu'elle va bien. Il la serre fort contre lui. Enfin, moins fort qu'il voudrait, mais l'écraser de son affection ne serait pas une bonne idée.

— Tu repars quand ?

— Maintenant. Je n'ai plus rien à faire ici. Je t'emmène, si tu veux.

— Tu sais qu'on est en lune de miel permanente, avec Éric, il faut prendre les deux ou rien.

— C'est deux fois mieux ! Oui, venez, je serai heureuse de vous faire découvrir mon paradis.

— Paradis, vraiment ?

— Tu sais, quand tu as la paix, l'amour et le respect, je ne vois pas ce qui peut différencier ça du paradis.

— … Tu peux te retourner et regarder tout en face ?

Elle jette un œil intérieur sur le chemin parcouru.

— Oui, quand je me retourne, je vois ma fille qui m'a prise par la main pour que je devienne moi.

La grosse patte de Pascalito sur la fine main de Marie. Il la soulève et l'embrasse.

— Viens, je t'accompagne à la gare.

Sur le quai, la pudeur interdisant les lamentations, on plaisante. Et avant de monter dans son wagon, Marie se retourne vers Pascal.

— Je m'intéresse aux hommes nus. Tu poserais pour moi ?

Pascal part d'un grand éclat de rire qui rappelle un peu celui d'un certain Monténégrin.

— Moi aussi, je m'intéresse aux hommes nus… Avec plaisir, Marie, je serai ton modèle !

Quelques heures plus tard, en gare de Montpellier, cette gare qui l'a détruite un jour et qui maintenant l'accueille, Christophe l'attend.

15

« Ma chère Cécé, sous la voûte des ormes où coule notre ruisseau, je me tiens au bord de l'eau sans me lasser de suivre le cours des feuilles qui dérivent, ni de tous ces êtres qui la peuplent.

Je suis arrivée, Camille, je pose mon baluchon. Là même où nous avons grandi, où nous avons si joliment mêlé nos vies pour ne plus jamais nous quitter. Mais je n'ai pas tenu parole. Je t'ai quittée. Je t'ai fuie en même temps que j'ai fui ma vie. Ce qu'il en restait du moins, à peine un souffle. J'ai mis plus d'un an à me trouver. Je t'ai vue à Saint-Aunès, je t'ai vue à la porte de mon refuge. Je ne pouvais pas, je n'ai pas compris comment tu m'avais retrouvée … »

Ça suffit, basta, tout ça est inutile, la rancœur, les regrets n'ont plus de place dans sa vie, désormais. Marie a déchiré la lettre en petits morceaux de papier qui ont navigué dans le courant comme dans les caniveaux parisiens de son enfance.

Elle a réuni tout son courage et lui a téléphoné longuement. Camille a pleuré, Marie aussi et, tout embrouillé, tout mélangé, elle lui a dit au détour des phrases, des silences, des respirations, un peu de sa nouvelle vie. Oui, elle était bien à Lamalou, elle avait repris Beau Rivage, Emmaüs l'avait rachetée à la mairie qui l'avait préemptée quelques années auparavant et n'en avait rien fait. Je suis très heureuse, Camille, je vis avec Christophe qui gère Saint-Aunès et je donne ici, à Beau Rivage même, des cours de peinture pour plusieurs communes. Je peins, j'expose et j'ai hâte de te montrer tout ça. Il m'a fallu tout ce temps pour me trouver et trouver le courage de t'appeler. Et puis il y a cette chambre d'amis qui est faite pour toi, pour vous, si vous voulez bien venir me voir.

Et voilà. Le lien rompu s'était retissé d'un coup. Mais pas avec le même fil. Marie ne serait plus jamais inféodée à Camille mais bien dans un rapport d'égalité qu'il leur restait à inventer.

Oui, elle avait accepté la proximité de Christophe. Pour preuve de sa confiance, elle lui avait proposé une promenade à Lamalou, un tout petit tour, pour partager beaucoup de son histoire sans tout donner non plus.

Sur la place, Angèle était assise à son poste, une chaise isolée à l'entrée du café, côté épicerie. Elle était là, comme les vieux, à tout regarder sans jamais bouger. Mais à la vue de Marie, elle céda au sacrilège : elle se leva.

— Hou ! … Mais qui je vois ?

Chère Angèle, chère Mme Aubenas qui s'avança comme elle put vers Marie. Elle la regarda, la toucha, lui caressa la joue.

— Ma petite, tu as meilleure mine que l'hiver dernier, ça fait plaisir. Et tu as arrêté de maigrir, hein ? Ça te va bien. Et le petit chat, il est toujours là ? J'en parlais encore hier à Fabien, il est toujours là ?

Marie avait brisé depuis quelque temps déjà la carapace qui la protégeait de la souffrance. Elle était en contact direct avec ses émotions. Angèle se trouvait si près d'elle. Alors, elle la prit dans ses bras, une toute petite vieille femme tordue par l'âge, pour lui murmurer :

— Oh merci, merci pour tout, vous m'avez beaucoup donné, merci madame Aubenas. Je vous dois beaucoup.

— C'est moi qui te dois, petite, si j'ai pu t'aider, je suis contente, parce que…

La voix devint murmure.

— … c'est comme si j'avais aidé ma fille. Tu comprends ? Mais je t'avais pas dit…

— Non, mais j'ai su. Je suis désolée, désolée pour vous madame Aubenas, désolée pour Fabien.

Les secrets s'étaient dits tout bas à l'oreille, dans les bras l'une de l'autre.

— Je ne sais pas ce qui t'a amenée ici, petite, mais je sais que ce n'était pas une trop bonne nouvelle.

Marie embrassa Angèle longuement. Mais il fallut bien s'arracher pour que la vie recircule librement.

Angèle s'écarta en s'essuyant les yeux. L'instant passé, chacune reprit sa civilité.

— Angèle, je vous présente Christophe.

Elle lui prit la main entre ses deux mains à elle et la tint longtemps serrée. Elle le scruta avec intensité.

— Vous avez l'air d'un bon garçon. Prenez bien soin d'elle… Assoyez-vous… Qu'est-ce que je vous offre ? C'est pour moi, hein, Fabien, donne-nous deux kirs en terrasse.

Même Fabien sourit, ce jour-là. Beau joueur tout de même, parce qu'il aurait pu penser que… Marie… mais non, il sourit en apportant les deux kirs. Et le beau jeune homme réapparut.

Christophe ne fit pas de commentaire, il se sentait privilégié d'entrer enfin dans l'intimité de celle pour qui il brûlait. Mais quand même, homme de terrain et de décision, quand il vit Beau Rivage, il lui fit la promesse de faire tout en son pouvoir pour lui rendre sa maison. Marie se ferma à toute projection et à toute espérance jusqu'au jour où il triompha. La maison, rachetée par Emmaüs, devenait un lieu culturel mixte géré par Marie. Christophe avait réussi. La transaction arrangeait tout le monde : le maire pouvait enfin se débarrasser de cette maison encombrante, Emmaüs enrichissait son patrimoine, Marie avait un toit et une fonction, et Christophe gagnait tout ce qui lui importait : Marie. Elle s'était rapprochée de lui, très près, si près qu'ils avaient décidé de vivre ensemble.

Après avoir navigué entre Saint-Aunès et Lamalou le temps éprouvant des travaux, aujourd'hui, n'y tenant plus, ils ont décidé d'emménager dans les plâtres d'une installation enfin pérenne.

Ils ont invité tous ceux qui ont compté sur la route de Marie. Ce n'est pas une grande fête, c'est un verre entre amis, se dire qu'on a fait un bout de chemin ensemble et qu'on est content quand l'un ou l'une remet les pieds sur la rive.

Camille, d'abord, arrivée la veille. Seule. Elle a voulu faire une visite de reconnaissance avant de débarquer avec toute sa smala. Évidemment, il lui manque de longs mois de vie à rattraper. Il y a un vide, un trou noir qu'elle ne pourra jamais combler. Il lui manque une côte mais elle va apprendre à faire avec, à vivre sans. Marie lui a échappé, mais elle est consciente que c'est mieux pour elle.

Elle a dormi dans la chambre d'amis. C'était la chambre de Marie au temps de l'enfance. C'est celle aussi de Moïse, qui accepte exceptionnellement de partager sa couche avec cette dame charmante qui bouge beaucoup la nuit. La maison a superbement changé. Tout est blanc, immaculé, simple, et respire l'équilibre. Dans la chambre de Marie, Camille a vu cette sculpture, ce visage de nouveau-né qui la frappe au cœur.

Au matin, elle a pris son café avec Marie dans un babillage que toutes les deux ont essayé de rendre proche et chaleureux. Camille découvre une femme qu'elle ne connaissait pas et doit bien se rendre à l'évidence : Marie a pris son envol. Sans elle. Tant pis, tant mieux. Si elle l'aime comme elle le prétend, elle doit accepter. Ça viendra. Pour l'instant, elle prépare le buffet du mieux qu'elle peut, la playlist des années quatre-vingt-dix, vérifie que les cadeaux sont bien cachés, tous provenant du Musée d'Emmaüs, sauf celui de Camille qui lui a concocté un album photo de leur vie ensemble depuis leur rencontre. On ne se refait pas…

Pascal et Éric ont fait le voyage en plusieurs étapes, de Relais et Châteaux en gîtes de luxe. Fort de ses années de publicitaire, Pascal s'est mis au service de Marie pour mieux l'ancrer dans la région : partenariats avec les commerçants, offres d'abonnements privilégiés pour les plus gros C.E., ateliers dans les écoles, hôpitaux et maisons de retraite, n'en jetez plus, Marie rayonne, jubile et se prépare à beaucoup travailler. Installés au cœur d'un village voisin dans un hôtel de charme cinq étoiles, les garçons passent leurs journées à préparer cette inauguration qu'ils veulent mémorable. La plupart des mets ont été négociés et du troc s'est mis en place.

Un buffet contre des travaux, des cours, un enseignement. Pascal propose parfois des tri-trocs, ou circulation à trois : Marie, n° 1, donne des cours ou repeint chez n° 2, qui n'a pas les produits souhaités mais qui donne sa production au n° 3 qui, lui, convoitait la production du n° 2 et est donc très content de donner la sienne à Marie. Bref, buffet classieux, opulent et gratuit. Pascal est très rassuré par l'aide et l'assistance de cette petite société parallèle.

Slobodan est arrivé en renfort pour patiner les murs en tadelakt. Sublime. Il ne s'est pas arrêté là. Avec l'accord de Christophe, en hommage à Marie, il a peint une fresque au mur du salon : la copie du *Déjeuner sur l'herbe* avec Marie au centre, vêtue d'un pudique voile transparent, Christophe à son côté, Brigitte derrière qui se baigne, nue évidemment, et en positions gracieuses et désordonnées, on peut reconnaître Grincheux et Blanche-Neige en angelots, Jo, caché en position de voyeur, et Slobodan, au premier plan sur la gauche, bras croisés, costard et lunettes noires, parfait videur à la Blues Brothers. Aujourd'hui, surprise numéro un, ils vont dévoiler la fresque à Marie.

Slobodan se propose de faire la visite de la maison. Avec coquetterie, il s'arrête devant un grand tableau très mis en valeur avec son éclairage personnalisé. Il s'agit d'un nu représentant un homme qui dort. Slobodan, en toute fausse modestie, leur fait juste remarquer le titre : *Slobodan endormi*, ce qui change immédiatement le regard des garçons sur le tableau et son modèle. Piqué au vif, Pascal se souvient :

— Marie m'a demandé aussi de poser pour elle.

— Pas problème, possible poser à deux.

Et d'ajouter, au regard d'Éric :

— Trois aussi !

Les géants rient, on les entend de loin.

Dans le jardin fraîchement aménagé, Jo agonit d'insultes le barbecue qui lui résiste, comme si toutes ces saintes imprécations allaient accélérer la combustion du charbon de bois. Sait-on jamais.

Grincheux et Blanche-Neige ont refait tous les fers forgés de la grille du jardin et de la porte d'entrée. C'est une dentelle de métal, unique, fabriquée avec cœur et talent. Ils ont voulu apporter une touche personnelle, presque intime à leur réalisation. En lettres entrelacées dans la grille ils ont changé le nom de Beau Rivage pour Mon Rivage, hommage à la traversée de Marie, à sa route pour arriver ici, et à son installation.

Tous sont heureux de ses sentiments pour Christophe, comme si c'était chacun d'eux qu'elle aimait et qu'elle regardait avec tendresse et admiration.

Sur la terrasse, Brigitte, en grande prêtresse incontestée, est assise dans un rocking-chair paillé. C'est la boss et tous se préoccupent de son confort, lui proposent un verre, un cendrier, des biscuits apéritifs. Pour bien affirmer sa réputation qui n'en demande pas tant, Brigitte répond par des grognements de satisfaction, d'agacement ou de refus. En fait, elle est touchée, elle les aime beaucoup, ses Compagnons.

En attendant que chacun découvre la maison, Marie s'est éclipsée. Elle s'est isolée au bord de l'eau, pour faire une pause avant d'affronter le bonheur du partage.

Dans sa jolie robe longue aux couleurs d'été, aux volutes parsemées de quelques paillettes qui scintillent aux rayons du soleil, une robe indienne légère aux fines bretelles, qui la dénude et la cache, elle est bien. Elle est chez elle. Elle s'allonge sur la berge et se laisse bercer par le clapotis de l'eau, le chahut des oiseaux et le bruissement des peuples du ruisseau. Elle plonge dans son silence, prend son temps pour naviguer entre douceur et rêverie. Elle s'offre le luxe de s'élever, de bien-être cette fois. Elle survole toute chose en une vision cosmique des agitations du monde.

16

Je suis le fruit de traumatismes anciens, ceux de cette femme qui fut ma mère et de cet homme qui fut mon père. L'un et l'autre absents, transparents, sans opinion, cochant sans fin la mention Ne Sait Pas, regardant avec étonnement la vie passer à leurs pieds, stupéfaits de voir ceux-là courir pour défendre leurs droits ou d'autres mourir pour leur art. Une soupe, un tricot et au lit ! Baiser sur le front, on éteint la lumière, et prions pour que demain soit absolument identique à aujourd'hui, à hier, à avant-hier, à tous ces jours qui se confondent dans l'immuable des moutons.

Je suis le fruit de ne fais pas de bruit, ne ris pas si fort, calme-toi, ne tente rien, tu n'y arriveras pas, contente-toi de ce que tu as, tu n'y arriveras pas, ne sors pas, reste chez toi, le minimum est toujours le mieux, le mieux est l'ennemi du bien, le plus satisfaisant est la discrétion, baisse la tête en souriant et en rasant les murs, pas d'ambition, pas de désirs qui ravagent.

Je suis le fruit sec, je ne fais pas partie de la longue cohorte des femmes qui enfantent. L'avenir de l'humanité ne passera pas par moi, je ne ferai jamais perdurer la souffrance des vivants.

Chère maman, ma chère maman transparente, transparente par protection, par peur de te perdre, tu t'es probablement mariée par résignation, par crainte du danger d'être seule, ou par la certitude d'une gémellité : même village, même éducation, mêmes aspirations, tu t'es épousée toi-même en quelque sorte. Il n'y avait aucune tendresse entre vous, aucun désir. Tu as dû t'accrocher aux draps chaque fois qu'il te pénétrait. Alors bien sûr, tu t'étiolais et souhaitais peut-être en finir. Chaque jour te rapprochait davantage de cette mort qui tardait. Mais tout de même, tu aurais pu sortir de ton sarcophage lorsque lui s'est effacé, t'ouvrir à la vie, voyager, danser, chanter, sortir, vivre enfin. Non, tu t'es recroquevillée encore davantage.

Tu ne peux pas comprendre, disais-tu, moi, j'ai eu la chance de ne pas travailler. Ton père était là. Enfin, jamais là, c'était aussi bien. Tout de même, cancer du poumon, pour un homme qui ne fumait pas. En même temps, il faut bien reconnaître qu'il n'a jamais vraiment eu de coffre. Pas les épaules. Pas de poitrail. La première fois qu'il m'a prise dans ses bras, j'ai eu l'impression d'être portée par le vent. Oui, très gentil, mais vraiment sans épaisseur. Heureusement, il n'était pas bavard. Moi non plus. C'était calme.

Tu n'as pas fait long feu. Morte par extinction. Trois ans après lui, tu t'es rayée de la carte. Partie sans laisser d'adresse, dans un claquement de doigts. Après une vie furtive, un départ fugitif. Je dois filer, je te laisse, ma fille, mon petit elfe aux mille désirs. Je te laisse et je ne te laisse rien. Aucune consigne, aucun testament, aucune trace. Tu es partie en loucedé, sans tambour ni trompette. Tu es peut-être morte de soulagement. Tu t'es oubliée. Oups, excusez-moi, je meurs. Sans une pensée pour moi, sans une lettre : pardonne-moi, faut qu'j'y aille. Tu m'as laissée salement, sans mode d'emploi pour la suite. Elle se débrouillera bien toute seule, elle est maligne.

Tu auras préparé ta mort toute ta vie, au calme, sans turbulences. J'ai réussi ma vie, disais-tu. Fais comme moi, calfeutre-toi, renonce à tout et tu connaîtras la plénitude.

Tu me l'as dit un jour, une fois, une seule fois : je n'ai aimé que toi, tu peux être sûre ma fille que tu es la seule et unique personne que j'aie jamais aimée. J'ai seulement voulu te protéger en t'avertissant de tous les dangers.

Ce monde, disais-tu encore, est une confrontation entre loups et agneaux. Et on sait bien qui mange qui. Écoute-moi bien ma chérie : il vaut mieux être un agneau qui se fait dévorer qu'un loup qui dévore.

Et la petite fille reprenait : moi aussi, maman, je préfère être agneau.

Maman, tu m'as mise au monde pour m'abandonner. Tu t'es dissoute, effacée, sans un bruit, juste avec un dernier souffle. Ton dernier souffle, je l'ai gardé en moi. Quand c'est arrivé dans cette clinique médiocre, nous étions unies, bouche contre bouche, toi dans mes bras, moi te murmurant des mots d'amour et d'infini, des mots comme des amulettes pour te protéger des grands froids qui allaient t'engloutir, et puis, tu as fini de respirer, tu as longuement expiré, j'ai recueilli ce souffle de toi et depuis tu vis en moi, bien rangée aux côtés de ma fille. Tu étais là à ma naissance, j'étais là à ta mort, c'est dans l'ordre des choses. Tu m'as donné la vie, tu m'as donné ton souffle et tu es partie, tu m'as abandonnée à moi-même, pitoyable gardienne de ce que je suis. Sur tes conseils, j'ai été ma meilleure ennemie, je serai désormais ma plus indulgente amie.

Je ne donnerai pas mon dernier souffle à ma fille, elle n'a pas voulu. Je le donnerai à cet homme qui est là.

J'ai caressé son visage vitriolé par la vie et son âme éclatante est apparue. Notre vie sera lumineuse. Il y aura de l'amour sans éclat, de la tendresse sans chantage, du plaisir sans perversion. La douceur nous accompagnera avec tant d'harmonie que les jaloux s'écarteront. Nous fermerons nos volets très fort pour mieux converser sans témoins. J'aurai chaque jour le monde dans ses yeux, le monde qui me regardera avec confiance et foi.

J'ai touché le fond, j'ai encore le goût âpre du bitume dans ma bouche, sur ma peau. J'ai eu beau me laver, frotter chaque jour, l'odeur est encore là. Lui changera ma peau, il en enlèvera les lambeaux peu à peu avec son infinie patience et son amour infini. Il me muera.

Je suis Marie, je suis moi, entièrement, profondément. J'ai mis une vie à me rencontrer. Il m'a fallu tomber, mourir à moi-même pour renaître de moi. Il m'a fallu me perdre dans les entrelacs des désirs imposés. Je me réussis, je suis ma mère, je m'élève et m'éduque, je m'apprends à marcher, à penser, à rire, à lutter. Je m'encourage, et quand je tombe, je me précipite pour me relever. Je m'aide, je m'accompagne dans le dédale de mon chemin, dans les méandres de mes contradictions, dans la folie de mes pensées. Je me grandis parce que je crois en moi. Un jour je serai… non, aujourd'hui je suis, je vais vers moi, je me rencontre, et si j'ai pu m'abandonner sur les bas-côtés des routes, je suis vite revenue me chercher. Je me suis prise dans mes bras et je me suis serrée contre moi pour m'aider à marcher. J'ai rencontré des voleurs, des violeurs, des ombres qui me voulaient morte, je me suis aidée à passer mon chemin, je me murmurais des étoiles et les salauds sont passés au large. J'ai cru sauver un chaton et c'est lui qui m'a sauvée. Il m'a portée jusqu'à moi, tout petit. J'ai rencontré ma fille qui parle en moi, j'ai laissé ma peau derrière moi, je marchais dans la boue, mais ils ne m'ont pas eue, je leur ai échappé une fois encore, et cette fois c'est la dernière, l'ultime, celle sur laquelle je ne reviendrai jamais parce que je suis enfin moi, entière, complète, unie, dense, ardente, incandescente, déployée, élargie, accomplie, pèlerine de moi-même, portant la relique de mon monde que j'ai perdu et que je danse d'avoir perdu. Je ris tournée vers le ciel, j'exulte dans le vent et je dors dans le soleil.

Je fus Sisyphe, toujours renouvelant l'escalade de l'impossible, je suis désormais moi, surplombant les gouffres mortifères.

Je suis arrivée. Il m'a fallu toute cette horreur pour me trouver. J'accepte cet homme droit et pur que je n'aurais pas regardé avant parce qu'il est abîmé. C'est le cadeau que me donne ma fille chaque jour. Je suis toute belle, toute neuve, et désormais inébranlable.

17

Quelqu'un lui touche l'épaule.

— Marie… Marie !

Elle ouvre les yeux et lui sourit.

— Marie, ils sont là, tout le monde t'attend. Jo a finalement réussi : le barbecue est plein de braises. Les mojitos sont prêts, il ne manque plus que toi.

Il lui prend la main et l'aide à se relever. Il n'a pas les mots, il n'a jamais bien su dire ses sentiments. Il sait qu'elle sait. Elle lui sourit et il vacille. Il la prend dans ses bras. Par tous ses silences, mais aussi par sa protection, son respect et tout cet amour qu'il gardait pour elle, il lui dit qu'elle peut être tranquille, qu'il est et sera toujours là, que plus elle sera accomplie, plus lui sera grandi, plus elle grandira, plus il l'aimera, et qu'il sera là pour l'empêcher de tomber, pour que plus jamais la vie ne lui arrache la peau mais qu'elle lui soit douce à chaque seconde, à chaque battement, à chaque pulsation.

Il pose un baiser sur ses yeux, ses poignets, ses lèvres, elle lui caresse la joue, prend son visage dans ses mains et l'embrasse à son tour.

— Viens.

Il prend sa main et, ensemble, ils se dirigent vers la terrasse où les attendent les témoins de leur nouvelle vie.

Remerciements

Merci à :

— Philippe Robinet pour sa confiance.

— Alain Perthuis pour sa bienveillance.

— Catherine Marin-Pestel et Valérie Burel pour leur vigilance.

— Mon chat Mimi pour son assistance.

— Jean-Louis Dubois.

Composition et mise en pages
Nord Compo à Villeneuve-d'Ascq

Achevé d'imprimer en octobre 2020
par CPI Firmin Didot
27650 Mesnil-sur-l'Estrée
pour le compte des éditions Calmann-Lévy
21, rue du Montparnasse – 75006 Paris

PAPIER À BASE DE
FIBRES CERTIFIÉES

CALMANN LÉVY s'engage
pour l'environnement en réduisant
l'empreinte carbone de ses livres.
Celle de cet exemplaire est de :
1,1 kg éq. CO_2
Rendez-vous sur
www.calmann-levy-durable.fr

N° d'éditeur : 6036972/01
N° d'imprimeur : 160661
Dépôt légal : octobre 2020
Imprimé en France.